在阅读中展开，人生的可能

CONTENT
肯特文化

江苏凤凰出版传媒股份有限公司
JIANGSU PHOENIX PUBLISHING & MEDIA CORPORATION LIMITED

图书在版编目（CIP）数据

Sir，我可以喜欢你吗 / 陆路鹿著.-- 南京：江苏凤凰文艺出版社, 2018.3

ISBN 978-7-5594-1121-1

Ⅰ.①S… Ⅱ.①陆… Ⅲ.①长篇小说—中国—当代 Ⅳ.①I247.5

中国版本图书馆CIP数据核字（2017）第226065号

书　　名　Sir，我可以喜欢你吗

著　　者　陆路鹿

选题策划　肯特文化

出版统筹　柯利明　林苑中

责任编辑　牟盛洁　李　黎

特约校对　布　里

营销推广　刘　源

封面设计　枝　椏

出 版 人　黄小初

特约监制　准拟佳期

特约编辑　夏　之

营销统筹　刘　源

责任印制　法成海

版式制作　枝　椏

出版发行　江苏凤凰文艺出版社

出版社地址　南京市中央路165号，邮编：210009

出版社网址　http://www.jswenyi.com

印　　刷　三河市华东印刷有限公司

开　　本　880mm×1230mm　1/32

印　　张　9

字　　数　250千

版　　次　2018年5月第1版　2021年7月第2次印刷

标准书号　ISBN 978-7-5594-1121-1

定　　价　49.80元

目录 CONTENTS

目录 CONTENTS

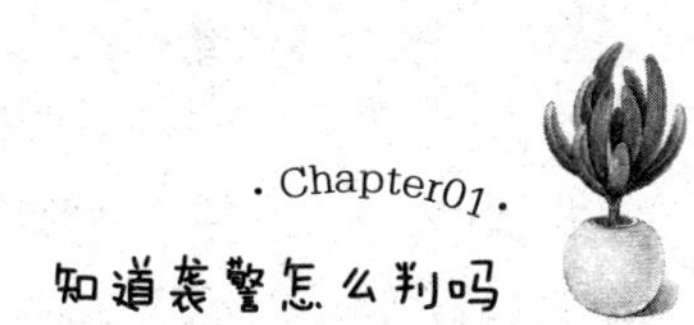

· Chapter01 ·

知道袭警怎么判吗

望着眼前这栋公安机关标配的蓝白三层小楼，黄涩涩不禁忧从中来，谁知正在下象棋的门卫大爷一见着她，立马乐呵呵地又插了一刀。

“涩涩，又犯什么错了啊？”

闻言，黄涩涩一脸悲痛地看了眼大爷，没有回答，只是沉重地叹了叹气，而后垂着头往里走。

在大街上抓色狼算不算犯错她不知道，但是把色狼打进医院，导致家属现在还在医院闹个不停，应该算是犯错了，否则她也不会被片警“请”去警局协作调查。

更糟糕的是，刚把笔录做完，这事又好巧不巧地传到了余仲培的耳朵里，对方让她做完笔录上来一趟。

也就是正坐在二楼尽头那间副局长办公室里的人。

黄涩涩越想越郁闷，想她从小到大，一直遵纪守法，平时也没有什么不良习惯，因为这事进警局实在冤得很。

于是她把脑袋垂得更低了一些，推门走了进去。她对这里倒是不陌生，反正平时没什么事的话，能不来就尽量不来，如果不能，那就——

“涩涩，你有没有听叔叔说话？”

一直在耳边打转的声音逐渐变得清晰，她停止了神游，眼睛重新聚焦。她赶紧把视线从鱼缸里正在打架的小肥鱼身上移开，连连点头道：“在听在听！”

看她心神不定的那样，余仲培就知道她没有听，但有些话必须说，便继续语重心长地教育着。

“当年你爸爸把你交给我，让我好好照顾你，可惜叔叔这几年太忙，对你关心得少，让你跟着余岳那浑小子学坏了，这是叔叔不对，不过你可不准走上什么歪路啊，要不然到时候叔叔……”

说着说着，他好像说不下去了，有了岁月痕迹的大手抚上自己的眼睛，随时一副男儿有泪立马弹的架势。

见状，黄涩涩叹了叹气，毫不留情地拆穿了他：“余叔叔，你都多大的人了，我都多大的人了，怎么还像小时候那样，只知道用假哭骗我呢。”

“……”

卖惨失败的余仲培拿她没辙，放下手，摇了摇头：“叔叔想说的话也说完了，希望你回去以后能再好好想想，顺便帮我把余岳那小子叫来。他现在翅膀长硬了，连他爸的电话都敢不接了。”

听到这话，黄涩涩的郁闷一扫而光。就算她低着头余仲培也能看见苹果肌上升，高兴得就像那条刚刚胜出的小肥鱼，正摆着尾巴游来游去。

还没完全走出办公室，她就迫不及待地拿出手机，三两下编辑好“余岳，你爸请你喝茶”的短信，愉快地按下发送键。

大功告成！

黄涩涩吹了记口哨，胜利似的挥了挥拳头，她将手机往兜里一扔，背着双手，避开人流密集的主楼梯，脚步轻盈地朝侧楼梯口走去。

春夏交替之际的风温柔而热烈，回旋在楼道里，柚子花的清香和烟味一同袭来，又被腻在空气中的危险感吞噬干净。四周气氛陡变，让人脑内警铃声大作。

她隐约嗅到了一丝不同寻常的气息，立马收起心中的雀跃，停下脚步，下意识抬头寻找源头，最后发现这些全部来自于不远处的男人。

他就站在窗边，什么都没做，唯一的动作只有抽烟，偏偏身上带着不容忽视的侵略性，似是一头耐心蛰伏在夜色里的猎豹，随时都有咬断猎物脖子的可能性。

这种感觉对于黄涩涩而言太过熟悉，以至于在看清对方的脸之前，她的脑海中就已自动浮现出一个名字。

陈训。

当然了，她和这头猎豹……哦不，这位哥压根儿不熟，对他的了解除了这么一个名字，还有那些道听途说来的故事，所以她现在要做的就是继续埋头走自己的路。

只是老天爷显然不想让她就这样如愿，下一秒，呜咽的风声里就多出一道冷淡的嗓音，没有起伏，那声音平平地说道："鞋带散了。"

话音刚落，黄涩涩才迈出去的脚也跟着停了下来，她站在原地犹豫不决，却不是因为鞋带。

最终，她还是败给一己私欲，忍不住抬头看了一眼。

男人不知什么时候转过了身子，肩膀抵着墙壁，唇间还松松咬着一根烟，一双黑瞳正漫不经心地望着她，烟雾被风吹得失了方向。

不过就像身上穿着的那件黑色短袖，简单干净到没有任何多余的图案，他的眼睛里也没有一丁点情绪，与其说他是在看你，倒不如说是在打量审视。

虽然黄涩涩不怕他，但怕被他看穿心思，慢了好几拍的大脑恢复运转。想起他刚才说的话，于是她低头看了眼，发现自己的鞋带确实散开了，本打算说句"谢谢"，结果话一到嘴边就变了样。

凭借着不知哪里来的自信，她伸出左脚，露出一副"这你就不知道了吧"的表情，无所畏惧地微笑道："哦，这是今年最流行的系鞋带方式。"

轰隆隆的风声骤停，歪歪斜斜的烟雾开始袅袅直上，扰乱了人的视线，也模糊了陈训的唇角。他没有再说话，而是微眯着眼睛，盯着她，动作懒懒的，素描般，只见其形而不见其色。

脑内的警铃声越来越响，紧张和尴尬席卷而来，那一瞬间，黄涩涩极其想抽自己一个大嘴巴。

最流行的系鞋带方式？这么烂的话也说得出口，她怎么不说这是最流行的作死方式呢！

事到如今，除了沉默已没有别的挽救办法，她只好假装什么都没说，四肢僵硬地下了楼。等回过神来的时候,她已经坐在一楼的某间办公室里，后悔得抱头痛哭。

坐在电脑前的人没搭理她，却被身后那道炙热的目光干扰得没法工作，终于按下暂停键，想要问问她到底要闹到什么时候，结果一扭头就看见一张放大的脸，顿时吓得一个后退。

"你凑这么近干什么！"

黄涩涩顶着一头已经被揉成金毛狮王同款的短发，凑在她的脑袋旁，目光呆滞道："看点刺激的转换心情。"

"……"

除了余岳，黄涩涩还有一个发小，就是眼前这位名叫余音的目前正在治安大队工作的人民警察，也是余岳的亲妹妹。

见她一副痛不欲生的模样，余音有些好笑，无奈道："至于这么小气嘛，都多少年前的事儿了，你还恨陈队恨到现在？"

"谁……谁小气了！谁恨他恨到现在了！不要脸！"

"我还没提是什么事呢，你就这么激动，还敢说没记恨到现在？"

底气不足的人一时语噎，说不出话来了，郁闷地晃着半空中的双腿。

还没系好的鞋带被抛得一上一下，就像她现在的心，跳得人片刻不得安宁，过了半晌，她才重新补充说明道："我只是很好奇他从小混混变成刑警的心路历程。"

认真说起来，陈训也不算什么小混混。

虽然他上学的时候抽烟喝酒打架，但他是个好学生，次次考试都拿年级第一那种。这样的人，究竟是怎样打入小混混内部的，她一直很好奇。

可惜这个解释在旁人看来还是像在说胡话。

于是余音任由她“自抱自泣”，打算继续看自己的片儿，只是手指刚碰到空格键，桌上的手机响了起来。

工作再一次被打断。

她忍住骂人的冲动，瞟了眼来电显示，便直接按了免提。一道暴怒的声音立马从听筒里传了出来，音量大得桌面都在微微震动。

“黄涩涩这叛徒在不在你办公室！”

被指名点姓的人正在跷椅子解忧，一开始还没有反应过来，等意识到自己的失策后，她脸色大变，没想到余岳居然能活着走出来，二话不说，拔腿就跑。

好不容易跑到外面的院子，她还以为自己暂时安全了，正准备喘口气，不料又听见盛怒的余岳在身后大吼道：“黄涩涩，你再跑，信不信老子打断你的狗腿！”

“……”

这下别说是喘气了，黄涩涩连回头的时间都没有，继续连滚带爬地逃命，却遭到了来自鞋带的报复。“哐当”一声，她被绊倒在地，半天没能爬起来。

眼看着后面的人就要追上来了，死到临头的她懒得再挣扎，直接不要脸地假哭起来。

听见这哭天抢地的动静，还在下象棋的门卫大爷赶紧过去扶她。跑到她跟前的余岳也刹住了车，不知道是该先骂她没义气还是先骂她蠢。

虽然黄涩涩对自我的评价一向是皮糙肉厚还欠抽，但不管怎么说，她好歹也是一姑娘家，哪里禁得住粗糙的水泥地的折腾，破了皮的手肘一片血淋淋，看上去有些骇人。

见状，余岳什么气都没有了，抱起她就朝附近的小诊所跑去，看得身后的门卫大爷不断叮嘱他慢点，场面一度很混乱。二楼窗边的人倒是心情不错，嘴角的弧度难得柔和。

过来找他的李夺正巧撞见这一幕，还以为自己眼花，于是也伸长了脖子，一边往楼下探了探，一边问道：“老大，在看什么呢，这么开心。”

最后一根烟刚抽完，陈训在烟盒上捻灭烟头，斜睨了眼好奇心旺盛的人，眼底的笑意隐去，却仍望着扯着嗓子大哭的人，低沉而平静道：“今年最流行的摔跤方式。”

桐市是一座以梧桐树闻名的小城市，小到坐两个小时的公交车就能把主城区绕完，而公安局离黄涩涩和余岳住的小区不远，门口刚好有一家小诊所，开了快三十年。

老板娘看着他俩长大，一边帮自作自受的人清理伤口，一边操心道：“你看看你们，年龄加起来都半百了，怎么还像小时候一样，成天只知道打来打去。”

黄涩涩很是受教，立马点头认同道：“对啊，余岳真幼稚！”

“……”

被点名的人没有说话，直接一巴掌拍在她的后脑勺上。力道不重，只是她毫无准备，被拍得身子顺势往前一倾，于是，正在上药的棉签便猛地戳在伤口上。

她痛得龇牙咧嘴，回头瞪了余岳一眼，还没来得及说话，门口就又传来一道熟悉的声音，声音里带着心疼：“我的个乖乖，你怎么把自己搞成这个样子，又和别人打架了？”

诊所里的人不约而同地循声望去。

说话的是隔壁的王太婆，她心疼之余，又忍不住语重心长道：“涩涩，你看你都是大姑娘了，怎么还这么皮，看来确实该谈个恋爱了。”

“王婆婆，你什么时候见我打架受过伤，就是不小心摔了一跤而已。”黄涩涩不知道她说的两句话之间有什么必然联系，一时哭笑不得。

可惜王太婆只当她是在诓自己，继续说道：“你妈刚才还和我说你相亲的事呢，这次婆婆帮你选的对象条件特别好，下周五见面的时候，你可要好好把握机会啊！”

小城市有小城市的好，缺点也显而易见，在婚姻关系方面尤为突出。比如，黄涩涩今年刚满二十五，但在大多数人眼里，她已经是大龄剩女了。

早在一年前，她就被各种催婚，最终她在一周前向三姑六婆等恶势力低头，却没想到王太婆的办事效率如此之高，这么快就安排好了。

显然，她早就忘记这档子事儿了，被这么一说才重新想起，提高音量惊恐道：“下周五？”

“还有一周的时间可以准备，别着急。”王太婆以为她紧张，安慰了一番后，又一脸慈祥地望着站在她身边的人，“小余啊，要不要婆婆也帮你介绍介绍？”

余岳的视线还落在黄涩涩的身上，一听这话，摸了摸鼻子，笑道：“别，王婆婆，你还是先把这个麻烦精嫁出去吧。”

“滚！”

黄涩涩倒不是后悔了，毕竟是自己选择要坦然面对“相亲”这件事，现在也就没有借口推托，就是觉得太快了，一时间无法适应。

直到周五真正来临，这种不真实感还是没有减少，但她却依然要硬着头皮去赴约。

相亲的地点定在市中心的一家烤鱼店，距离黄涩涩工作的卫计局很近，她提前了十多分钟到达，特意选了个靠窗的位置，心想要是待会儿尴尬得没话说，至少还能看看外面的世界缓解缓解气氛。

事实证明，她的决定十分明智。

诚如王太婆所说，相亲对象各方面条件确实不错，长得也斯文，看上去清爽舒心，不像一般的理工男。只是他双腿并拢往那儿一坐，比她还要娇羞，总让她有一种调戏良家妇男的罪恶感。

正想着，又见对方再一次以四十五度低着头，声音只比蚊子大那么一点点，扭扭捏捏地问道："不知道黄小姐平时的爱好是什么？"

餐厅里本就嘈杂，现在又刚好是饭点，更是无比喧闹，黄涩涩一不留神，回答脱口而出："打击罪犯，惩恶扬善。"

说完后，她发现相亲对象的表情好像变得有点不对劲，这才反应过来自己可能说错了什么，正想解释，原本矜持的相亲对象却突然激动起来。

他握着她的手，极其崇拜地问道："上周报道的色狼被打进医院的新闻，就是你做的对吗？"

"是我。"被认出的黄涩涩不自然地笑了笑，也不知道该不该感到骄傲，不着痕迹地抽出了自己的手。

虽然他的性格好像有点内向，却不吝于交谈，整个聊天的话题都由他主导，在充分表达了对她的崇拜之情后，他又主动问道："黄小姐有什么兄弟姐妹吗？"

"没，家里就我一个。"

一听这话，他忽然露出了笑容，看上去幸福又悲伤："我有个妹妹，不过十年前得了一场重病，后来去世了。"

正在喝水的黄涩涩被呛了一下，没想到聊天突然变得这么走心，正犹豫着要不要说什么安慰的话，对方又换了个话题，她也没再纠结了。

不过多亏了她喜欢见义勇为的爱好，这场相亲还算愉快。在分开之前，他再三保证，自己对她只有最崇高的敬意，绝对不会有半点非分之想，让她放一万个心，千万不要为此困扰。

对于不想恋爱只想发财的人来说，得到这个承诺她当然是一万个感谢，末了拒绝了他送自己回家的提议，开开心心地去赶公交。

过了下班高峰期，公交车的发车时间被延长，幸好黄涩涩也不急着回去，打量着周围的景物打发时间。

周末的狂欢气氛从今晚便开始崭露头角，马路对面的每一家餐厅都人满为患。看着看着，她的视线突然固定在一棵梧桐树下，不自觉地站直了身子。

又是陈训。

又是一身干净简单到没有任何图案的黑色短袖。

就像是一挺古董冲锋枪，他身上的气质危险而又令人着迷。

唯一不同的是，这次他的旁边还有两三个人。

他们或蹲或站，看上去同那些和三五好友小聚的上班族没什么两样，不过也只是看上去罢了，背后说不准还藏着什么秘密任务。

如果真是这样，陈训作为中队长，自然是行动中的指挥者。

此刻的他一手插在裤兜里，正低头对身边的年轻小伙说着什么，侧脸轮廓深邃硬朗，夹在指间的烟头随着手上的动作，在半空中一顿一点着，间或因被他吸上两口，霎时变得红亮亮的，像团小火球。

可是晃着晃着，忽然间，小火球不动了。不知道是不是察觉到了什么，陈训毫无征兆地微微侧头，朝她所在的位置看了过来，方向精准无误。

其实隔着这样远的距离，什么都只能看个大概，就连他目光里与生俱来的锋利也被削弱不少，害得黄涩涩一时间忘了闪躲，就这样直直迎了上去。

姗姗来迟的公交车却在这时突然出现，切断了合二为一的视线。当她上车后，树下的人又变成了一个挺拔的背影，似乎刚才他只是随便一看，压根儿没注意到她的存在。

这让黄涩涩松了口气，不知道是开心还是失落，发了会儿呆，准备换个位置站，又被人从后面撞了一下，很快便听见对方连连道歉："对不起对不起，我急着下车，真是对不起。"

她回头一看，是一个二十出头的小伙子，见他态度真诚，于是没多说什么，只是揉了揉被撞的肩膀，让开了路。

然而就在车门关上的那一瞬，黄涩涩隐隐觉得不对劲，一边摸着自己的包，一边冲着前面的司机大喊道："师傅，刹一脚，还有下——"

刚刚关上的车门又被打开，她立马跳了下去，目光往熙来攘往的人群里一扫，很快就找到了那道正在逃跑的身影。

托遗传的福，虽然黄涩涩不爱运动，但是从小到大体育成绩都很好，认真起来还挺像那么一回事，不歇气地一连追了好几条街，最后拐进一条小巷里。

初夏的七点天色渐晚，晚霞褪尽后的天空只剩下一片沉静的深蓝色，没有路灯的巷子里光线昏暗，这让她下意识放慢脚步，提高警惕，顺着墙角根儿走，还从地上捡起一根菜贩落下的白萝卜，以备不时之需。

还好她的运气不错，一进去就隐约看见有人在翻围墙，于是她想也没想，立马冲了过去，其间不忘把手里的白萝卜扔过去。

一击即中。

翻了一半的人被砸得停下动作，黄涩涩抓住这个时间赶到围墙下，一把拽着对方的衣服，将他拉下来后，将对方的双手反剪着按在地上，抄起旁边的白萝卜就是一顿猛打。

"让你偷我手机，偷我手机，偷我手机！"

被她压在身下的男人倍感屈辱，想要反抗，又想起队长叮嘱的不能反抗，所以只能动口不动手："女侠，你抓错人了，我是警察，不是小偷！"

"这些话你还是留着和警察说吧，看他们认不认你这个'同事'！"出完气后，黄涩涩吹了吹遮住眼睛的刘海，又取下身上的包，利落地用背带绑住他的手。

他们谁都没有注意到的是，小巷另一头的高墙上忽然出现了一道人影。那人一跃而下，没有发出半点声响，一步一步走了过来。

被夜色包裹的高大身躯逐渐清晰，最后他停在距离他们几步之遥的位置上。

黄涩涩单腿跪在“小偷”的背上，一手控住他的双手，另一只手在他的身上摸来摸去，完全不记得自己今天穿的是裙子。

尽管裙子的长度不算短，但是摆出这样豪放的姿势多少还是有些不像话。

站着的男人眸色一沉，移开落在裙下那截白嫩小腿上的视线，几步上前，拽着她那只细细的胳膊，稍一用力就将她提了起来，语气平静地问道：“知道袭警怎么判吗？”

听见这道算不上熟悉的声音，黄涩涩的表情蓦地一怔，倒不是因为“袭警”两个字，而是以为自己出现了幻听，难以置信地扭头一看。

借着稀薄的月光，她可以依稀看见男人额间的汗水。

显然，他刚才也剧烈运动过一番，却丝毫不见喘气，眼睛还是那般黑而沉，如寒星，如宝石，比潘多拉魔盒还要诱人。

哪里像什么人民警察，分明就是来勾小姑娘魂儿的恶魔。

.Chapter02.

自作多情害死人

晚上的公安局不比白天热闹，还坚守在工作岗位上的除了值班的，就是加班的，一成不变的只有满室的烟雾缭绕。

还好黄涩涩对此早已习惯，她打了个哈欠，一边听着隔壁几位不良少女的斗智斗勇，一边继续等着做笔录的民警。

按照规定，做笔录的时候必须有两位民警在场，大概是因为人手不够，她等了半天也只见着李夺一人，所以只能和他大眼瞪小眼。

瞪得累了，她就再一次对误打他的行为进行道歉，诚恳道："警察同志，刚才真的对不起，你没有伤着哪里吧？"

在来的路上，黄涩涩稍微打听了一下，这才知道原来今天的事不是巧合，偷她东西的小偷正好也是刑侦队最近查的一个案子里的嫌疑犯，就剩他一个人没有归案。

虽然他的犯罪金额不是最多的，但是他具有一定的反侦查能力，局里的人蹲了好几天都没见着他出来作案，今天估计实在手痒得慌，所以才忍不住在公交车上下了手，这才让他们有理由将他逮捕归案。

可惜倍感屈辱的李夺不想再提这件事了，准备出去抽根烟消愁，刚一起身就看见有人走了进来，赶紧停下脚步，叫了声"老大"。

昏昏欲睡的人一听见这两个字，瞌睡立马醒了一大半，却没有回头，而是赶紧坐直身子，一副正襟危坐的姿势。

陈训瞥了眼后背挺得笔直的人，没有说话，径直走了过去，拉开她对面的椅子，坐下，而后把被盗物品放在桌上，道："看看少没少什么东西。"

"哦。"

黄涩涩已经数不清这是自己第几次来这儿了，只知道像现在这么忐忑紧张，终于有了进局子的正常反应，还是头一回。她抓回乱跑的思绪，开始认真检查钱包和手机。

无所事事的李夺就在旁边看着，看着看着，觉得不对劲，因为他发现自家队长坐下后，就没有要起来的意思，于是随口问了一句："老大，这笔录你来做？"

"有问题？"

又是一个简洁得没有半个多余字的回答，对方连眼皮都没抬一下，却听得李夺一下子打起精神，连连回道："没问题，没问题。"

头顶的飞蛾还在不停地撞击着白炽灯的灯管，发出叮叮叮的清脆声响，投下的巨大影子落在陈训的发梢肩头，形成自然的阴影，加深了他五官轮廓的立体感，一双眉眼更显冷峻。

不过他现在的表情不太好，一只手在桌上的资料堆里翻来翻去，不知道在找什么，似乎有些不耐，最后抬头皱眉道："笔。"

李夺还在思考自家队长为什么放着嫌疑人不审，来审一个受害人，一听这话，回过神来，冲门外大喊了一声："Ocean，你是不是又把老子的……"

话没说完，两人眼前就出现了一个粉色可疑物，顺着可疑物望过去，映入眼帘的是黄涩涩的脸，细细的绒毛在灯光下分外明显，乍一看恍若饱满多汁的水蜜桃，很好捏的样子。

见他们半天不接过去，她又把笔往前递了一些，脸上的笑容恰到好处，和半小时前疯狂打人的模样全然不同，十分端庄地问道：“不要？”

在公安局里，做不完的永远是卷宗，找不到的永远是笔，对于这一点，黄涩涩深有体会，不想他们再把时间浪费在找笔这件事上。

一切准备就绪后，她主动交代事情的经过，末了又总结了一下：“其实东西倒没丢什么，就是我的手机挂坠掉了。”

虽然不是什么大事，但毕竟是她熬了一周夜才抢到的限量版手机挂坠，现在就只剩下一根孤零零的绳子，简单的“心痛”一词无法形容黄涩涩此刻的心情。

只可惜并没有人在意她此刻的心情是什么样的。

陈训的视线仍落在面前的那张纸上，手上的笔没有停下，一边记录着，一边按照例行规定问道：“想没想过嫌疑人身上可能带着武器，或是有其他同伙在附近。”

这次黄涩涩迟迟没有回答，因为她正忙着伸长脖子，想看看对方到底写没写手机挂坠的事，听见敲桌子的声音后，吓得一抬头，正好对上陈训的眼睛。

里面找不到半点温和的影子。

见状，她赶紧把脑袋缩了回去，重新坐直身子，语调向上地“啊”了一声，反应过来他问的问题后，郑重地点了点头：“嗯，想过。”

“想过？”陈训似乎有些意外她的回答，微微往椅背上一靠，扯了扯嘴角，就像是朋友间聊天似的，语气随意，“想过还追上去，最近生活不如意？”

“……”什么意思，拐着弯说她找死？

黄涩涩当然知道刚才那么做具有一定危险性，但她从小接受各种训练，身体素质不比普通女民警差，更何况她追上去又不是因为头脑发热，是看自己打得过才决定追的。

被误解的人觉得冤枉，想反驳，又被他脸上意味不明的笑弄得心里没底，只能埋下头去，小声嘟囔道："可我爸以前也没教我见着小偷要绕路走啊……"

如今警察的地位不比过去，群众和他们对着干的情况屡见不鲜，但她的语气又不像故意顶撞，李夺有些摸不着头脑，只好眼珠一斜，偷瞄着自家队长，却见对方神情未变。

黄涩涩的脑袋都快垂到胸口了，从陈训的角度望过去，只能看见被哈欠挤出来的眼泪浸湿的睫毛以及挺翘的鼻尖、微鼓的脸颊，就像一颗委屈的水蜜桃，不再雄赳赳气昂昂。

这下他彻底放下了笔，眼底渐渐浮出零星情绪，下颌一仰，指了指隔壁桌，没头没尾地问道："你知道你和她们哪点最像吗？"

闻言，黄涩涩转过脑袋，瞅了瞅旁边那几个把校服上衣围在腰间当裙子穿的女生，不知道这个问题有什么意义，心想他肯定不可能是夸她年轻，但也不至于暗讽她的闯祸能力吧，大家又不熟。

猜不出答案，她只好虚心请教："哪点？"

"脑子。"

"……"

李夺一个没忍住，笑出了声。

黄涩涩听了直想打人，她忍不住在心底骂了句脏话，清楚地听见端庄的面具裂掉的声音，没想通自己到底哪里得罪了他，居然被怼了好几次，压抑多时的自我终于开始释放。

"咻"的一下，黄涩涩站了起来，表情凶狠，身下的椅子随着她的动作往后一移，发出刺耳声响。气势汹汹的样子，看得李夺还以为她要动手，还好她只是一把抢回了自己的笔。

陈训对这一举动似乎并不意外，神情寡淡，盯着她看了一会儿，视线又落在她的身后，而后毫无征兆地站了起来，长腿一迈，朝外面走去，什么话都没有留下。

什么意思？这么小气，连笔录都不做了？

空出的位置很快又被一位重量级选手填满，这下别说是黄涩涩了，就连李夺也完全不知道发生了什么事，并开始怀疑自己到底是不是警察，小声问着新搭档：“你跑这儿来干什么？”

“还能干什么，当然是做笔录啊。”汪海洋一坐下来就开始翻笔录，解释道，“我刚才拉肚子，让老大帮我顶一下，嘿嘿。”

黄涩涩重重叹了口气，有点装不下去了，肩膀往下一垮，不再坐得像棵树，再一次主动把笔递了过去。

做完笔录的时候将近十一点，整栋楼越发安静，只听得见野猫野狗的叫声。

赔了手机挂坠又折兵的人还陷在悲伤中，没精打采地往外面走，谁知道刚一出去，又撞见刑侦队的几个人，他们正勾肩搭背站在走廊上，不知道在商量什么。

刑侦队里基本都是一些二十几岁的年轻小伙，平时执行任务一个比一个热血英勇，其实私底下和普通大男孩儿没什么区别，爱打爱闹，更别提今天还好不容易破了个案子，正兴奋呢。

看见她的身影后，窸窸窣窣的说话声小了一点，你撞我我撞你，最后终于撞了个代表出来，突然起哄，冲着走廊另一端喊道：“老大，这么晚了，送送人姑娘呗！”

黄涩涩面无表情地看了他们一眼，没心情搭理这群兴奋过头的小伙子，于是装作没听见，头也不回地下了楼。

小城市的夜晚又深又静，街道上已经看不见行人了，一路相伴的只有天上的月亮。可是走着走着，单调的水泥地上忽然多出了一道人影。

走在前面的人步伐一顿，认出这道脚步声，却一点都不领情，还在为了刚才的事生气，见他一直跟在自己身后，冷哼了一声，语气里满是火药味：“不用你送，我自己能回去。”

她转过身子，细软的短发在空中划出利落干脆的弧线。只不过陈训好像压根儿没注意到她，径直从她的身边走过，直到听见她的声音才停下，站在原地回头看她，问道：“什么？”

空气安静。

原本黄涩涩气焰还很嚣张，一听这话，愣了几秒，而后面无表情地转回身子，以肉眼可见的速度加快前进的脚步，接着变成小跑，最后一路狂奔而去。

怎么偏偏忘了他俩住同一个小区！自作多情真是害死人！

觉得丢脸的人就快要消失在茫茫夜色中了，陈训却还站在原地，眼角忽然含着笑，继续跟在小姑娘的身后慢慢走着，这时裤兜里的手机响了起来。

是一条新短信，打开一看。

“老大，送完姑娘记得回来继续审人啊！”

他不置可否地扬了扬眉，没有回复，直到看见黄涩涩进了单元楼才往公安局走去。

立夏以后，沉寂了一冬天的暑气开始蠢蠢欲动，尤其到了中午，学生扎堆的杂货铺就像个大蒸笼，正在排队结账的黄涩涩热得快失去理智了，却忽然被前面女生的对话吸引住。

“我昨天回家的时候遇见变态了！就在路上对着我撸，还差点喷我一手！”

嗯？

她停下用手扇风的动作，瞬间来了劲儿，竖起耳朵认真偷听。

女生的朋友自然是一番安慰，惊讶道：“那你人没事吧，是不是又在那个小树林附近？下次别走那儿了，我听说隔壁班好几个女生也遇见了。”

“真的？那我……”

“哟，这不是把咱大寸儿按在地上打那姑娘嘛。”

突然窜出的无关声音打断了黄涩涩的偷听，她眉头一皱，立马循声望去，见说话的居然是那晚在走廊上起哄的人之一。

于是她果断选择没听见，顺便往四下看了看。刚在心底许愿千万不要撞上其他人，随即便听见另一人打着招呼：“哟，女侠，这么巧啊，在这儿都能遇上。”

对于李夺来说，七天的时间足以让他忘掉之前的屈辱，看见她不再忧愁，可惜黄涩涩没这么看得开，直到现在也不愿回想那段堪称滑铁卢的经历。

一秒都不行，否则她可能会忍不住掐死愚蠢的自己。

好在对方是李夺，出于对他的内疚，她至少还有心情搭理，可惜不太方便说话。

由于杂货铺里没有购物篮，为了能一次性多拿点，除了一怀抱的饮料，黄涩涩还咬着几根冰棍几袋瓜子几袋凤爪，腾不出嘴巴，所以只能学着他们打招呼的方式，“哟”了一声，声音虽不清不楚，但也算是回应了。

李夺看她可怜，主动帮她分担了些，拿下她嘴里的零食，同时提醒道：“对了，我们老大也在。”

关……关她什么事？

本来听见那两个字，黄涩涩整个人就够不好了，谁知道更糟糕的是，李夺话音刚落，她的身边立刻多出来一人，那人穿了件外套，一如既往的黑色。

杂货铺不比那些亮堂的便利店，白天基本不开灯，全靠外面的自然光，现在被男人一挡，光线更是暗了好几度，不过并不碍事，因为眼里的人照样清晰。

和大多数警察比起来，他的皮肤偏白，好在五官端正，平时脸上也没太多表情，骨子里透着的是不苟言笑的冷冽与强势，把这白皙肤色带来的轻佻压下去不少，也衬得那双眼睛尤为漆黑锐利。

说来也奇怪，她天不怕地不怕，独独怕这双眼睛。这下连躲的机会都没有，她直接僵在原地，全靠余光和耳朵注意周围人的动静。

前面的女生终于结完账，提着大包小包离开了，于是她看见李夺把她的零食放到结账台上，又听见陈训要了条玉溪，接着视野里多出一只手。

黄涩涩一惊，不明白这是什么意思，立即后退了小半步，抬头和他无声对视着。一旁的李夺主动解释道："女侠，赶紧把你的饮料放上来吧，今儿我老大请客，你算是赶上趟了。"

"不用了，谢谢，我们单位可以报销。"黄涩涩依然紧抱着那几瓶水，移开了视线，也不知道该看哪儿，拒绝了这份好意。

陈训也没有强求，收回手，结了账就走出去抽烟了，可她总觉得哪里不对劲，直到结账快结束才反应过来，心想这人插队还真是插得清新脱俗啊，居然毫无痕迹！

"你们单位在附近？那我帮你提过去了啊。"

好人做到底的李夺还留在杂货铺里，帮她把东西一一装进袋子，又一把提起，往外走去。正在付钱的人见状，手脚忙乱，阻止道："别，我自己可以，你回……走错了！左转！"

幸好她冲出去的时候，对方没走多远，他望着围了一群人的前方，问道："你该不会是卫计局的吧？"

"对啊。"

上次的事，黄涩涩一直过意不去，所以也不追究他说话的语气，接过他提着的袋子，让他在原地等着，自个儿往人群里挤，几分钟后拿着好几个小盒子重新出现，通通塞给了他。

“没什么能给你，别嫌弃。”她生怕被发现，小声说道，“局里这次买的牌子货，质量不错。”

考虑到她的工作性质，李夺也没多想，毕竟是一番好意，总不好拒绝，用不用又是另外一回事。可没过一会儿，他又折了回来，受挫道：“老大让我还给你。”

“为什么？”

“他说你这是在鼓励我知法犯法。”李夺挠了挠自己的板寸头，好像有些不好意思，“我单身，拿着这玩意儿没用。”

虽然话是这么说没错，可是莫名地，黄涩涩听了后，脑海中蹦出的第一个画面是陈训说这话时的神情。

你知道你和她们哪点最像吗？

脑子。

之前的心理阴影又被扯了出来，害得她不断在心底给自己打气，努力证明自己有脑子，想了想，把退回来的小盒子收好，又从兜里拿出所有的糖，重新放进李夺的手里。

“告诉你们队长，刚才是我给错了！”她一边怒视着不远处的人，一边咬牙切齿道。

树下的几人正在谈论最近的一宗抢盗案，汪海洋因为站的位置正对着卫计局摆的摊，所以第一个察觉到这道视线，莫名打了个寒战，忍不住插了句无关主题的话。

“老大，你是骗了人姑娘财还是色啊，怎么又在瞪你了。”

深受其害的林东点了点头，立马附和道：“对！那晚我也被瞪了，刚才还被无视了！”

陈训正低着头掸烟灰，眉眼微敛，闻言，思忖了片刻才开口说话，听上去像是在反省，却又带着微不可察的笑意，叹道：“是我低估了她的记仇能力。”

那头的黄涩涩不知道他们的对话内容，还在用眼神杀人，直到听见李夺说“找到你的手机挂坠了”才集中注意力。

闻言，她立马激动地跳了起来，一把抓住他的手臂，兴奋道：“真的吗，在哪儿？”

“还能在哪儿，我们老大那儿呗。”

“……”

本来短时间内，黄涩涩都不打算再踏进那栋小楼半步，如今为了手机挂坠，不得不做出一点牺牲，因而她下班后第一时间杀了过去。

可一想到自己在陈训面前丢过两次大脸、一次小脸，她就生无可恋，说什么也不能发生第四次，于是在距离终点还有一步之遥的时候，她又停了下来。

为了保证万无一失，黄涩涩一边调整气息，一边整理着头发衣服，无意间发现门居然没关严，心中一喜，赶紧上前一小步，先偷瞄一眼再说。

里面只有陈训一人，画面有点非礼勿视，因为他正赤裸着上半身，裤子松垮垮套在腰间，好像才穿好似的，不知道刚刚干了什么见不得人的事。

遗憾的是，由于他背对门而立，所以只看得见后背。厚薄得当的肌肉，美感和力量兼备，而没入裤腰的线条，更让人忍不住浮想联翩。

比制服的诱惑还要诱惑。

黄涩涩咽了咽口水，收回视线，靠着墙平复心情，顺便复习了一下刚才的画面，这才意识到他的左手臂好像缠着纱布。

怪不得大中午也穿外套，原来是想遮伤口？

正想着，一道故作神秘的声音忽然在她的耳畔响起，贱兮兮地问道：“咱老大的肉体好看吗？”

“……”

还在认真思考问题的人差点原地跳起，不是因为做贼心虚，纯粹就是被吓的，她连忙转过身子，发现李夺不知什么时候蹿到了她的身后，而且还率领了一群一米八几的男人……偷看她偷看陈训？

平时的娱乐生活到底是有多匮乏啊！

黄涩涩还没缓过来，拍了拍剧烈跳动的胸口，见几双眼睛仍炯炯有神地盯着她看，以为他们也有事找陈训，于是挥了挥手，有气无力道：“你们先吧，我不急。”

“不急不急，你帮我们把文件带进去就是了。”李夺显然早有预谋，往她怀里塞了好几本卷宗，对上一个问题锲而不舍，“说真的，我们老大的身材怎么样？”

此话一出，黄涩涩混沌的大脑逐渐清醒，总算知道他们在打什么如意算盘了，轻哼了一声，慢悠悠地回道：“挺好看的啊。”

这个回答让一票人失望，另一票人由衷为她爆灯：“有眼……”

可没等他们说完，她就伸手制止了，示意别这么着急，话锋一转，补充道：“可惜好看的一般不中用，也没什么使用价值，对吧。”

对……哪里对了？

在场的都是大老爷们儿，平时什么荤段子没听过，偏偏现在没一个敢随便吱声，只想红着脸躲避，没想到一个小姑娘居然敢这样质疑他们老大的能力。

黄涩涩倒是对他们的反应非常满意，心想给她下套？还太嫩了点。

她正得意着，一道意料之外的声音随着风声一同钻进耳朵，就像是一杯白开水，清淡无味，听不太出情绪，平静道：“我以为这种事只有用过的人才有发言权。”

·Chapter03·

不能直接加微信吗

穿堂风招摇过市，姑娘柔软的短发被吹起，在陈训颈间若有似无地拂动，和她本人一样不安分。

他就站在黄涩涩的身后，倚着门框，意态从容，周遭的空气却似阵阵春寒，原本嬉皮笑脸的人立马正经起来，叫了声“老大”，站得笔直，像堵墙似的挡在她的面前。

陈训没搭理，垂眸睨了眼呆若木鸡的人，用手机挂坠取代了她怀里的卷宗。

冰凉的触感让黄涩涩回过神来，这才发现自己整个后背竟然都没了知觉，倒不是因为说人坏话被当场抓包，全因后面的人靠得太近。

近得她能感受到他滚烫的体温，他说话时胸腔的震动，鼻息间也全是他的气息。

熟悉的烟草味混杂着不知名的独特香气，沉淀成令人心安的稳重，就像雨后蓬勃生长的雪松，辛香又清冽，好闻得不像话。

黄涩涩稍微慌了点神，不想受这气息的干扰，下意识屏住呼吸，抬头的瞬间，正好看见面前那几双炯炯有神的眼睛正齐刷刷地望着她，好像很期待下文。

话都说到这份儿上了，还能有什么下文？

她有些伤脑筋，又不想认输，于是清了清嗓子，无视存在感极强的某人，一本正经地说道："放心，如果有机会，我会向大家汇报使用感的。今天就这样，我还有事，先走一步。"

既然手机挂坠已到手，她也没理由继续留在这里，丢下一段不负责任的言论，准备溜之大吉，谁知行动的瞬间，手腕上却多出一道不属于她的温度。

热铁般，又烫又硬，下一秒便放开了，她回头一看，是陈训。

小姑娘的手腕纤瘦得不像话，握在手里没一点感觉，偏偏细滑的触感还赖在掌心不肯消失，他下意识伸手去摸裤兜里的烟盒，却扑了个空。

这让男人眉头微蹙，往后一退，声线紧绷，低声道："进来，还有点事和你谈。"

"哦。"黄涩涩没听出他的异样，也不去想原因，机器人似的，按照既定程序，走进办公室。

见状，以李夺为首的一群人立马围了上来，讪笑着，可惜还没来得及说话，一句简洁冷硬的"俯卧撑准备"便将他们打回原形。

办公室里的人还在神游，直到陈训在她的旁边坐下，开始一页页翻看交上来的卷宗，她才反应过来，意识到他俩好像没什么事情可谈，正想问，就听见他说话了。

"那晚回去，包里有没有多出什么东西？"

那晚？小偷的事还没完？

弄清楚是因为什么事后，黄涩涩的心里有了底，面上依然保持着公事公办的态度，回答道："我得回去看看才知道。"

她平时不怎么背那个小包，这会儿没法给出确切的回答，陈训好像也不是太着急，"嗯"了一声，随便扯了一张纸，在空白处写下一连串数字，说道："有事打电话。"

盯着眼前的那张纸，黄涩涩有点意外，但还是将纸叠得方方正正的，放进包里，接着继续坐得端正，没有离开的意思，又问道：“不能直接加微信吗？”

不得不说，连她都有点佩服自己假公济私的本事，为了加个微信，居然说出这种冠冕堂皇的话。

闻言，一直低着头的男人终于有所反应，漆黑无光的眼睛微抬，望向她，眼尾的弧度弱化了其中的锋利，教人分辨不出里面藏着的究竟是不是探究。

这让黄涩涩无力抵抗，心跳如擂鼓。

还好在她被看得老实交代之前，陈训就收回了视线，扔了部解好锁的手机给她，意思再明显不过——自个儿加。

真是简单粗暴，还懒。

黄涩涩一边小声嘀咕着，一边拿起手机，很快就找到了微信，看见图标右上角显示的“99+”时，眼皮一跳，嘀咕得更厉害了。

完成添加好友的步骤后，她别扭地说了声“谢谢”，而后飞快逃离了案发现场。还在外面做俯卧撑的人见机会来了，争先恐后跑进办公室，嘘寒问暖着。

“老大，你的伤怎么样了？”

“老大，明早想吃什么？”

“老大，难得今天不加班，早点回去休息吧。”

坐着的男人正在点烟，火光映亮偏冷的面容，听见这些关心后连表情都没有变一下，眼神轻扫，示意他们站好别废话，咬着烟，嗓音有些凉，问道：“谁的主意？”

“大寸儿！”

“……”说好的共患难呢！他只是故意没关门，提议说看看黄涩涩的反应，可打赌的事是他提的吗！是吗！

陈训靠着椅背，闲闲地看了眼还想说话的人，也不听解释，直接从卷宗里拎出几本厚的，扔到他的面前：“重写。”

“……”

遗憾的是，已经下楼的人不知道这段插曲。此刻她正坐在一楼的办公室里，等着余音一起回家，其间又把包里的那张纸翻出来看。余音一瞧，调侃道：“行啊，这么快就要到电话了。”

“还有微信。”听上去像是炫耀，可她高兴不起来，忧愁道，“你说这么容易就要到了联系方式，会不会有诈？”

“哟，平时做事没脑子，这种时候又假聪明，陈队诈你能有什么好处？”

一听这话，黄涩涩立马不乐意了，双手捧着脑袋，抱怨道：“别再攻击我的脑子了，最近它承受了太多不该承受的压力！”

“……”

余音白了她一眼，关电脑，走人。没想到路上她们又遇见了余岳，于是最矮的人站中间，一手挽着一个，脚步欢快，兴奋道：“我们仨有多久没一起回家了？”

“不加班的人最好别主动提这种事。”

“对了，和你们商量个事儿。”黄涩涩无视了余岳的友情提醒，双手往中间一合，把俩人都拉拢了一些，“听说咱母校附近有暴露狂出没，我决定去会一会，你们跟不跟？”

自从小学六年级徒手抓到一个变态后，她的警察梦就被彻底激活，从此一发不可收拾。保护班里女同学，和小混混打架之类的事层出不穷，也没少挨批，但她乐此不疲，直到初中毕业。

最近好像又有故态萌发的趋势。

可惜话一说完，她的后脑勺就挨了一巴掌。余岳盯着小矮子，怒其不争：“会点三脚猫功夫，还真把自己当飞天小女警了？”

“什么啊，那些暴露狂成天只知道撸来撸去，能有什么危险。”黄涩涩揉了揉脑袋，不服气地反驳，顺便拉票，“是吧，余音？”

然而她唯一的盟友，毫不客气地泼了她一脸冷水，否定道：“恐怕不是吧。”

“唉，算了。”她一脸愁容，松开了挽着两人的手，望着远方，眼神坚定，“有些路注定要一个人走，你们别找我妈告状就是对我最后的温柔。”

俞珍曾严令禁止，不准她和警察走得太近，就是怕她遇上什么危险，更别提抓暴露狂了，如果被她知道，到时候肯定又是一场腥风血雨。

余岳却不管那么多，直接警告道：“你要是敢偷偷去，出了事别指望我救你。”

黄涩涩随便应了几声，没当回事儿。一回家她就钻进房间，把那天背的包翻了个底朝天，连不知道什么时候放的几百块钱都找到了，愣是没看见陈训说的东西。

不过找得到才奇怪，这年头的小偷又不傻，还会偷一送一不成？

她在心底默默吐槽，发现拨出去的电话已经接通，连忙回过神来，原本充满朝气的声音又被刻意伪装，故作老成道：“我找了，没有你说的东西。”

短暂沉默后，对方简单“嗯”了一声，既没有追问，也没有质疑，就像是无条件信任她的话，这让黄涩涩有点不知是悲是喜。

一方面，她觉得陈训想太多；另一方面，又觉得他做事不太严谨，忍不住多问了一句：“你就这么肯定我说的是真话？不怕我偷偷藏起来了？”

等她说完，听筒里只剩下风声。电话那头的人不知道在想什么，过了一会儿才重新开口，语速比平时稍慢，带了点说不清道不明的情绪：“你爸应该不会教你这些。”

“……”又拿她的话堵她的嘴？

虽然黄涩涩平时大大咧咧的，但父亲是底线，任何人都碰不得，所以第一反应还以为他又在嘲讽自己，想也没想，直接挂断了电话。

由于职业的特殊性，黄万康几乎很少参与她的人生，却并不影响他在她心中的地位。

平时只要有空，他就会陪黄涩涩玩，和她讲一些部队的事，教她面对坏人应该如何应对。那时候她最常说的话就是，以后要当一个像爸爸一样的人民警察。

可惜后来什么都变了。

一想到这儿，她心里的遗憾又涌了出来。

这时门外传来了俞珍的声音，叫道："涩涩，吃饭了！"

"来了！"

黄涩涩从往事里回过神来，应了声，走出卧室，坐到饭桌上后，忽然想起一件事，问道："对了，妈，我听王婆婆说，昨天又有人在茶馆闹事，你怎么不和我说？"

"和你说有什么用，难道又让你把人打进医院？"

她家在小区外开了一家茶馆，都是俞珍在打理，周末的时候她也会去帮忙。每个月挣的钱还算可观，唯一不好的一点是容易遇见一些不讲道理的无赖，一杯茶水钱也想赊账。

不过俞珍是个好说话的主，能和平解决就和平解决，只有在教育黄涩涩的问题上才会严厉，这不，她又开始就相亲问题和她展开讨论。

"你好好把你的人生大事解决了，我就不用每天替你操心了，茶馆也不开了，像隔壁张阿姨那样，到处旅游，玩个两年，再回来给你带孩子，正合适。"

带孩子？想得太多了吧。

黄涩涩用筷子戳着米饭，没有往下接话的意思，于是俞珍只能主动问道："王婆婆上次介绍的小伙怎么样？是叫江迟吧？"

"还行吧。"

"行就行，不行就不行，什么叫还行？"

"我的妈，这才认识几天，我怎么知道行还是不行，总得再多处一段时间看看吧。"

经过这几天的线上交流，黄涩涩发现江迟人挺好的，就是对她好像崇拜过头了，干脆收为小弟，但是对外还是相亲关系，因为她不想太快被安排下一个相亲对象。

听她这么一说，俞珍也觉得自己操之过急了，态度缓和了一些："行行行，我也不逼你，反正你抓紧点吧。"

这都还不叫逼，那什么才叫逼？黄涩涩沉重地叹了口气，胸口一堵，吃不下饭了。

自从开启了催婚话题，俞珍就好像刹不住车了，时不时就要拿出来说说，害得黄涩涩最近下了班也不想回家。

六月的一个周五下午，领导看不下去了，走过去提醒道："小房，还愣着干什么，赶紧去'嗨皮'啊。"

发呆的人"啊哦"了两声，回过神来，开始收拾东西，忽然间想起了什么，冲着那道已经走到门口的身影吼道："主任，我姓黄！"

"我知道啊，房嘛。"

"……"

算了，有一个"H""F"不分的上司也算可遇不可求的缘分，黄涩涩自我安慰着，检查好书包里的东西后，跟上大部队的步伐。

每个月末，单位里的年轻人都会组个局，这次正好选在了她以前读的中学周围，之前说好的会一会暴露狂的事也终于可以提上日程了。

不过黄涩涩真没把自己当飞天小女警，因为早在她爸因公殉职那年，她就打消了拯救地球的英雄梦，如今时不时发作，要怪也只能怪遗传的力量太大。

嘴巴上说放弃，身体却很诚实，总有路见不平一声吼的欲望，幸好从小到大她都有一个原则，那就是绝对不主动挑事，要打也只和自己打得过的人交手，如果遇上不好惹的，那就抓紧逃命。

暴露狂被她归为“打得过”的一类，没有一点威胁力，更何况今天还天时地利人和，更应该见见了，所以当聚餐活动进行到第二个环节时，她找了个借口开溜。

一出KTV黄涩涩便看见一道熟悉的背影，连忙冲上去，挽着她的手，兴奋道：“余音，你怎么突然想通，打算来陪我了？”

想通？应该是想不通才对吧。

余音低头看了看身上那件为了配合她特意穿的校服，叹了今晚的不知第几声气：“我哥让我好好盯着你，不要祸害无辜。”

“嘁。”

黄涩涩心情愉悦地轻哼了声，又听身边的人问道：“你说的暴露狂就在这附近？”

“应该是吧，反正我打听了一下，据说那变态就喜欢在晚自习结束后，躲在角落里，专门偷袭那些晚回家的女生。”

她同样不太确定，今天过来也只是抱着试试看的心态，没想过一定要找到，不过现在距离晚自习结束已经快半小时了，按理来说正是最佳作案时机。

于是她们继续往外走着，结果还没走几步，忽然间听见一声尖叫，下意识对视了一眼，而后二话不说，直接以最快的速度朝发出声音的地方跑去。

可是刚刚跑出小巷，声音就消失了。

眼前只剩下一条宽阔的马路，以及人行道旁无法被路灯完全照亮的小树林，一切都让人无从下手，失去方向的人只能暂时站在原地四处张望。

幸好受到惊吓的女生比较显眼，为她们提供了准确的位置信息，重新找到方向的人立即加快步伐，过去以后分工明确。

余音搂着女生，轻声安慰，带着她往安全的地方走，头脑简单的人则负责解决暴露狂。

这样的安排正好如了黄涩涩的意，拦住还没有反应过来的男人，双手抱肩，一步一步逼近，笑得像个小流氓。刚准备动手，又觉得不对劲，仔细看了看对方，忽然瞪大眼睛。

“怎么是你？”

暴露狂看上去三四十岁，上半身很正常，下半身却不堪入目，露出软绵绵的性器官，一只手还在上面不停摩擦，看上去怪心酸的，仿佛在呐喊，大兄弟，振作起来。

而这个人不是别人，正好是她小学六年级徒手抓到的那一个，不同的是，当年的小伙已经成了中年大叔，脸上那颗痣也越长越大。

说完后，她的视线往下一扫，皱了皱眉头，嫌弃道：“怎么还这么小。”

“……”

对方显然也没料到会在这里撞见她，瞬间想起了当年被她支配的恐惧，提起裤子就跑，可是哪里跑得掉，一下就被揪住衣领，差点没被勒死。

“大哥，老实点吧。”黄涩涩反扣着他的双手，让他头抵着树干跪在地上，一边好心提醒，一边打电话报警。

绝望的暴露狂痛哭流涕道：“小妹妹，我错了，再给我一次机会吧！”

不听不听，王八念经。

黄涩涩充耳不闻，完成了自己该做的事后，吹了记胜利的口哨，接下来只用等着警察把他带走。谁知这时马路对面竟突然传来几声巨响，伴随着刺耳的急刹车声，剧烈程度堪比四月的春雷始鸣。

她被吓得一抖，还以为出车祸了，扭头望向对面。

原本空荡荡的非机动车道上不知什么时候停了几辆车，横七竖八地乱摆着，上面的人陆陆续续走了下来，加起来可能有十几个，每人手里还拿着一根铁棍，围着一辆轿车就是一顿猛砸。

叮叮当当的清脆声响并不悦耳，只令人心惊。

“聚众斗殴”是黄涩涩对此的第一判断，而这种场合恰好属于需要她快跑逃命的，所以远观即可，绝不瞎掺和。

不过很快，她又改变了看法，因为在收回视线之前，陈训的身影似乎出现在她的视野里，尽管存在的时间如同来来往往的车灯，一眨眼的工夫就没了，她却还是急忙停下动作。

可惜当她再仔细看时，已经找不到人了。

黄涩涩不知道是不是自己眼花，想要过去确认一下，但是余音送女生去公交车站还没回来，眼下没法离开，正焦急着，忽然听见身后有人叫了声“黄小姐”。

她立马回头，见是江迟，面上一喜，顾不上解释，直接请求道：“帮我个忙行吗，我已经报了警，你守着他直到警察来。”

虽然江迟不清楚发生了什么事，但十分乐意帮她，可惜心有余而力不足，有些为难，自我质疑道：“我……我行吗？”

看着面前这个“身高一米八，胆子丁点大”的男人，黄涩涩心想好像确实不太行，于是拿出准备好的绳子，把暴露狂绑在树上，交代道：“如果他敢跑，就直接对着这儿踩，知道吗？就像这样。”

怕对方无法领会动作要诀，她还专门示范了一下，重点强调最后用脚尖碾的步骤，看得江迟忍不住想要护裆，赶紧点了点头，表示自己学会了。

没了后顾之忧的人道了声谢，赶忙朝马路对面飞奔而去。这个时候附近已经聚集不少围观群众，经过的车辆也停下来看热闹，可都不敢太靠近。

旋涡中心的情况并没有好转，被围攻的车身早已凹陷，车窗也几乎被砸得稀巴烂，可车里的人仿佛还想垂死挣扎一番，并没有就此投降的意思，反而开始轰油门。

黑色桑塔纳就这样在非机动车道和人行道之间胡乱冲撞，疯狂撞开挡路的车辆，车速很快，试图杀出一条血路，围在车旁的人毫无准备，纷纷散开，鸣枪示警，依然不见奏效。

暴脾气的林东被轿车从前面一路挤到后面，差点被撞，一阵火大，一边找最佳的逮人位置，一边骂道："看老子待会儿怎么收拾这个浑蛋！老大你注意安全！"

一旁的陈训没有说话，眯了眯眼，盯着急速后退的车子，忽而上前一步，他掂了掂手里的铁棍，在车子和自己擦身而过的瞬间，抡起棍子，重重砸向挡风玻璃，快而狠。

为了不给对方反应的时间，他又迅速给了几棍，一下比一下重。开车的人被这一突如其来的举动吓到，下意识踩了刹车，抬手去挡。

疯狂的黑色桑塔纳短暂停下，终于让人有了进攻的机会。

见状，陈训扔下铁棍，立即从绿化带里疾步走出，不顾摇摇欲坠的尖锐玻璃，直接将手伸进车内，扯棉絮般，把驾驶座上的人从车里扯了出来，丢垃圾似的摔在地上。

动作一气呵成，干净利落。

其他人这才反应过来，立刻重新迎上去，将里面的人通通拉了下来，脸朝地按在地上。

混乱的场面总算是控制住了，大家伙松了一口气，开始检查各自的伤情，严重的送医院，不严重的就先坐在路边缓一缓，余下的则控着犯罪嫌疑人。

李夺运气好，只是被擦挂了一下，看见马路牙子上的陈训后，凑近叫了声"老大"，下一瞬又注意到他的手，脸色一变，冲着人多的地方喊道："冬瓜皮，快滚过来！"

“咋了咋了？”

还在不远处交流心得的林东应了声，一过来就看见了自家老大的伤。

左手臂上除了被玻璃划伤的各种小伤，还有一道被砍的口子，鲜血正沿着手臂往下流，要不是穿的深色衣服，画面恐怕更加触目惊心。

他一看，又是一阵破口大骂：“这谁干的，活不耐烦了啊……”

“行了，我还没废。”陈训脸上没什么表情，兜头给了他一巴掌，力道不重，却足以让他闭嘴，下颌微抬，示意他们过去帮忙，“赶紧把人押回去审。”

“老大……”

两人还想说些什么，可剩下的话全死在了陈训的眼神下，只能照他说的做。

等他们重新加入大部队后，陈训这才走到路口，准备打车去医院，几步过后，却又忽然停下脚步，毫无征兆地望向人头攒动的地方。

他的眼底蕴着尚未完全收回的狠戾，像一头尝到血味的猎豹，还带着一点攻击性，看得正在踮脚张望的黄涩涩倒抽了一口冷气。

她下意识放下脚尖，隐藏在人群之后，抚着扑通扑通直跳的心脏，不知道自己有没有被发现。

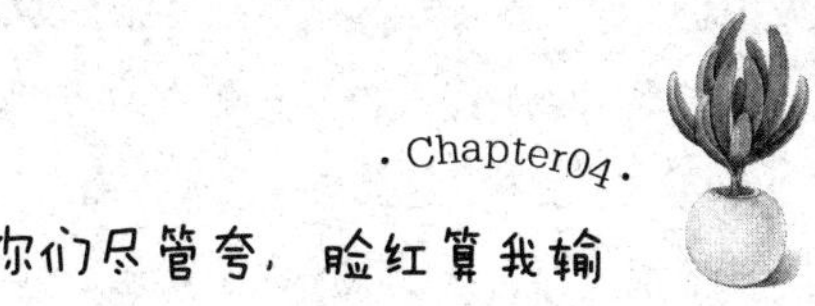

·Chapter04·
你们尽管夸，脸红算我输

黄涩涩一路尾随陈训，来到了医院。

不过也不知道今晚是不是什么事故高发日，晚上十点多医院大堂里依然有不少人，甚至走两步都能遇见浑身是血，躺在手术推车上的伤者。

她左躲右闪着避开，过程有些艰辛，不光不能被前面的人发现，还要保证不会把人跟丢，幸好最后成功潜入了急诊科，她躲在医护工作站旁，做贼似的，小心翼翼观察着里面的情形。

陈训被安排在角落的床位，很快来了位医生，检查了一下他的伤口，好像还说了些什么，可惜离得太远，黄涩涩听不清楚，正估摸着要不要换个墙角蹲，肩膀被人拍了下。

工作站的护士见她穿着一身校服，还以为是来找家长的，好心问道：“小妹妹，找谁呢？”

“不不不找谁，随便看看。”

她摆了摆手，结结巴巴地回答。一秒钟后，她意识到自己好像说了大实话，懊恼不已，一抬头，发现护士的眼神果然变了，心想对方肯定觉得她是来找碴的。

没办法，黄涩涩只好站直身子，打算假装出去晃一圈，以此减弱存在感，结果手机铃声倏地响起，一看，屏幕上赫然显示着“你才没脑子”

五个大字，吓得她差点没把手机扔了。

陈训给她打电话干什么？

她张大嘴巴，既惊讶又奇怪，第一反应是躲在帘子后面，稳了稳情绪才接起，为了不被听出异样，还特意没什么灵魂地“喂”了一声。

可惜电话那头的人并没有配合她的演出，说话风格还是那么不留情面，直接道：“跟了这么久，光是偷看两眼就够了吗？”

黄涩涩一惊，连忙掀起帘子一角，探出脑袋，没想到视线在半空中和他撞了个正着。

惨白的白炽灯下，陈训的眼睛恢复了以往的波澜不惊，直直地望着她。

下一秒听筒里又传出两个字，像是邀请，却带着少许不容拒绝的强硬，说得不急不缓：“过来。”

黄涩涩完全不知道自己什么时候暴露的，条件反射地想要拒绝，转念一想，又觉得既然都已经被发现了，拒绝能有什么用？

于是她悲壮得像个赴死的战士，表情十分到位地走了过去。

场面一度很尴尬。

本来他俩就不熟，再加上他们上一次的交集还停留在黄涩涩挂他电话这么尴尬的事上，无论哪一种情况都让她浑身不自在，又不得不故作镇定。

所以没等对方说话，黄涩涩便率先开口道：“那什么……我必须申明一下，跟踪你是我的不对，但我对你绝对没有任何企图，你千万不要误会。”

陈训坐在病床上，比她稍矮半个脑壳，此刻正微仰着头看她，卸下所有防备，认真听她胡掰瞎扯，看上去难得亲近，难得随和。

尽管如此，黄涩涩还是不敢直视他，还好他的眉骨生得好，不像眼睛那般气势逼人，让她的视线可以安全停留在那里。

看着看着，她意外发现他的眼皮上有一道窄窄浅浅的褶，只有眨眼的时候才看得见，她忍不住想要捕捉这个瞬间，赶紧强迫自己转移注意力，最后目不转睛地盯着那只受伤的手臂看。

伤口的血迹已经被清理干净，露出的皮肉绽开，伤口不算太深，至少没见骨。可每缝一针，黄涩涩的呼吸就跟着一窒，五官也不自觉皱成一团，难以想象这样大的伤口当时他有多疼。

说实话，她长这么大，看过不少打群架的，警匪干架却是头一回见，现在回想起来，才发现亲眼所见远比听人口头上说说，或是看电视来得震撼，惊险的感觉在脑海里一直挥之不去。

谁知道当事人反而置身事外，目光依然停留在黄涩涩的身上。

她一脸痛苦，一副怕疼又忍不住想看的模样，表情不知不觉丰富了起来，不再板着一张脸，似乎终于有了她平常该有的样子。

这让陈训觉得有些好笑，嘴角一挑，没有理会她刚才的那番解释，也没有追究原因，而是毫无关联地问道："带糖了吗？"

糖?

站着的人还专注于他的手臂，反应慢了好几拍，对这句话心生疑惑，但还是把兜里的糖全都找了出来，捧到他的面前："只有这些。"

花花绿绿的包装纸显然超出了陈训的接受范围，他皱了皱眉，矮子里拔将军，选了最朴素的薄荷糖，刚剥开糖纸，见她又在瞄他的手臂，干脆把她拉到旁边坐下。

黄涩涩对这一举动始料不及，即使隔着一层布料也能感受到他掌心的温度，好不容易冷静下来的心脏再一次不受控制地剧烈跳动着。

呆坐了一会儿后，她的各项体征逐渐恢复正常，开始思考他让自己过来的理由，忽然她想到一个可能性，立马拧着眉毛，扭头瞪他："你该不会就是为了吃糖吧？"

小姑娘的情绪说变就变，语气还略带威胁，却丝毫不惹人厌，陈训只觉新鲜，微微一哂，感受着薄荷糖在舌尖融化，带来清凉而不甜腻，烦闷的躁意一点一点消失。

烟瘾犯了，只好靠别的东西压一压，这的确是他的初始目的，却不是最终。

所以他没有回答，垂眸睨了眼身边的人，盯着她那身蓝白校服，岔开了话题，意有所指道："最近生活又不如意了？"

说好的吃人嘴软呢！

"谁生活不如意了，我是去抓……"吃了这么多次亏，如果还听不出他的弦外之音，黄涩涩可能真没脑子，反驳的话脱口而出，临到最后却话锋一转，"抓……抓蚊子。"

说完后，她暗自庆幸，心想还好没有说实话，要不然肯定免不了一番嘲笑，可这个回答并没有好到哪里去，连正在收尾的医生都忍不住插了句嘴。

"这个天抓蚊子，想必收获颇丰吧。"

"我出去打个电话。"

黄涩涩从来不打以一敌多的仗，又想起暴露狂的事儿，正好出去避一避，给余音打了个电话，得知对方已经被送到派出所后，心想还好今晚没有白白浪费。

她松了一口气，正准备挂电话。手机那头却传来一道熟悉的声音，嚷嚷着："女侠女侠，我老大呢，怎么样了，严不严重啊？"

李夺？他怎么和余音在一块儿？

黄涩涩重新把手机放回耳边，还记恨着上次在办公室门口被他们恶搞的事，如实回答道："不严重，死不了。"

"……"

这么说好像也没什么毛病，李夺挠了挠头，为了让她帮忙，只能另找一个具有说服力的说法。

“女侠，看在我老大帮你找到你手机挂坠的分儿上，你就好好照顾他一下吧，我代表我们中队先谢谢你了。”

此话一出，黄涩涩收起了淡定，惊讶道：“什么，他找到的？”

“对啊，上次去找盗窃案的物证，老大顺便……特意帮你找了下。”

上次她没具体问，还以为是队里的人找到，顺手放在了陈训的办公室，不知道背后还有这么个故事。

李夺没有注意到她的异样，说完后又感叹着，“说起来最近还真是点儿背，之前的盗窃团伙不像简单的盗窃团伙，今儿的拉车门抢夺案又损伤严重，要是再来几起，我们队可以考虑改成……”

黄涩涩听得很认真，正想着怪不得陈训让她回去翻包，敢情那小偷还真偷藏了东西，结果电话那头突然没了声儿，一看，通话已经结束。

肯定是余音嫌他废话太多给挂了。

对于自己的这位酷朋友，她是又爱又恨。被挂电话后，黄涩涩揣好手机，转过身子，没想到病房里的人居然正站在她的后面，身姿挺拔，手臂上缠着纱布，就像是袖章。

白色的，光荣又悲情。

黄涩涩愣在了原地，不知道想到了什么，一时间心情有些复杂。

从医院出来的时候，已经将近十一点，大街上时不时驶过一两辆汽车，一切都在有条不紊地进行着，安稳静好，仿佛几个小时前的抓捕行动只是一个无关现实的影视情节。

陈训却把这种假设拉回到了现实中。

他还得回去审犯人，所以习惯性走得稍快，但没走出几步，就想起还有一个短腿尾巴，正想回头看看她跟没跟上，肩上忽然多出来一件衣服，他步伐一顿。

黄涩涩一路小跑，来到他身边的时候还有点喘，短发凌乱，一双眼睛却水亮亮的，像雨水冲刷过后的星星。

她知道陈训在看自己，也知道自己的行为很诡异，但依然装作不在意的样子，像极了那些第一次给女生示好的小男生，有点不好意思，又死要面子，酷酷道：“注意保暖。”

二十七度的夏夜，晚风里已经有了栀子花的味道，只是淡得像春天的云。

闻言，陈训眉峰微挑，没有说话，从她的侧脸上收回视线，盯着身上那件尺寸明显不适合的外套，不甚明显的笑意在眼底晃啊晃，晃成了光。

耍完帅的人用余光捕捉到了这一幕，羞耻心后知后觉地苏醒，不敢再看他的反应，忽而听见他的声音，来自头顶，把她压得死死的。

“放心，死不了。”

“……”

为了表达自己的感谢之情，黄涩涩特意选了个周末，打算请余岳和余音这对刀子嘴豆腐心的兄妹吃饭，问了他俩的意见后，她顺便把江迟也叫上了，毕竟他也帮了不小忙。

酷暑难耐的夏天，冰啤酒和串串是绝配，不过去得太早热得慌，所以等到七八点天黑得差不多了，三人才慢悠慢悠朝串串店走去，刚出小区就遇见了江迟。

见着他们后，他立马迎了上来，笑得还是那么腼腆，打着招呼：“黄小姐。”

“你怎么还叫我黄小姐啊，这么见外。”黄涩涩被这个称呼呛了一下，连忙摆手打断。

“啊？那……那我应该叫你什么？”

怎么叫？这还不简单嘛。她指了指身边的俩人，也算是相互介绍认识了，说道：“余岳叫我黄二狗，余音叫我黄湿湿，你喜欢哪个就叫哪个吧。”

江迟一听，却面露难色。

这两个称呼对他来说都不太礼貌，他一个也叫不出口，只好自己另外想了第三种叫法："我……我能叫你涩涩吗？"

"行啊。"黄涩涩一向不在意这些细节，答应得很爽快。

谁知道话音刚落，背后又突然冒出一道最近很常听见的声音，如幽灵般，嘻嘻哈哈道："嘿，女侠，你说咱再偶遇几次，是不是就可以召唤我们老大了？"

为什么要假设这么不要命的事！

她的后背一阵发凉，立马转过身子，不出所料，看见的又是五六个人组成的队伍，其中有熟面孔，也有生面孔，唯独没有陈训，这让她松了一口气，佯装生气地教育道，"你好歹也是一人民警察，能不能别这么迷信。"

李夺嘿嘿笑了两声，开始挨个儿打招呼，又问道："你们去吃饭？一起啊，你朋友不介意吧？"

经过上次的事，中队的人已经知道了她和余音的关系，至于余岳，平时也因为各种机缘巧合接触过，还算熟，所以看见他们在一起也不惊讶，只有江迟是第一次见。

至于黄涩涩，这段时间和他们也算不打不相识，如今勉强称得上是半个朋友，一起吃饭多正常，没什么可介意的，只要没陈训，一切好说，就怕口味不合。

于是她指了指街对面的店，提前问道："前面那家串串，吃吗？"

"吃啊，怎么不吃。"

黄涩涩满意地点点头，猝不及防说了句"最后来的人埋单"，而后便拉着余音往前冲，见两个猪队友还不着急，赶紧催道："余岳、江迟，你俩快点！"

结果没跑两步，余音又将她一把拉住，让她好好看看身后那群根本不屑玩这个游戏的男人，无奈道："就你跑得最快，不觉得丢脸吗？"

"……"

丢不丢脸黄涩涩不知道，至少当她坐下来吃麻辣小龙虾的时候，她非常开心，咬下最厚的一块肉，吞下肚后又嘬了口冰镇啤酒。

凉爽的快意从喉咙一路渗进骨子里，滋味妙不可言，黄涩涩心满意足地打了个嗝。

几分钟后，砂锅里开始咕噜咕噜冒泡，溢出诱人的香气。黄涩涩放下小龙虾，瞄准快要煮好的麻辣牛肉，这才发现自己右边的位置还空着，动作一顿，问道："还有人要来吗？"

店里用的都是长条木凳，比四条腿的椅子更容易拉进人的距离，他们拼了三桌，大家伙排排坐，独独到她这里缺了个口，看上去就像是被孤立了似的。

李夺听见她的问题后，正要回答，忽然瞥见一道身影，也顾不上和她说话了，赶紧喊道："老大，这儿！"

"喀喀喀！"

黄涩涩今晚第二次被呛了，还呛得不轻，咳得双颊通红，可连缓一缓的时间都没有。没想到陈训会来，她下意识顺着李夺挥手的方向望去。

老社区附近总有很多其貌不扬的馆子，还都是一些有好几十年历史的老店，格局大多一直没变，但就算环境条件一般也挡不住火爆的生意。

这家串串店也不例外。

由于店内只有几台风扇工作，又闷又热，所以基本上用来摆放冰柜和菜品，用餐的顾客都坐在外面，导致此刻黄涩涩视野里全是来来往往的人，当然也包括陈训。

万家灯火撑开一角夜色，却通通沦为虚化的背景，独独衬托他一人，虽然五官模糊，被光线勾勒出的轮廓倒是清晰。

他走得不疾不徐，穿梭于生活的烟火气之间，融于其中，又仿佛独立于之外。

片刻后，这样一个矛盾的存在自然而然地坐在了她的旁边。

明明彼此之间的空间还很充裕，可是属于他的气息遍布每一寸空气，仿佛随便动一下就能碰着他的身子似的，黄涩涩都不知道应该怎么放自己的手脚了。

她下意识缩成一团，慌张地收回视线，一低头又正好看见他那只已经拆了线的手臂。

之前缝的十几针如今只剩下一条弯弯扭扭的伤疤，而那晚在医院发生的事还完好无损保留着，一瞬间涌入她的脑海。还有点别扭的人悄悄转过身子，背对着他，心想眼不见为净。

身为搞事担当的林东见状，就准备搞事了，反正之前已经得罪过了，也不在乎多得罪一次，说道："老大，刚才你身边那位姑娘说了，来最晚的人请客。"

刚才怎么没见你们来劲儿!

黄涩涩没料到自己居然又被坑了，很想反驳两句。不过其他人听他这么一说，全都默契十足地异口同声道："谢谢老大！"

伴随着气泡爆裂的声音，陈训放下酒起子，轻瞥了眼正咬着吸管喝啤酒的人，神色寡淡，语气也还算随意，可惜主语不明，"胳膊肘只会往外拐，留着有什么用，卸了得了。"

说……说给谁听的呢。

黄涩涩觉得每次和他见面准没好事，默默把自己的手往里收了收，可现在提出换位置又太明显了，于是只能往旁边挪挪挪。

这时，余岳开口说："黄二狗，你要不干脆直接坐我身上？"

"……"

话音一落，桌上的人目光又全都投向她，她也回过神来，不明所以，低头一看，却发现自己半条腿都搁在了余岳的身上。她恼羞成怒，用手肘狠狠撞了撞他的腰，赶紧挪开了。

气氛一时间变得有些微妙，江迟却在这时突然开口，替她解围："陈训，好久不见啊。"

听见这道小到可以忽略不计的声音，大家不约而同地寻找说话的人，发现那张唯一的生面孔，短暂沉默后，黄涩涩率先迸发出一声惊呼：“你们认识？”

“我们是高中同学，一个班的。”江迟害怕她误会，连忙解释道，“不过我……我不是要故意瞒你，只是没想到陈训也会来，也没合适的机会和你说，你别生气。”

见对方急得脸都红了，黄涩涩头一次对一个男人产生了保护欲，赶紧反过来安抚道：“这才多大点事儿啊，我怎么可能生气。”

闻言，陈训抬头扫了江迟一眼，神色复杂。

好在这段小插曲并没有产生什么不良影响，反而让李夺开启了一个全新话题，冲着黄涩涩那桌的人问道：“对了，你们都是三中的？”

见他们点了点头，他一脸羡慕，遗憾道：“我读书那会儿就听过咱老大的名字。真的，当时我就想，要是能和他打上一架就好了，结果在三中门口蹲了好几天，连个人影都没见着。”

“去门口蹲什么蹲，和财贸职高打架那次没去看？”林东干了一杯酒，十分嫌弃地看着他，“那你纯粹就是跟风，对老大压根儿不是真爱。”

李夺不信就自己一人没去看过，开始寻找队友：“小胖，你呢！”

除了陈训，在座的都是从小在桐市生活的本地人，年龄又相仿，被这么一说，纷纷加入讨论，聊得热火朝天。

多少陈年往事就这样被提起，作为话题中心的主角，陈训倒是不太在意，似乎不想扫了大家的兴致，于是任由他们添油加醋，自己有一搭没一搭地喝着酒。

黄涩涩听得尤其入迷，时不时傻笑两声，心想看吧看吧，这人以前果然是个小混混，而且还带坏了这么多人，更可怕的是，这些人后来居然还都当了警察？

真是见了鬼了。

不过现在回想看看，读书那会儿多幼稚啊，一切都靠拳头说话，多打几场群架就名声在外了。陈训之所以比其他小混混出名，大概就胜在不光拳头最硬，而且成绩最好吧。

关于这一点，黄涩涩没有任何异议，可还是不禁对他们盲目的崇拜产生了怀疑，忍不住问出了心中的疑惑。

“请问你们今天这是在举办拍马屁大赛吗？你们尽管夸，脸红算你们老大输？”

虽说是开玩笑，但她从始至终都没瞧过陈训，就像这话说的不是他似的。

陈训侧头看了她一眼。

而面对这一煞风景的提问，余岳有一种自家熊孩子闯了祸的感觉，大手放在她的头顶，把她的脑袋转了回来：“别瞎搭话，吃你的东西。”

可惜伤害已经造成。

“女侠，这么说就是你的不对了。如果你不信我们的话，总信余音的吧，你让她摸着她那不存在的良心说说，就因为老大，那时候你们三中的人走出去多有面子啊。”

“别问我。”话刚说完，李夺便被撒了一脸的黄豆，没有良心的人无可奉告，“这事儿我没研究过，你得问黄湿湿。”

“我？”黄涩涩一脸惊恐，仿佛收到了一个烫手山芋，连忙撇清关系，“我当时两耳不闻窗外事，一心只读圣贤书，连真人都没见过，怎么可能知道这种事！”

闻言，坐在她旁边的男人轻笑了声，目光再一次从沁出水珠的杯壁移到她的身上，漫不经心地拆穿了她的谎话，“我怎么记得我们见过？”

·Chapter05·
偷看两眼就够了吗

八卦雷达灵敏的人当下便勘测到了不同寻常的气息，纷纷停下讨论，把所有的关注力全都贡献给了陈训和黄涩涩，眼巴巴地望着他俩，等待八卦喂食。

后者的表情明显僵掉，没想到会被反将一军，有点难以置信，又有点被拆台的愤懑，扭过脑袋，今晚第一次正大光明地看陈训。

时光将他身上的冷静淬炼得越发坚硬，还是一副对什么都不太上心的样子，偏偏这一点恰好是她所欠缺的，否则也不至于每次和他打交道都落下风。

好吧，她确实撒了谎。

虽然黄涩涩的记性不太好，但是记仇特别厉害，凡是得罪过她的，哪怕是一件小得不能再小的事，她都能记到地老天荒。

和陈训真正意义上的初次见面算是其中之一。

读初二的黄涩涩有天中午去网吧查资料，不小心查过了头，眼见着要迟到了，只好选择抄小路，也就意味着她势必会经过学校后面那条小巷子。

因为是小路，所以附近通常没什么人走动，导致学校的男生总喜欢在这里抽烟，或是打架。这样一来，就更没什么人愿意从这儿过了。

还好黄涩涩不是第一次走这条路，早已熟练掌握穿越火线的技巧，知道怎样做才最安全，只可惜马有失蹄。

明明她一个人走得好好的，突然间不知从哪儿窜出来几个大男生，大摇大摆地从她的面前穿过，随后有什么东西擦着她的鼻尖飞了过去，吓得她立马停下脚步。

和沉闷落地声一同响起的还有她下意识的尖叫声，引得巷子里的五六个人全都朝她望了过来，带来的压迫感比秃了顶的教导主任更甚一些。

空气安静了片刻后，人群里走出来一个男生，打破了沉默，踢足球似的，用脚把篮球从地上勾起来，嘴里还在责怪着扔球的人。

“瞧瞧，把人小学妹吓成什么样了。”

虽说是在为她抱不平，但是话里没有半点歉意，更像是在幸灾乐祸，招来笑声一片。黄涩涩逐渐缓了过来，自觉自己不是什么好捏的软柿子，一时间有点气不过。

如果只有一个人，她还能够硬气点，可惜在场的是一群一米八几的大男生，看校服的颜色应该是高中部的，所以她只能瞪几眼解解气。

然而就在她解完气，准备收回目光的时候，不期然对上了一道不急不缓投过来的视线。

零零散散站着的人将他挡了个七八分，面前还有个人正在帮他点烟，以至于不太看得清他的脸，黄涩涩只知道他的皮肤很白，眼瞳很黑，没有光，其中的情绪比空气里的花香还要淡。

他的目光并未在她的身上过多停留，尽管如此，被抓了个正着的人还是一阵心虚。手里的雪糕比她先低头，“啪嗒”一声，砸在了她那双新买的小白鞋上。

谁又曾想到，当年像个小混混的少年如今竟成了刑侦中队的中队长，而她还是个只知道穿小白鞋的……普通群众。

不过黄涩涩不相信他还记得这件事，决定不见棺材不掉泪，打着哈哈，企图就这样把这个话题带过去："不可能不可能，要是见过的话，我怎么会不记得。"

"没事，女侠，你别急，让我们听听看老大怎么说。"李夺是个热心肠，见她想不起来，十分贴心地帮她把棺材搬到面前，"来，老大，下面请开始你的发言。"

"大概是我记错了。"

陈训仍望着她，原本眼角眉梢带着点不可侵犯的距离感，此刻在昏黄的夜色下，像是变了个人似的，只剩下七分痞性三分邪，不需要任何外物的衬托，是一种浑然天成的英俊。

他收回散漫的目光，唇畔的弧度有了变化，却依然没什么温度，被成熟替代的少年感在这一瞬仿佛又回来了，他突然改了口："你一心只读圣贤书，应该不会去教务处。"

不要脸，居然又用她的话嘲笑她！

黄涩涩一听，轻哼了声，心想果然是在瞎唬烂，初中部和高中部的教务处压根儿不在同一个地方，他俩碰得上才……有……鬼！

等等，他们初中部的教导主任貌似同时还是高中部的生物老师？

还在庆幸的人猛然意识到这一点，脸上得意的表情瞬间垮掉，再一回想，绝望地发现好像还真有他说的那么一回事。

其实对她来说，教务处并不陌生，因为和别班男生打架的问题，她三天两头去一回，而且基本上次次是男生的错，搞得教导主任罚她不是，不罚她也不是。

不过那一次不一样，说起来也不是她的错，要怪只能怪班上的男生没脑子，居然趁着音乐课放电影时，躲在最后一排用她的 MP4 看别的东西。

你说看就看吧，可连个放风的人都没有，不逮他们逮谁？至于最后的结局，可想而知，当然是以"弃黄涩涩保大家"作为收尾。

教导主任，又名拖堂李天王，得知这件事后，气得想把MP4扔她脸上，都不知道该怎么说她了，严肃教育道："黄涩涩，你说你成天不学好，尽和男孩子一样皮！"

虽然事发突然，但从得知噩耗的那一刻开始，黄涩涩便开始酝酿情绪，如今已经十分到位，也不顾及这里是什么地方，直接蹲在地上，哭得眼泪鼻涕横飞，逻辑倒是很清晰。

她一边哭，一边解释着。

"老师，真的不关我的事啊！我都不知道他们什么时候把我的MP4拿走的！而且这个MP4是我爸爸送我的生日礼物，要是让他知道被没收了，肯定很伤心，你说我怎么这么不孝，连个MP4都保护不了……"

或许是没料到她的反应会这么大，听着她声嘶力竭的辩解，李天王半天插不上一句话，一时间拿她没辙，缓和了一下态度："行了行了，你先站起来再说。"

"背的黑锅太重了，站不起来……"

"……"

正当局面僵持着，忽然有人敲门。李天王看是学生，居然松了口气，又指了指里面那张办公桌，对她说道："你先过去冷静一下，冷静好了我就把东西还给你。"

"哦……"

黄涩涩压抑住胜利的喜悦，抽泣着走到角落里，故作低落地埋着脑袋，实际上正盯着桌上放着的一摞生物练习册看，意外发现最上面一本的封面上写着"陈训"两个字。

她的眼睛一亮。

尽管进校之初就听过有关于他的各种传闻，但她当时没怎么放心上，直到前段时间发生了巷口那件事，她去打听那些人是谁的时候，误打误撞，知道了原来其中正好有陈训。

可是打架厉害有什么了不起，还不是只知道欺负低年级的，算什么男人。

黄涩涩对这种行为十分不屑，起了报复心。偷偷拿眼瞧了瞧身后的人，发现没人注意她，她便拿起桌上的笔，翻开练习册，迅速在扉页上画了一只硕大的比中指的猪。

只是……当时办公室里有陈训本人吗？没有吧？

她有些记不清这个问题的答案，正打算好好回想一下，突然发现身边的人似乎还想说什么，还以为他改变主意了，生怕他把她以前那些丢脸的事抖出来，一时情急，直接朝他扑了过去。

“嗯！没错，一定是你记错了！”

黄涩涩用手捂住了他的嘴巴，一口咬定，却因为动作过猛，整个人摇摇晃晃。

陈训及时伸出手，将她稳稳扶住。手臂无意间从她柔软的胸脯上擦过，带来比之前手腕还要让人心猿意马的触感。

听明白她刚才说的话后，他低下头，见她怒目圆睁，隐含着的威胁和那天晚上一样，这就像是他俩之间的一个暗号，大概只有他知道。

然而此时此刻已经没人关心到底是谁记错了，林东看着他俩的姿势，打趣道：“姑娘，每个人都有不愿意回想的过去，这一点我十分理解，但你也犯不着这样威胁我们老大吧。”

这话让黄涩涩如梦初醒。

她赶紧撒开自己的手，还甩了甩，一个劲儿地往后退，结果差点又坐到余岳的身上，下一秒便听见他悠悠说道：“都说了让你别搭话，吃你的东西，今晚非要丢一次脸才睡得着？”

“……”

黄涩涩没有说话，直接用行动表明自己的态度，狠狠踩了他一脚，想嘬两口啤酒冷静一下，结果发现瓶子已经见底，怒吼道：“老板，再来瓶啤酒，冰的！”

谁知道啤酒没上来，啤酒肚倒是先出现在众人的视野里。

不知道从哪儿冒出一个四五十岁的中年男人，热情地打着招呼，“陈队，还真是你啊！我刚才和老张说，他还不信，说你不吃辣，不可能来这儿，非要过来看看。”

话一说完，他又瞧清了桌上的其他人，一喜：“哟，余音、涩涩也在呀，来，正好和你们说件事儿。”

被点了名的两人循声望去，认出这人是隔壁辖区派出所的民警，十分意外。尤其是黄涩涩，不知道他能有什么事可以给自己说，有点忐忑：“怎么了啊，赵叔叔。”

“是这样的，你们上次不是抓了一个暴露狂嘛，今天下午他的家属来所里报案，说是他失踪了，还认定是我们把他逼得离家出走。你们有没有什么想法，知不知道他能去哪儿？”

虽然黄涩涩和他打过两次照面，可是每次抓到都直接交给派出所，从来没有深入交流过。至于余音，更别提了。他们连话都没说过，压根儿不熟，所以也没法提供有价值的信息。

“行，我知道了，要有什么消息，回头再告诉你们。”本来老赵也没抱多大希望，见状，没再往下问，转而对陈训说道：“陈队，上我们桌喝几杯？”

闻言，陈训收回视线，敛起稍微外露的情绪，恢复了往常的波澜不惊，指了指手臂，笑道：“才好，不敢喝太多，改天再陪你和老张。”

伤刚好，又不吃辣，那来串串店干什么？黄涩涩表示不理解。

老赵表示十分理解，接过他递来的烟，一拍脑袋：“瞧我都忘了你受伤的事儿，那你们慢慢吃，咱改天再约。”

客套了两句后，他便离开了，文静了片刻的空气重新闹腾起来。被这么一打岔，聊天的话题也从校园往事跳到当下生活，讨论起了暴露狂的事。

那晚李夺大概听余音讲了讲，事后他又在队里讲了讲，所以在座的人都知道前因后果,就是没想到黄涩涩作为一普通群众,胆子居然这么大。

早在她抓小偷那次，林东就想问她一个问题了，今天干脆问了出来：“姑娘，你说你这么有抓人的天赋，当初怎么没有考警校？”

一听这话，黄涩涩看向他，眉头紧皱，严重怀疑他是明知故问，幽幽道：“身高体重不过关。”

真是个悲伤的故事。

林东没想戳她痛处，是真忘了这点限制，一时间不知道该怎么安慰，只好举杯敬她的耿直。

这时余岳还补充提问：“智商过关了吗？”

这次黄涩涩连瞪都懒得瞪他，直接又狠狠踩了他一脚，催道：“老板，我的冰啤酒呢？”

谁知道话音刚落，她的耳朵又捕捉到一句话，不算大声，正好够她听见，独特的音色让人一秒就能分辨出说话的人是谁。

“你的衣服还要吗？”

嗯？

只要是有关于陈训的事，黄涩涩都记得格外清楚，所以根本不用回忆，立马听懂了这句没头没尾的话是什么意思，警惕起来。

她先是观察了下周围，见其他人还在聊别的事，没有注意到他俩，赶紧往他的身边移了移，就像是秘密组织接头，悄悄道：“要！”说完后，她又不着痕迹地移了回去。

蝉鸣朗诵着夏夜，月亮的寒气不足以和暑气抗衡，闷热的晚风骤起，温度似乎和医院的那晚相近。

陈训看着一片狼藉的桌面，一杯酒一饮而尽。热气氤氲了眉眼，融化了唇角。

好不容易吃完这顿险象丛生的饭后，黄涩涩顶着余岳和余音八卦的目光，坦坦荡荡地跟着陈训，往他家所在的那栋楼走去。

原本她打算在楼下等着，可一想到陈训晚上没吃多少，还被起哄请客，心里有点过意不去，于是等他转过身子，她立刻往隔壁的小超市跑。

时间点掐得很准，回来的时候，楼道的灯恰好重新亮起。从单元楼出来的人一眼就看见正飞奔而来的人，等她停下来后，还没来得及说话，又见她把手里提着的袋子递了过来。

满满的面包、饼干、牛奶以及各式各样的零食，都是些小姑娘喜欢的。

黄涩涩没意识到这一点，瞄了瞄他受伤的位置，不知道是不是因为喝了酒，暂时忘了自己要走端庄高雅的路线，话唠的毛病好像又犯了。

“人是铁饭是钢，一顿不吃饿得慌，虽然死不了，但饭还是应该认真吃的，别想着随随便便应付一下就好，毕竟身体是革命的本钱，本钱都没有了，还怎么革命……”她喋喋不休地说。

陈训望着她，不动声色。

虽然黄涩涩喝酒不上脸，眼睛的变化却怎么也藏不住，仿佛所有的酒意都在这里扎了根，茂盛生长，和天边的星星交相辉映，无声无息，诱惑着酒量很好的人。

于是说着说着，她的眼前突然一黑，陈训把校服罩在了她的头上。

他遮住诱人犯罪的源头，又放了一罐牛奶在她的手里，打断了她的话。低沉的嗓音如同加持了催眠术，让人不自觉地听从，他说道：“时间不早了，该睡觉了。”

“哦。”

衣服上已经没有了他的味道，只剩下洗衣粉的淡淡香气。黄涩涩忘了反驳，听话地转过身子，往自己家走，走了好几步才反应过来脑袋上还搭着障碍物，赶紧拉了下来。

背后的那道目光好像还没有消失，她继续僵着身子走。回家后她洗了个热水澡，又喝光了那罐牛奶，直到躺在床上，迟迟未发作的酒劲似乎才上来，一闭上眼睛就是一阵天旋地转。

她翻了个身，把脸埋进枕头旁的校服里，还以为自己能做个好梦，不料竟梦见了暴露狂大叔。醒来后整个人都不好了，躺在床上努力消化这个噩梦。

这时房门突然被打开，她妈的声音传了进来："涩涩，待会儿起床记得吃饭啊,饭菜都在桌上,热一热就能吃了,下午空了就来茶馆帮帮忙。"

"知道了。"黄涩涩回过神来，应了一声。

最近天气不错，来茶馆喝茶打麻将的人也多了起来，所以她周末通常在茶馆待着。起床后收拾了一下，三两下解决好午饭，她匆匆下楼，一出去就看见了余音。

她今天难得不加班，也过来帮忙。于是在去茶馆的路上，黄涩涩又把昨晚做的噩梦给她讲了一遍，有点担心。

"你说那暴露狂大叔该不会真是觉得去派出所太丢脸，所以离家出走了吧？"

尽管这件事和她没多大关系，但还是放心不下。

余音比她理智一些，从逻辑上否认了她提出的可能性："如果还知道丢脸，就不会做这种事了。"

"哦……也对。"黄涩涩点了点头，认同这一观点，换个思路，"难道进了传销组织？"

"这个倒有可能。"

"不是吧，我随便说说而已。"黄涩涩以为她在开玩笑，正想再问问，忽然间却瞥见了俞珍的身影，赶紧比了个噤声的手势，生怕暴露了。

为了安全起见，两人换了个和谐的话题。到了茶馆后，两人都投入工作。没一会儿，茶馆陆陆续续走进来好几个人，全是熟悉的面孔，就在昨晚还一起吃了饭。

估计刚办完案子，懒得回局里，就顺道来茶馆里坐一坐。

其实他们以前也经常来，只是大家那时候还互不认识，不过现在不一样了。

正在倒茶的黄涩涩吓得手一抖，差点烫着自己，一眼就看见了李夺，不用想都知道他肯定张口又是一声响亮的“女侠”。

要是被俞珍知道她和这群警察认识，那就完蛋了。没有办法，黄涩涩只好赶紧冲余音使了个眼色。默契的小伙伴秒懂她的意思，在李夺说话之前便走过去捂住了他的嘴巴，拖到角落里。

幸好一桌人都很上道，也多亏了余音的提醒，当黄涩涩过去倒茶的时候，全假装不认识她，各聊各的天，谁知这时候不远处的一桌忽然吵了起来。

“我还给不起几杯茶水钱？这么不会做生意，还出来开什么店啊，回家好好歇着吧！”

“小伙子，做人要讲道理，赖账也不是你这样赖的啊。”

赖一两杯茶水钱确实没什么，问题是次次这样，真以为他们开的茶馆是什么慈善机构啊。

听见俞珍的声音后，黄涩涩立马循声望去，认出对方就是之前在茶馆闹事的人，心想终于让她给遇上了，不自觉地攥紧拳头，恨不得冲过先扇两巴掌解气。

然而黄涩涩刚一动，手腕却被人抓住了。熟悉的力度和温度，这是第三次了。回头一看，果然是一直没说话的男人。

没了酒精撑腰，面对陈训的时候，她又回到了原来的状态，所以此刻语气略显生疏，问道：“有事？”

其实从刚才开始，黄涩涩就在刻意无视他。可现在无论怎么刻意，都没有办法再无视下去了，就算对方已经松开手，她的注意力仍放在自己的手腕上。

她用另一只手覆在上面，仿佛想要掩盖什么秘密。

陈训咬着烟，任由烟雾干扰视线，眼睛一眯，好像看出了她的意图，闲闲地问道：“怎么，打算以暴制暴？”

“哦，放心吧，能说理我绝不动手。”

黄涩涩以为他是怕她惹出事来，索性做出保证，却听他接着说道：“打架有用的话，要警察干什么。”

啊？

她没听懂这话是什么意思，就见陈训下颌微抬，示意她坐下，余音也用眼神示意她别冲动，于是只好冷静下来，直到看见李夺走向闹事的人，混乱的思绪这才有了一点眉目。

走过去后，李夺搭着对方的肩，哥俩好似的寒暄道：“哟，这不是之前砸人车窗的大哥嘛，这才几天啊，是不是又想念咱拘留所里的伙食了？”

原本还凶神恶煞的人一听这话，立马没了气势，一扭头就看见一桌的警察，这下别说是气势了，可能连气都快没了，万万没想到会在这里遇见他们，讪笑道：“误会，误会！”

大概是怕惹祸上身，他不敢再废话什么，赶紧把赖的钱付清，然后和同桌的人灰溜溜地离开了，估计短时间内都不会再来了。

对于这种死不要脸的客人，俞珍巴不得少来几个。收回钱后，连连向李夺道谢。

见状，黄涩涩终于明白了陈训的用意，为自己刚才的态度感到羞愧，本来想和他说声“谢谢”，结果还没开口，又听他语气随性道：“以后能动脑子就别动手。”

虽然这话听上去像是在教她以后应该怎样应对这种情况，可她知道，陈训肯定其实只是在暗讽她没脑子，于是把那句“谢谢”嚼烂了咽回肚子里，瞪了他一眼，气鼓鼓地走开了。

·Chapter06·

尚未认清自我的花式自夸

对黄涩涩而言，六月似乎有点多灾多难，幸好很快又迎来了全新的一个月。在祈祷七月对自己好一点的同时，她离“当条不用工作的咸鱼”的梦想也远了一步。

从星期一的清早开始，她浑身便透着一股丧气，下巴搁在陪她等车的余音的肩膀上，拉长了声音，要死不活道：“啊……不……想……上……班……”

“哪天你想去？”

类似的话余音每个月能听上二十多遍，早就见怪不怪了，所以处理起来也游刃有余。她一边收起报纸，一边质疑着，却遭到了黄涩涩的激烈反驳。

“这回情况不同！”

愤怒让黄涩涩重拾精神，控诉道：“你都不知道，我们单位新调来的副主任有多恶心。昨天我去他办公室汇报工作，居然趁我不注意，偷摸我的脸！”

“暴露狂都能抓，一个副主任还把你难住了？”听了解释，余音不但不同情，反而感觉自己听了个笑话，“你不是常说天降社会败类于你也，必先让你挑其筋骨、饿其体肤吗？”

“对啊！”正因为黄涩涩时刻谨记自己的使命，所以她才会感到为难，“你不是经常说我下手这么没轻没重嘛，万一打得太狠，到时候来局里和你相认怎么办？”

哦，倒是把这一点给忘了。

余音有点伤脑筋，一时间也想不出什么好的办法，飘忽的视线突然落在她的身后，松了一口气后，打着招呼：“陈队，早上好。”

话音刚落，没长骨头的人瞬间坚强起来，直起身子，又不敢回头看，只好一个劲儿和面前的人使眼色，不料竟遭到了背叛，对方说了句“晚上见”便潇洒走掉了。

难道是骗她？没良心的东西！

回过神来后，黄涩涩一脸愤懑，无法相信余音会用这么卑鄙无耻的方式。她一口咬下剩下的面包，恶狠狠地嚼着。刚刚咽下去，又忽然感觉鼻头一痒，她赶紧用手捂着脸，侧过身子打了个喷嚏。

最近空调吹得太多，好像有点感冒，一个喷嚏打得整个人往前一个趔趄，差点撞在别人身上，小小地“哎哟”一声，想要道歉，却在抬头之际僵住。

怎……怎么回事？余音刚才打的那声招呼是真的？

夏天的太阳从清晨便开始耀武扬威，晒得皮肤发烫，还算凉爽的微风应时而生，烟草味顺势钻进鼻腔，带着她至今没能分辨出是什么的香气，不用看也知道站着的人是谁。

于是黄涩涩忘了起身，保持着打喷嚏的姿势，开始思索应该怎么办，无处安放的目光正好落在他的小臂上。他的小臂青筋明显，却不像健身爱好者那般可怕，只是微微凸起，恰到好处。

风继续吹。

她的刘海被吹起，露出额头，陈训隐隐可以看见皱着的眉头，完全猜得到她此刻的想法，倒是不介意被这样盯着看。

不过公交车快来了。

他看了眼红灯倒计时，提醒道：“还没看够？”

看？看什么？

神志不清的人一开始没明白，后来发现自己的视线再往下一点就是不可描述的位置，想法一污，也不管对方说的是不是她想的那个意思，总之先脸红为敬。

一半是因为丢脸，一半是因为恼意，两种情绪交织在一起，独独没有害羞。

她深呼吸了一口气，抬头重新做人，熟练地装作什么也没发生的样子，也不看他，说了句“早上好”，而后头也不回地跳上适时驶来的公交车。

上车后，黄涩涩故意转过身子，扶着远离站台那边的座椅，避免和车外的人二次碰面。

然而让人万万没想到的是，陈训居然也上了车，而且就站在离她不远的右手边。她有些意外，心想公安局不就在前面嘛，他坐公交车干什么？

她一边想着，一边努力控制试图往右移的眼球，结果没忍住，还是偷瞄了几眼，还看出他嘴角的弧度有了细微的变化。

完了，又被逮住了。

黄涩涩一阵懊恼，不想被扣上偷窥的帽子，抢在他取笑之前主动问道：“你今天不上班？”

陈训嘴角弧度的变化明显了一些，回答却一如往常简意赅道：“去你们单位办事。”

她这才想起前几天发生的游行示威，不法分子借机制造混乱，打砸公共设施，在网上闹得沸沸扬扬的事件，估摸着陈训是为了这件事，于是她“哦”了一声，没有再问什么了。

接下来是无止尽的沉默，车厢里倒是变得闹哄哄的，人也越来越多，他俩之间的距离本就不算宽，现在还塞了好几个进来，硬生生将他俩分开。

黄涩涩有点不高兴，一个蛇形走位，举步维艰地挤回他的身边，站定后，慎重地思考了一番，最后语速极快地说了句“谢谢”。

她觉得自己对他的感情好像有点复杂，一个“又爱又恨”可能概括不全，导致她总是做出一些自相矛盾的事情来。

可惜陈训难得糊涂，没听懂她的话：“谢什么？”

谢什么？挺多的吧，比如帮她找回手机挂坠，在她妈的茶馆里帮忙教训那些无赖，还有那天晚上的请客吃饭。

虽然自己每次对他的态度都不怎么样，但经过这半个月的沉淀反思，黄涩涩发现，总得来说，陈训的功大于过，所以要是她再不说一声“谢谢”，就欠他什么似的。

不过由于上述事件构成了她的丢脸史，所以她并不打算解释，更像是为了完成任务，含糊其辞，态度却有点强硬，回答道：“反正……反正就是谢谢你！”

陈训依然望着窗外，听了她的回答后，喉咙间仿佛含着笑，沉稳的声音被磨得起了波澜，问道：“怎么听上去像是我必须接受你的感谢？”

你的感觉倒是挺准的。

黄涩涩默默在心里嘟囔了几句，没有再说话，也不再偷偷摸摸，而是微仰着脑袋，毫不避讳地盯着身边的男人看。

窗外的树梢上鸟儿惊飞，枝叶间被抖落的阳光掉进他的眼里，瞳孔漆黑，虹膜却变成了稍浅的深棕色，仿似积攒着无数光芒，明亮而平静，平息了尘世间的浮躁。

在这一瞬间，她似乎忘记了之前的糗事，张了张口，想要再补充几句，谁知道司机师傅突然来了个急刹车。周围发出一阵叫声，她也直直往前一倒。事情发生得太突然，根本不容人反应。

等到好不容易站稳，黄涩涩的视野里只剩下一片白，嘴巴似乎磕到了什么，有点疼。

她的眼角沁出了泪水，用手揉了揉嘴唇，却不小心看见陈训的袖子上沾了口水，还有不太明显的牙齿印，马上反应过来。

见鬼了，刚才磕到的那玩意儿是他的手臂？那她是啃了他咬了他还是……亲了他？

一想到以上任何一种可能性，黄涩涩就想点根烟思考人生，赶紧擦了擦他的袖子。整个人以肉眼可见的速度变红，如同沸水里的青虾。

这次是因为害羞了。

她捂着犯罪的嘴巴，慢慢挪到远离陈训的位置，一到站便匆匆下了车，活似做了什么见不得人的事，只顾埋头往前走。没想到，半路上居然她碰见了才被她吐槽过的副主任，杨国强。

真是祸不单行。

黄涩涩绝望地哀号了一声，还没来得及躲在电线杆后面，对方就看见了她，招呼道："小黄，今天怎么来这么晚啊，周末玩太高兴了吧？"

既然躲不过，那就只有迎难而上了，于是她随便敷衍了两句，接着继续喝手里的香蕉牛奶，没想到这一举动又招来了灾难。

"原来你喜欢吃香蕉啊，怎么不早说！"杨国强佯装责备，说着说着，抬起不安分的手，想要搭她的肩，语气变得油腻，"中午来我办公室，我请你吃啊。"

又来了。

或许别人说这话意思就跟字面意思一样，而他说这话，看似关心下属，实际上却是一些让人连话都不想接的过时黄色笑话。

黄涩涩并不是唯一一个饱受其扰的，单位里好些姑娘都中过招，偏偏又不能把他怎么样，毕竟他没有也不会做什么实质性的事，就是喜欢动手动脚。

但想起来太恶心。

她起了一身鸡皮疙瘩，借着扔垃圾的由头躲开了他的手，极力控制住快要表现出来的厌恶，说道："杨主任，这牛奶是我顺手拿的，平时也不是太喜欢吃香蕉，尤其是烂香蕉。"

本来想讽刺得委婉一些，但她又怕太委婉没效果，于是想了个折中的答案。

谁知道杨国强真以为她在开玩笑，欣慰地大笑了两声，直夸她说话有趣，转眼的工夫又瞄上了同部门的另一个姑娘。

见状，黄涩涩停下脚步，翻了个白眼，拳头都捏紧了，气得在原地抓心挠肝，恨不得立马冲上去痛扁他一顿。身后却传来一道带着凉意的声音，浇灭了她的怒火。

“怎么不说你喜欢摘香蕉。”

她一愣，没想到陈训还没走，怒火重燃，顾不上计较刚才的对话被他听见，也暂时忘记了公交车上的事，愤怒道：“我又不傻，万一真让我去摘怎么办！”

虽然这个回答确实比她的更狠，可是像杨国强那样的人，肯定会顺着她的话往下说。

闻言，陈训垂眸睨了她一眼，脸上的表情只可意会，就像在看一个脑袋不灵光的傻子，纠正了她一个非常明显的错误：“摘香蕉，不是芭蕉。”

“……”还有这种操作?

虽然黄涩涩早就知道他的嘴巴很毒，但是如果把当事人换成敌人，听着倒还挺爽的，“爱恨天平”往“爱”那边倾斜了一点。

这下她的心情好了很多，不由自主偷拍了两下他垂放在身前的手，对他有那么一点点崇拜,却掩饰得很好,正经得像在回答领导的提问:“哦，那我下次注意一下。”

头顶的太阳越升越高，凉爽逐渐散去，夏天的气息越发浓烈。旁边的古朴老墙内探出红色蔷薇，在层层叠叠的绿叶里肆意盛放，花瓣上的露水还没有完全蒸发。

和她的眼睛一样清澈。

听了她的话后，少许意外从陈训的眼底一闪而逝，没想到小姑娘居然还惦记着下次，陈训脸上挂着冷淡的笑，没有再说什么，收回视线，继续往前走。

见状，黄涩涩背着双手，跟在他的身后，慢慢悠悠的，好像一点儿也不着急。目光所及之处是他宽阔的背部，那天在他办公室不小心撞见的画面再次浮现眼前，清晰如昨。

这时候，前面的人又忽然问道：“你们可以随便迟到？”

随便迟到？怎么可能！她这个月的迟到次数早就达到上限，已经被领导警告了好几次……不过他问这个干什么？

黄涩涩回过神来，下意识低头看了看手表。

秒针正在匀速转动，距离九点整只剩下一分钟。她的瞳孔一缩，顿时变得清醒，抓着头发惨叫了声，连一句再见都来不及说，急急忙忙往楼里冲。

热腾腾的空气被卷成一阵微弱的风，轻拂过陈训的手臂。

这次换他跟在黄涩涩的身后，不紧不慢地迈步。路过一楼的时候，他刚好撞见正在走廊上打电话的杨国强，对方笑着招呼了一声“陈队”。

陈训没怎么搭理，不带温度地瞥了一眼，直接朝局长办公室走去。

今天他的确是为了示威游行的事而来。

本来安安静静地游行并不影响什么，可这次有人员受伤，导致社会舆论全指向政府，说市民遭到警察暴力驱散，甚至还爆出有人被警察打死了的流言，引起众多不满与抗议，大家纷纷要个说法。

虽然官方已经解释过了，但网上的声音依然不见减少，事情就有点麻烦了。各单位坐在会议室里，商讨了近一个上午，才终于有了一个具体的解决方案——那就下午召开记者会。

结束的时候，陈训拒绝了其他人一起吃午饭的邀约，准备赶着回局里处理其他事。谁知道一打开手机，就收到了一连串信息提醒，其中黄涩涩发来的微信占了半壁江山。

第一条是一句尚未认清自我的花式自夸。

“好险好险，差一秒就迟到了，还好我腿长跑得快！”

第二条是一段起因经过结果完整的事件叙述。

“刚才我们副主任发微信问我支付宝有没有钱，让我给他打两千，气死我了！还好我的钱包比脸还干净，直接把支付宝银行卡还有微信的余额截了个图，甩到他脸上，然后他没回我了。”

第三条是一句没有营养的感慨。

“真爽！”

不知道是不是因为有了网络这层保护色，她的文字比语言明显活泼轻松许多，可是字里行间透露出的除了愉悦，更多的好像还有满满的“求表扬”的意味。

即使隔着手机屏幕，她发出这些信息时的表情也仿佛鲜活得历历在目，一定又是一副故作镇定的模样，偏偏眼睛藏不住任何情绪。陈训忍着笑，难得有耐心，一字一字敲着回复：“看来你们卫计局的日子很苦。”

电话那头的人似乎一直在守着他的回答，消息一发出，对话框上方的文字立马变成了“对方正在输入……”。

下一秒手机屏幕多出一个表情包。

“笑容完全消失 .jpg。”

其实他们单位的日子不苦，反正公务员都那样，每个月拿固定的 2350 元，加上一些杂七杂八的补贴，工资最多三千出头。

黄涩涩之所以没存下钱来，主要还是因为她太过安于现状，不求升职加薪，也没考虑过未来，今朝有钱今朝花，贫瘠生活里唯一的精神支柱就是“买买买”。

然而表情包归表情包，实际情况却完全相反，因为她的笑容不光没有消失，反而是在抱着手机傻笑。

不过一想到今晚的饭局，她是真的笑不出来了。

虽然他们不常加班，却时不时有一两个饭局，比如明天就得和市领导还有城投公司的人吃饭，解决医院选址纠纷的问题。

单位里大部分是已婚已育的姐姐阿姨，参加饭局的重担理所当然落在那些未婚未育的年轻人身上。不巧的是，这样的年轻人一只手都数得过来。

而像黄涩涩这种除了外在条件，其他条件样样符合的人自然每次都必须去凑数，偏偏她又特别不喜欢这类场合。

还好真到了晚上，她才发现情况没那么糟，因为她在包厢里看见了江迟。

当初她对相亲的事不太上心，没有特意去记相亲对象的基本信息，因而早忘了他在城投公司上班的事。此刻，和他的视线撞在一起后，黄涩涩立即露出了笑容。

黄涩涩心里轻松不少，激动地冲他挥了挥手，步伐变得欢快，打算挨着他坐，结果没走几步就被杨国强叫住："小黄，往哪儿走呢，过来坐。"

她的脚步一顿，翻了个惊天大白眼，还没想好应该怎么拒绝，江迟就说话了，音量比平时大了许多，不再一副任人欺的样子，明显是替她解围："涩涩，这儿。"

这下换成杨国强说不出话来了，他站在黄涩涩的身后，语气不太好，似乎是在责怪她没有早说这件事，问道："你和江部长认识？"

"对啊。"多亏江迟，黄涩涩有了一点底气，抬头挺胸地走上前。可这种狐假虎威的气势没有持续多久，在他身边坐下后，看了看四周，她小声问道："你怎么来了？"

她不是第一次和城投公司的人吃饭，可是之前从来没有见过江迟。以他的性格，应该不会参加这种活动才对，谁知道对方的理由倒是挺简单的。

“我想着你一个人太无聊，所以想来陪你说说话。”

天啊，你可真会说话。

黄涩涩小时候和余岳打架，长大了和学校的男生打架，一直被当成第三种性别对待，还从来没听过这种话，顿时心里乐开了花，笑得眼睛都没了。

她知道江迟不是会说奉承话的人，所以喜欢他的这份坦诚，用手肘撞了撞他的手臂，本想装得娇羞一点，可惜本性难移，话一说出口又变成了调戏，“真乖，看来我平时没白疼你。”

不出黄涩涩所料，听到这话，江迟一下子低下了头，不好意思地笑了笑。

谁知道她和江迟认识也能被有心人拿来做文章，等所有人落座后，就被第一个拿来开涮 。

“涩涩，你既然和江部长认识，怎么也不知道敬一杯。”说话的人叫王荟，是在场为数不多的已婚女性，同时也是黄涩涩的小领导。其他人一听，纷纷跟着起哄。

饭局上少不了各种敬酒，这一点黄涩涩当然知道，也挺乐意敬江迟，所以无视了对方的刻意针对，二话不说，端起酒杯，准备一口干了。

没想到，江迟非要帮她喝。

本来黄涩涩想着二狗当自强，打算拒绝，但见他难得这么有男子气概，心想正好趁此机会锻炼锻炼他，便没有阻止。

万万没想到的是，他的酒量居然还不及她的十分之一，没过多久便“砰”的一声倒在饭桌上，引得包厢里的人看了过来。

这就尴尬了。

黄涩涩重新成为全场焦点，顶着十几道目光，一边摇了摇江迟，一边叫他的名字。然而江迟毫无反应，她默默收回了手，打算以不变应万变。

还好在场的人似乎都知道他酒量不好这件事，只是王荟又开口，打破了僵局，提议道：“涩涩，这样，你先送江部长回去吧，路上注意安全。”

“哦。”

黄涩涩维持着表面的镇静，实则欣喜若狂。早就想离开了，她连忙扶着江迟往外走，就是可怜她一个小身板，扛着一米八的男人，着实有点吃力，历尽千辛万苦才来到电梯前。

由于江迟的大部分重量压在她的身上，以至于她无法直立行走，基本上全程弯着腰,眼睛一直盯着地面,没能注意到他们旁边还站了一个人。

等电梯门打开后，她扶着江迟直接走了进去。结果位置没选好，离门口不远，但离电梯按钮有点远。她又不方便挪动，只能伸长了手去按楼层数，谁知道身后的人突然一个重心不稳，开始往旁边倾斜。

黄涩涩赶紧转过身子，一个手疾眼快，拽着他的手臂就往回拉。对方顺势倒在她的身上，她只能脑袋往后一仰，下意识抱住了他。

托身高差的福，她的下巴刚刚够到江迟的肩膀。这样一来，视野不再受阻，她终于看见了这个空间里的第三个人，对她而言，是犹如救世主般的存在。

“陈训？”

“陈训！”

黄涩涩惊喜地叫出了声，谁知道同时响起的还有另外一道陌生的女声，从外面传来，直接盖过了她的声音，让她一怔，循声望去。

即将关上的电梯门不知何时被一只手挡住了，又缓缓打开。说话人的身影渐渐出现在黄涩涩的视野里，那是一位漂亮的长发姑娘。

她正紧盯着陈训，眼圈发红。

·Chapter07·

原来你在相亲啊

黄涩涩从偶遇的喜悦中清醒过来，视线在两人身上来回扫着，意识到了气氛的不对劲，心想自己还是不要打扰他们比较好。

于是她悄悄把江迟往旁边拉了拉，想要带他离开这个修罗场，可是刚刚有所动作，陈训便轻瞥了她一眼。

偏暗的光线之下，他的眼睛又变成了沉甸甸的黑色。消失已久的危险气息似乎蓄势待发，在四周的空气里浮动。

什……什么意思？她还必须得留下来围观，为他摇旗呐喊？

正当黄涩涩举棋不定之际，电梯外的人又说话了，声音和长相太不相称，一点都不柔弱，反显强硬，道："他在哪儿？"

闻言，陈训收回视线，重新望向她。他听懂了这句不清不楚的质问，嘴角挂着冰冷的笑，语气平淡地说着残忍的答案："早死了，需要我告诉你埋在哪儿吗？"

不管什么时候，"死"都是一个刺耳的字眼，更别提现在这种情形，他话语间的嘲讽意味还浓得掩盖不住。局外人心里一惊，忍不住偷瞄了几眼，还是头一次见到这样的陈训。

就算听不懂他们的对话，黄涩涩也知道现在不宜插嘴，打消了想要打圆场的念头之后，她再看了看执着于答案的人。

对方的情况好像变得更糟糕了，没有再说话，却眼眶湿润，身子颤抖，攥紧了垂放在身侧的双手，似乎这样才能控制好情绪。

见状，黄涩涩一阵头大。她最见不得漂亮姑娘哭了，心想反正这样僵持下去也不会有什么好结果，还不如分开冷静一下，于是自作主张地按下一楼的按键，就像是按下了结束键。

没人阻拦的电梯门终于合上了，令人喘不过气的压抑气息也有所减少。基于这一点，她自认为做得不错，事实上，她也确实做得不错。

如果换成平时，或许陈训还会夸她两句，可惜偏偏是今天，负面情绪蜂拥而来的今天。

他收拢了插在裤兜里的左手，烟盒的棱角刺进掌心，他一言不发，上前一步，把江迟从黄涩涩的身上移开，让他自个儿靠着电梯站好，又取消了一楼的按键，另外按下负一楼的按键。

咦?

被压得腰酸背痛的人突然一身轻，差点没法适应，还没来得及说话便听见“叮”的一声响。

负一楼到了。

电梯门应声而开，阴冷干燥的地下风迎面扑来，吹得人一个哆嗦。陈训把江迟扔到汽车后座后，又打开驾驶座的车门，见黄涩涩还愣着不动，皱眉道：“上车。”

“哦。”

车门一关，相对封闭的车厢里空气近乎静止不动。把江迟送回家，又开车回小区，他们都没有说过一句话，一路上的沉默比这段时间加起来的总和还多。

虽然黄涩涩平时是个话唠，但她并不是不懂得察言观色，更不是什么宽宏大量的人。

想到他今晚种种反常的表现，她也有了小情绪，全程背对着他，下巴搁在车门上，头抵着车窗，不知道是在看风景还是在睡觉。

这些小动作当然没有逃过陈训的眼。

看着黄涩涩赌气的背影，他的表情缓和了一些。找了个安静的地方靠边停下，点了根烟，他抽了一口，暂时压下胸口的那股烦闷，这才打破僵局，“憋了一路，不难受吗？”

紧闭着的车窗被突然降下，夏天的风迫不及待地灌进来，暖暖的，冲淡了冰凉的空气,其他嘈杂的声响也纷纷涌进车厢,打破了沉闷的氛围。

不知道是不是已经从刚才的情绪中抽离出来，他的语气不像刚才那般冷漠。黄涩涩回过神来，心想怎么不难受，她都快难受死了。

可是难受也比热脸贴冷屁股好吧。

没了可以趴的地方，她只好转过身子，在座位上规矩坐着，不过还是没有出声，似乎打算继续憋着。

这时，陈训问道：“你和江迟在那儿干什么？”

隔了好几秒，空间里才响起回答的声音。

“没干什么，就是和他们单位吃饭，他帮我挡酒喝多了，我们领导让我送他回家。”

尽管黄涩涩没有主动说话的意思，但她不会无视人，对他提出的问题，还是一五一十地回答了。只是话匣子一旦打开，就关不上了。

说完后，她又想了想，或许真的气不过，终于不再独自生闷气，正面对着他，直接问道：“你今天心情不好吗？”

不懂事的晚风吹乱了她的短发，露出一双眼睛，此刻因为愠怒而倍显清澈明亮。陈训的视线往下，看了她一眼，眸光微闪，好像对这一个问题有点意外。

心情不好？

可能是吧，反正看见她抱江迟的那一瞬间是这样的。

于是他也没有否认，而后又听黄涩涩继续说道：“那是我惹你心情不好的？如果不是的话，为什么要拿我撒气？”

不愧是憋了一晚上的怨气，爆发的时候威力果然不同凡响，这语气大概算得上她和他说话最有气势的一次了。

闻言，陈训反而眼眸一垂，不再看她。手搭在车窗上，掸了掸烟灰，过了半晌才开口，嗓音里仍带着一点让人无法亲近的距离感，“如果是你呢？”

“我？”

她？她有这么大能耐？

这个回答在黄涩涩的预料之外，原本熊熊燃烧的气焰被这个可怕的假设扑灭了一些，觉得他太抬举自己了，想也没想，答案脱口而出：“那你要和我说啊，我肯定无条件道歉。”

她倒不是没骨气，想问题的逻辑也挺简单，就是觉得既然他都已经心情不好了，她要是再火上浇油的话，岂不是更糟糕，还不如先道歉。

然而说者无意，听者有心。等她说完后，陈训的动作忽地一顿。他盯着猩红的烟头，还在血液里四处窜动的烦躁仿佛安静了下来，眼底的风暴也渐渐平息，像是大雪乍停。

所有的坏心情好像在这一刻全消散了，一切重回正轨。他眉眼微敛，沉默了一瞬后重新望向黄涩涩，语气里好像还带了一点反省，为今晚的所作所为，低声道：“嗯，对不起。”

哎？怎么变成他道歉了？

还在气头上的人睁大眼睛，以为自己听错了，又见他神情认真，觉得如果自己再紧咬着不放，倒显得她小气了。

于是她心里最后的那一点不满一下子灰飞烟灭了，心一软，反过来安慰他。

“其实……其实没有这么严重啦，我知道，这件事不能全怪你，无论谁和女朋友吵架，心情肯定都会不好，但是你以后真的不能再这样随便找人撒气了，而是应该好好和你的女朋友……”

明明是一段充满真心的劝慰，陈训的眉头越皱越紧，在她说得更离谱之前，打断道："我的女朋友？谁？"

听见他的疑问后，黄涩涩停下了喋喋不休，心想要不要做得这么绝啊？连自己女朋友是谁都假装不记得了，她便好心提醒道："就刚才电梯外面那个漂亮姑娘啊。"

虽然听不懂他们的对话，但那姑娘一看就是被他伤得不轻的样子，肯定是女朋友吧。

谁知陈训听了后，唇角微挑，仿佛听了个笑话："你哪只眼睛看见她是我女朋友了？"

"两只都看见了啊。"

"今年体检的时候，记得好好检查一下眼睛。"

"……"

刚才不都还好好的嘛，怎么突然之间又开始骂人了？黄涩涩收起了好脾气，只当他还在生气，于是也提高了音量，问道："不是你女朋友？那你们是什么关系？"

"你和江迟的关系。"

她和江迟的关系？

"你是她的小弟？"

一说起他俩的关系，黄涩涩的第一反应就是这个，结果话音刚落，就收获了一记看傻子的目光，这下她知道自己说错了，恍然大悟，改口道："哦……原来你们在相亲啊。"

没想到，他俩居然同为天涯沦落人，可是这样也不对啊——

"那我为什么总觉得她眼熟呢，以前是不是在哪儿见过？她在哪个单位上班？"

陈训神色不变，掐灭了烟头，以一副十分平常的口吻，抛出一个炸弹消息，缓缓说道："你不知道她是你们局长的女儿？"

"什么，我们局长的女儿？你怎么不早说！"黄涩涩张大了嘴巴，消化完这个消息后，她一脸的生无可恋，抱头痛哭，“我刚才居然把她关在电梯外，明天是不是就要被我们局长劝退了？”

她还真不知道那位姑娘的身份，此时陈训这才反应过来。怪不得李夺得知她在卫计局上班的时候，反应那么奇怪，敢情中间还有这么一段故事?

自觉闯祸的人嘴里一直重复着“完蛋了”三个字，绝望着绝望着，忽然间又重燃起一丝微弱的希望，抬起头来，期待地问道：“等等，她应该不知道我是卫计局的吧。”

她把他的话当作最后一根救命稻草，谁知道这根稻草竟成了压死骆驼的最后一根稻草。

陈训的身子微微侧着，倚着车门，神情自若，也不知道是不是在故意吓她，给出一个模棱两可的答案，同情地看着她，叹道：“难说。”

就不能说一句安慰人的话吗!

本来黄涩涩都已经够忐忑不安了，他却还火上浇油，于是她暂缓了一下悲伤的情绪，瞪了他一眼，愤懑道：“你说你都这么大岁数了，怎么也不知道让让我，就会欺负人！”

大好的而立之年就这样被贬得一文不值，陈训倒是不介意，笑意跃上眉间，顺着她的话往下说：“我都这么大岁数了，真欺负起人来，恐怕不是现在这样。”

“……”小气鬼!

尽管知道陈训只是在吓唬她，但黄涩涩一晚上都在担心明天会不会被自家局长叫到办公室喝茶。谁知道没等到局长的召唤，反倒半夜接到了杨国强打来的电话。

手机铃声持续不断地在房间里回响着，吵得人不得安宁，她既想装作没听见，又害怕有什么急事，没有办法，只能接了起来，结果被莫名其妙质问了一顿。

“小黄，你怎么不回微信，明天上午记得把文件给我，上面急着要呢。”

什么微信？

迷糊的意识渐渐清醒，黄涩涩让他别急着挂电话，打开微信看了看，终于明白过来。原来王荟几个小时前给她发来了好几条微信，大意就是让她帮着做一份文件，不过她一直没回，估计以为她不想做，所以专门找杨国强施压来了。

真不愧是行走的绞肉机，单位里没结婚的小鲜肉都被她勾搭了一遍不说，现在居然饥渴到连杨国强这种烂肉也吃得下去，真是让人水土不服就服她。

“这不是荟姐的工作吗，为什么是我做？”

黄涩涩努力让自己保持着平和的心态，问得还算客气。

杨国强却装作没听懂，“你看你说的什么话，同事之间还分什么彼此。再说了，你们不是一个组的嘛，她明天请了个假，要去忙其他事，你就帮她做做呗。”

忙其他事？忙着和你乱搞才对吧。

一个组的成员确实应该相互帮忙，但她帮是情分，不帮是本分。更何况这个文件明明上周就已经交给王荟了，就算真的想让她帮忙，干吗非要等到最后关头才告诉她？

“杨主任，这种类型的文件平常都是荟姐在做，我压根儿不熟悉，完全就是一生手，而且现在是凌晨两点，明天上午可能做不出来，要是让上面的领导等急了就不好了。”

黄涩涩依然尽可能给他留面子，可惜话说得再好听，也叫不醒装睡的人。

杨国强知道自己不占理，索性敷衍道：“你别妄自菲薄，要相信自己。好了，我先挂了，今晚你就辛苦一下，改天我让你调休。”

“……”

瞪着结束通话的手机屏幕，黄涩涩心情复杂，气得直发笑，在这一瞬间，就想往市长信箱里投匿名举报信。

就算她可以徒手抓坏蛋，那又有什么用？就连江湖上赫赫有名的盗圣在同福客栈里还不是得听老板娘佟湘玉的话，作为一个职场小渣渣，她还没有资格不听上级领导的安排。

万一对方到时候甩锅给她，那她可能会冤枉死，毕竟王荟不是第一次做这种缺德事儿。

摊上这么一对狗男女，黄涩涩能怎么办，她也很绝望啊。她只好强打起精神,泡了杯咖啡,打开电脑,开始帮他们收拾烂摊子。几乎一晚没睡，才赶在上班前勉强完成。

遗憾的是，虽然她按时完成了工作，但由于只能做到保量不保质，所以交上去没一会儿，就被杨国强叫到了办公室里。

坐在办公桌前的人见她进来后，指着电脑上显示的文档，和凌晨的态度截然相反，批评道：“你怎么做事的，好几个数据都弄错了，你好意思让我把这种漏洞百出的东西拿给上面的领导看？”

“……”

虽然早就知道他不要脸，可是这种不要脸的程度完全超出了黄涩涩的认知范围，心想这态度简直就是教科书式的得了便宜卖乖。

然而气归气，有些话还是不能说得太直白。

“杨主任，昨晚我也说过不会做这种文件，是你非常信任我，执意要交给我，我又怎么能辜负你的信任呢？当然是尽最大努力去做，至于现在这个结果，我也感到十分抱歉。”她觉得自己这番话给足了杨国强面子。

谁知道他听了后，直接翻脸不认人，“你们现在的年轻人真有意思，自己工作不认真，还赖在我的头上，真以为有江部长当靠山就能横着走了？赶紧去把错误的数据改了，十一点之前给我，如果这次还有什么问题，上面怪下来，别怨我不帮你说话。”

也不知道哪个嘴巴没把门的开始乱传她和江迟有一腿，害得黄涩涩今早一来就受到了各位同事的“关心”，所以不提江迟还好，一提她更生气，没再说话，扭头就走。

幸好单位里就这么一两颗耗子屎，其他同事都很好，知道事情始末后，不仅替她抱不平，还帮着她一起修改。最后，黄涩涩掐着时间交了上去，没有再出什么幺蛾子事。

虽然有惊无险，但黄涩涩还是萎靡了一整天。好不容易熬到下班，她立马给余岳打了个电话，有气无力道：“一方有难，八方支援。带上工具，老地方见。”

换作平时，余岳可能早就“一方有难，八方点赞”了。不过今天余岳可能听出了她的情绪低落，难得没有骂她两句，也没有多问什么，只是让她等着，自己马上过去。

所谓的“老地方”，其实就是小区旁边的一个广场，而“工具”则是滑板。

现在距离傍晚的散步时间还有好几个小时，所以周围暂时没什么人，也还没有被广场舞大妈占领，一些滑板爱好者通常选在这个时候出来。

黄涩涩从初中就在这一带混了，心情好或者不好都会来这里，如今也算是元老级的灵魂人物，一起玩的基本都认识她。

尽管现在滑板依然被大多数人认为是非主流玩的，但这正是她当初选择学滑板的理由，她就是觉得这项非主流运动很酷。

并且现在依然觉得很酷，至少当她玩的时候，可以专注其中，刺激的感觉占据所有感官，让人暂时忘掉了那些不愉快。

为了打发等余岳的时间，黄涩涩先玩了起来。她踏上滑板，滑行了一会儿，而后忽地微微蹲下，放低重心，接着快速向上跃起，轻松完成了一个豚跳。动作流畅漂亮，真有几分像跃出水面的海豚。如果肩上再系个披风，可以说是飞天小女警本人没错了。

见状，围观的少年们纷纷吹了记赞赏的口哨。

当然了，除了赞赏，似乎还激起了其他人的斗志。那些人从后面追了上来，都想和她一较高下。她并不在意，反正被围观了这么多年，早就习惯了。

她随意变换着动作，脸上有着不同以往的神气，慢慢加快了一点速度。天光云影在余光里快速倒退，变成了一片模糊的彩色，绮丽壮观。

忽然间，一个人影出现在这片模糊中，清晰得尤为突兀。

黄涩涩有点惊讶，还以为眼花看错了，却又忍不住停下来亲自求证，没想到一眼就看见了树下的人。

他走在几个人的后面，薄唇间一点猩红。他又衔着一根烟，五官被烟雾和人群遮得七七八八。不过透过交错的空隙，黄涩涩还是可以看见他难得穿了件白色短袖。

新新旧旧的绿叶相衬，看上去干净清爽，成熟又少年。

确实是陈训没错，因为刑侦队的人正好在附近查案。

随着夏天的到来，天气越来越热，人的情绪也越来越容易失控，犯罪率跟着温度一起节节攀升。最近发生的好几起入室抢劫强奸案，引起了领导的重视。

为了确保没有遗漏的线索，今天他们又去受害者家里看了看，走访了一下现场。忙活了一下午，还算有点收获，剩下的就是回去整理信息。

原本一路上大家都在讨论案子，气氛还算正常，李夺却哪壶不开提哪壶，突然问道："对了，老大，你昨天的相亲怎么样啊？"

卫计局局长想让陈训当自家女婿的事，整个公安局的人都知道。但陈训一次都没去见过，以至于他的上级领导都来给他做思想工作，说是再不去见一见，迟局长的脸上就挂不住了。

这次他去倒是去了，结果如何也显而易见，所以问了不如不问。

而作为在场十分稀有的已婚男性，汪海洋觉得自己在这件事上非常有发言权，以一副过来人的姿态进行抢答，“这叫什么相亲，顶多算校友见面，而且迟局长做事也太狠了吧，明知道你兄弟和他女儿以前有过一段，还非要撮合你俩，存心气你兄弟？”

单身狗代表林东也加入了讨论。

“老大，这事儿要我说啊，你就应该早点找个女朋友，也省得那些人成天给你介绍。你说咱每天都这么忙了，还得去应付这些破事，烦……李夺，你在旁边瞎激动什么？”

第一个引出这个话题的人也不知道正在和谁挥手，动作幅度之大，已经打到林东好几回了，听见他的骂声后，李夺这才解释道：“你们没看见女侠？”

此话一出，在场的人反应程度不同地顺着他指的方向望去，果然看见了黄涩涩本人。大家立马换上笑脸，和她挥了挥手，算是打招呼了。

虽然她的个子不算高，但好在比例生得好，尤其是今天穿着牛仔短裤，显得一双腿笔直细长、白晃晃的，金灿灿的夕阳照在上面，像是镀了层蜜。

“没想到这姑娘居然还玩滑板，真酷。”

林东由衷感叹了一句，其他人也跟着附和了两句。

除了陈训。

他站着没动，又抽了口烟，视线渐渐从那双腿移到她的脸上，黑眸一眯，看不出情绪。

.Chapter08.

顺毛的正确姿势

当黄涩涩抱着滑板走过去的时候，其他人已经离开了，只剩下陈训一人，看得她一脸茫然，问道："为什么他们一看见我就走？"

她刚才玩了这么久，又一路跑过来，现在还有些喘气，额头和脖子上也满是汗水。汗水顺着颈侧的线条，淌过精致的锁骨，最后没入看不见的沟壑里，她却不自知。

烟盒坚硬的棱角又刺进了陈训的掌心里，让他神情一敛，掐灭了烟头，说得不痛不痒："大概是被你打怕了。"

胡说，她哪有这么暴力！

黄涩涩不满地皱了皱鼻子，竖在身前的滑板被她摇来摇去。好在她不知不觉已经习惯了他的说话方式，所以不再像一开始那样愤怒，决定不和他计较，又问道："你们出来查案子？"

"嗯。"

真可怜。

被服务的群众良心未泯，知道他们接下来将面对无穷无尽的加班，不禁生出一点同情，不好意思再耽误他的宝贵时间，识趣道："那你快去忙吧，等你结案了咱再见。"

说完后，她的手一松，滑板重回到地上。黄涩涩准备从台阶旁的小坡滑下去，谁知道一只脚刚踩上去，手腕又被人抓住。

“不急。”

平稳低沉的嗓音从身后传来，和手上的温度一样让人熟悉，黄涩涩没出息地脸红了。

其实她不是一个容易害羞的人，独独面对陈训的时候，别扭得像个正常姑娘。究其原因，或许是因为学生时代留下的阴影太大，导致她试图通过现在的表现来挽回当初的形象。

可惜相处得越久，她就越藏不住真实的性格，如今已经有一些暴露本性的征兆。

于是这次黄涩涩没有再红着脸躲避，听了他的话后，也不急着走了，转过身子，不怀好意地“哦”了一声，自恋道：“舍不得走？还想和我聊会儿天？”

为了看清陈训的表情，她故意往他面前探了探，歪着头打量他。可不知是幅度太大，还是衣服过于宽松，肩上的领口随着她的动作往下滑了滑，露出内衣肩带的一角。

墨绿色的内衣肩带，对比下，皮肤显得更白了，比波光粼粼的湖面还要惹人注意。

陈训皱了皱眉，微眯着眼，声音也沉了几分，就像天边渐渐消失的夕阳，黑夜将要降临。他语气不是太好，回道：“好好说话。”

“哦。”

被训的人直起身子，双手紧贴裤缝两侧，立正站好，军姿标准，就差没对他敬礼了。

男人没搭理她的搞怪，又瞥了眼她手里拎着的滑板。滑板上面贴满了花花绿绿的贴纸，板面还有不少磨损的痕迹，足以证明这块板的使用时间不短。

“喜欢玩这个？”

闻言，黄涩涩点了点头，以为他是工作压力大，此刻想要放松一下，于是不和他开玩笑了，认真提议道：“不如我教你玩滑板吧？这个也是减压利器，真的。”

虽然是在问他，但好像没给人选择的权利，因为她一边说着，一边把滑板让了出来，鼓励道：“来吧，体验一下，包你满意。”

面对她极其跳跃的思维，陈训眉梢微抬，脸上的表情有点耐人寻味，却默认了她的提议，按照她教的方法，站了上去。

“你放轻松，别怕摔，也别不相信我的技术。”

第一次玩滑板的人大多有些害怕，这一点黄涩涩非常清楚，所以没打算一来就放大招，就想让他先站上去，慢慢感受一下滑板。

没想到教学效果还不错。

大概是因为男生的运动细胞天生就很好，他压根儿没出现初学者会出现的问题，甚至不需要她扶也能滑得很好。

黄涩涩看得目瞪口呆，不禁对自己肃然起敬，心想自己以后可以开个教学班了，开始得寸进尺，连哄带骗道：“哇，你也太有天赋了吧，来，围着这个广场滑一圈看看。”

出乎意料，陈训居然还是没有拒绝她的要求，真的重新踏上滑板，绕场一周。速度不算快，却游刃有余，和旁边那些老玩家比起来丝毫不逊色。

就像自在如风的少年。

黄涩涩就在原地等着，在他归来后，坚定了以后开教学班的信念，不再为难他，让他坐在椅子上休息。她也在一旁坐下，沾沾自喜，尾巴又翘上了天。

“看吧，我都说了我的技术很好。不是我吹，当年我可是桐市最早一批玩滑板的。”

怕他不相信，黄涩涩还特意拿出手机，打开百度，搜索自己的名字，想要把以前的得奖记录翻给他看，毕竟无图无真相。

谁知道不搜还好，一搜吓一跳，因为她竟然在相关搜索推荐里看见了陈训的名字。

她的第一反应以为是重名，结果点进去一看，显示的照片的确是他，而个人荣誉那一栏赫然写着“2004 极限运动亚洲巡回赛中国站第三名”。

“……”

还在洋洋得意的人笑容尽失，翘上天的尾巴也耷拉了下来，表情复杂地看了陈训一眼，知道他肯定是故意的，自豪感瞬间灰飞烟灭。

一个市里第三名，教一个全国第三名，她不要面子的啊！

黄涩涩觉得自己被玩了，怒道：“你怎么不告诉我你以前也玩滑板！还擅长什么，今天一次性说清楚吧，以后我好避开！”

闻言，正在点烟的陈训轻笑了声，没有回答她的问题，随意道：“心情不好？”

虽然她看上去比往常兴奋活泼，说的话也多了起来，但还是掩盖不了她反常的事实。黄涩涩却以为他是在说他欺瞒不报的事，没想到他这么直接，反而没什么底气了。

“也……也没有这么严重啦。”就是她得重新审视自己当老师的能力了。

陈训抽了一口烟，语气平静：“不是这件事。”

不是这件事？

黄涩涩一愣，终于明白了他的意思。那些暂时被忘记的破事重回脑海，她捏了捏自己的脸颊，也不知道是不是在自言自语，小声叹道：“有这么明显？”

在刑警面前撒谎是一件十分不明智的事，这一点她深有体会，因为以前经常被她爸抓包。于是她没有否认，问道：“你留下来是因为看我心情不好吗？”

听见身边的人“嗯”了一声后，黄涩涩十分感动，心想怪不得今晚的他对她言听计从，原来是看她不高兴啊。本想再忧郁一下下的，现在完全憋不住了。

于是她把陈训当成余岳，把工作上的遭遇一股脑说了出来。

末了，她以一种大仇已报的痛快语气，咬牙切齿道：“今晚他们好像又去开房了，这会儿可能已经被她老公捉奸在床了。”

以黄涩涩的记仇能力来说，如果不把吃的亏还回去，那就太不像她的风格了。可是过了许久，她又闷闷不乐地补充了一句：“如果我的那条短信发出去了的话。”

没有发出去不是因为心软了，而是觉得这件事和王荟的老公没有关系，不应该把他牵扯进来，而且万一他早就知情呢？所以黄涩涩打算换个报复的方法，可惜现在还没想好。

陈训从始至终没有说一句话，好像没有要替她打抱不平的意思。

虽然他是个合格的倾听者，却不是合格的安慰者，仿佛一直置身事外的模样，只在黄涩涩说完这句话后侧头看了她一眼。

七点的天色渐晚，周围光线昏暗，垂下的短发遮住了她的脸，看不清楚表情，只能隐约听见她还在小声嘟囔着什么，有点像因为小偷进公安局的那晚，带了点委屈，还有不服气。

让人忍不住想要揉揉她的脑袋，夸她做得好。

事实上，陈训也确实这么做了。

当感受到头顶传来的陌生力度后，黄涩涩身子一僵，还在用后跟戳地的脚也停了下来，整个人如同静止了一般。

陈训这是在安慰她吗？从来没对她说过一句好话的陈训，在安慰她？

她有点意外，不知道自己有没有会错意，反正有一种自家铁树终于开花的欣慰。

黄涩涩在他收回手的瞬间握住了他的手腕，力气很大，好像生怕他挣开一般，“安慰人不是这样安慰的，要这样。”

黄涩涩仍埋着头，一边说着，一边领着他的手，从头顶抚到发尾，一下又一下，好像真的在教他应该怎么做。

广场上渐渐热闹起来，调皮的小孩跑到喷泉里淋水，老人们摇着蒲扇，慢悠悠地走着，风里云里全是满满的夏日气息。

她的大脑似乎被这气息冲昏了，完成如何安慰人的教程后，没有就此结束，反而抬起头来，看着陈训，认真强调道：“因为这是我教你的，所以只能对我做，知不知道？”

除了前几次威胁，黄涩涩难得使用这么强硬的语气，却以为自己这么要求只是单纯因为不想让教学成果被别人白白享受了去，没有意识到其中包含了浓浓的宣誓主权的意味。

男人的眼睛里又有了光，视线原本还停留在不远处的人群里，此刻重新落回到她的身上，嗓音带笑，反问道：“你这是强买强卖？”

“对啊！”还有些紧张的人平复了心情，点了点头，一副“你能拿我怎么样”的无赖模样。

陈训确实不能拿她怎么样。

至少现在不能。

由于陈训还有正事要忙，所以陪她坐了一会儿便离开了。

虽然问题没有得到实质性的解决，但是和他这么一说，黄涩涩心里好受多了。以至于直到和他分开，她才想起自己居然把余岳忘了，于是赶紧打了个电话，问他怎么还没来。

“刚翘班的时候被领导抓住了，现在还在加班，忘了和你说。”

他的声音听上去有点累，不加班的人立马心怀愧疚，顺带同情他，理解道：“那正好，我这边也没什么事了，你用不着过来了，待会儿直接回家吧。”

“嗯。”

挂断了电话后，黄涩涩伸了个懒腰，无事一身轻地往小区走。谁知刚一打开家门，居然听见里面传来愉快的谈笑声。

她感到一阵奇怪，心想她妈没说过今晚家里会来客人啊，赶紧走进去一看，结果吓得嘴巴都合不上了，她万万没想到坐在客厅里的人会是江迟。

这时里面的人也听见了门口传来的动静。

对上她的视线后，江迟率先站了起来，有点局促不安，像是做错了什么事般。见状，俞珍迎了过去，招呼道：“涩涩，回来啦，站在门口干什么，快进来啊。”

“哦。”

虽然她开始往客厅里走，但是脸上的表情还是没有恢复，浑身的每个细胞仿佛都在问着一个问题——“现在是什么情况？”

幸好当妈的都是女儿肚子里的蛔虫，俞珍一眼看懂了她想要表达的问题，解释道：“刚才我看见小江在小区门口和王婆婆聊天，就让他上来坐坐，聊得正高兴呢。”

怪不得。

她就说她妈又没见过江迟，怎么可能认识他，原来是王婆婆热情介绍啊。

听了解释后，黄涩涩稍微回过神来，非常不认同她妈的这种做法，把她拉到一旁，语气带了点埋怨，说道：“妈，你怎么老是这样，动不动就把人往家里带，万一把别人吓着了怎么办？”

“我怎么了？我这还不是为了你好。”俞珍同样不认同她的话，打了一下她的背，一眨眼的工夫又恢复了笑脸，对江迟说道，“小江，阿姨下楼买点东西，你们年轻人慢慢聊啊。”

“……”白说了。

等她妈一走出门，黄涩涩赶紧走到江迟的旁边，担心道：“你还好吧？我妈有没有问你什么太过分的问题？没有被吓到吧？”

“怎么会被吓到呢，阿姨人很好啊。”

“没被吓到就好。”黄涩涩松了一口气，过去倒了一杯水喝，“唉，你也知道，当家长的都那样，以后要是再见着我妈，千万记得避开走。”

江迟却不解：“为什么要避开走？”

这种理所当然的事还需要问为什么？

黄涩涩差点被水呛着，看了他一眼，露出一副“我该拿你怎么办，我的智障宝宝”的表情，耐心解释道：“我是在为你好啊，难道你喜欢和长辈聊天？”

江迟摇了摇头。

她刚想说“这不就对了”，谁知道下一秒却听见他说道：“不过俞阿姨是你的母亲，和她聊天很高兴。”

闻言，黄涩涩立马换上了心疼的表情。

“其实你真的不用这么懂事，不喜欢就不要勉强自己啊。这事儿也怪我考虑不全，只想到了自己。你放心，等一下我和我妈好好说说咱俩的关系，省得她老惦记你当她的女婿。”

本来她以为关于相亲的谎话至少还能维持一段时间的，没想到竟然以这种方式宣告揭穿。但没有办法，她只能选择和俞珍如实坦白，然后老老实实接受进入新一轮的相亲。

然而江迟好像并不觉得这有多严重，遗憾道：“为什么要说清楚，不能继续演下去吗？我真的没有勉强自己，阿姨也真的没做什么过分的事。”

见他还没有意识到事情的严重性，黄涩涩不得不给他讲讲可能会发生的可怕后果。

“相信我，如果今天不把事情说清楚，过不了多久，她肯定会问我们什么时候结婚。要是真的发展到这一步，就太晚了，我们总不能一直骗下去，最后假戏真做吧？”

其实趁早说清楚也好，就这样当彼此谈心的朋友，没有其他的利益牵扯。

听她这么一说，江迟知道她可能已经下定决心，虽然遗憾，但也不好再说什么，听见她问了一句“你找我有什么事”后，说出了今晚的目的。

“上次你送我回去，我还没来得及谢谢你，所以想请你吃饭。”

“上次？哦……你说喝醉酒那次啊。”他不提，黄涩涩差点都忘了这件事，“这你得感谢陈训，都是他帮的忙，不过他最近应该没什么时间，要不你改天再约？”

“不能先请你吗？”

“可以是可以，但是抛下他吃独食是不是不太好？这样吧，如果他实在没空，你再单独请我，怎么样？”

既然是为了谢谢那晚的事，怎么可以不请出力最多的人？她不揽功劳，时刻心系陈训，宛如他的代言人。江迟一听，埋着脑袋，过了半晌才闷闷地点了点头，算是同意了。

黄涩涩没看出他的异样，给陈训发了条说明情况的微信后，见时间不早了，赶紧让江迟赶在俞珍回来之前离开，免得待会儿被卷入恶战。

至于怎么和她妈坦白，她已经想好了，就说他俩相处了一段时间，感觉彼此不太合适，所以决定结束相亲关系，做朋友就好了。

不出她所料，买水果回来的俞珍听了这话后，一个劲儿劝她，毕竟她对江迟很满意，非要他们再相处看看。

黄涩涩也猜到了会是这个结果，没当回事儿。只在口头上应付了一下，转过背她就给江迟发了条微信，告诉他事情都解决好了，末了又看了看和陈训的聊天，最新消息还停留在她刚才发的那句话上。

后来过了快一周，她依然没有得到回复，她也没有放在心上，只当他是太忙忘了回，想着哪天找个时间当面和他说说。

没想到，没几天机会自己找上门来了。

七月中旬的时候，市里开展打击“两非”活动，卫计局作为主要力量之一，自然要做好表率，选了一些人出来，和其他几个单位组成专项小组，以乡镇为重点区域，进行联合执法。

从不冒头的黄涩涩不幸当选，而和她关系好或是一般的同事都没被选中，剩下的全是王荟的狗腿子，到时候会发生什么事不言而喻。

她肯定会被变相孤立。

被孤立倒也没什么，反正她也没想过要和他们搞好关系，可她真的不想和这群狗腿子相处，于是试图通过请假来逃过这一劫。

万万没想到的是，杨国强竟然以人手不够为由，不批她的假条。这实在出乎她的意料，毕竟他只是好色了一点，脑子并不怎么好使，不可能在这些事上为难她。

都说人至贱则无敌，黄涩涩不用想也知道是谁在吹风。

自从上次被迫帮忙做了文件后，王荟不但没有收敛，反而变本加厉，表面上对她还是老样子，暗地里不知道给杨国强吹了多少枕边风，才对她使了那么多绊子。

事已至此，她只能接招了。结果祸不单行，去的当天，“大姨妈”突然来凑热闹。

本来从早上出门到中午这一段时间，一切安好，她没什么感觉，谁知当检查完镇上的诊所药房，正准备回去的时候，突然下起了暴雨，她的小腹也开始隐隐作痛，并且愈演愈烈。

还好单位见雨下得太大，而且一时半会儿没有要停的意思，于是专门派了辆车来接他们。唯一不好的一点是，村里面的泥巴路只能步行，车子进不来，他们得走到外面的大路上去。

大多时候，她都没有身为一个女生的自觉，除了每个月的这几天。这次疼得尤其厉害，最后实在忍不住，她蹲在村民搭的雨棚里，打算缓一会儿再走。

见状，和她挤一把伞的狗腿子一号嫌弃道："能不能快点？你看荟姐他们都走好远了。"

"脚长在你身上，我又没拦你，想追就去追啊。"

听到这话，狗腿子一号求之不得，直接拿着她的伞去追前面的人。虽然生气，可黄涩涩现在也没法和她计较那么多。一来没精力；二来她听见了摩托车的声音。

乡镇的小路一般不太平坦，特别是下了雨以后，遍布着大小不一的水坑，就像一个个地雷，一不小心就会被路过的车辆溅一身的泥巴和泥水。

然而当摩托车从她跟前飞驰而过时，原本空无一人的视野里却多出了一双鞋，让她幸运躲过一劫，只有露在外面的肌肤上沾了一点泥水。

世上竟还有如此好人？

"谢……"

黄涩涩难得被这个世界温柔相待一次，心里一阵感动，仰着脖子，想看看这位好心人究竟是谁，谁知话还没说完便没了声儿。

站在她面前的男人正撑着一把黑色大伞，被溅了一身的泥，却好像丝毫不在意，他垂眸盯着她，神色平静，不见波澜。

.Chapter09.

表演小猪拱白菜

雨水砸在他的伞面上，发出噼里啪啦的响声，如同黄涩涩心底的欢呼声。

这种激动不亚于他乡遇故人，让她的心情雨过天晴，就连小腹也没那么痛了。顾不上寒暄，她非常有目的性地问道："你还有多的伞吗，我的伞被狗叼走了。"

见她脸色不太好，说话也没什么精神，陈训知道她可能不舒服，没有回答，而是半蹲着，想要摸一摸她的额头，却被她制止了。

黄涩涩小声说道："我没事，生理痛而已。"

他眸色一敛，任由手指被她捏着，低声道："走不动了？"

黄涩涩摇了摇头。

这种痛都是一阵一阵的，刚才确实走不动，但现在好了些，她想要抓紧时间过去，免得等一下又痛起来，于是借着他的力量站了起来。

谁知道刚一松手，她的小手臂又被扣住，接触到的掌心温热。

"去哪儿，我送你过去。"

闻言，黄涩涩瞅了他一眼，想了想，没有拒绝，抱着他的手臂，说道："外面的大路。"

小姑娘出了汗的皮肤又细又凉，好似一匹上好的绸缎。

陈训一手撑伞，另一只手还被她抱在怀里，稍微一动，就能碰到她胸前的饱满，和飘在身上的雨水一样柔软。

黄涩涩却毫无察觉，还收紧了手。就像以前每次痛经被余音扶着回家一样，这一次她完完全全依靠他，虽然走得慢了点，但好在路不是太长。

等他们过去的时候，还在路边等着的基本上是卫计局的人，陈训的视线往四周扫了扫，忽地定格，问道："你上次说的就是那人？"

上次？

看见他指的人是王荟后，黄涩涩想起了他说的是什么事，没想到他还记得，立马抬起右手，虚捂着他的眼睛，嫌弃道："别看别看，脏眼睛。"

神奇的是，也不知道是不是碍于陈训的缘故，刚才还对她漠不关心的人看见她后，全围了上来，七嘴八舌，一副很担心她的样子。

面对这种虚情假意，黄涩涩连话都懒得说，一律以假笑作为回应，接着扭头望着烟雨朦胧的道路。至于陈训，连看都没看那些人一眼。

几分钟后，雨幕里终于出现了他们单位的车。

黄涩涩松了口气，转身和陈训道了声谢，想着这些糟心事应该可以暂时告一段落了。正准备上去，谁知道在她拉开车门的瞬间，狗腿子一号突然冒出一句"糟了"。

这句话成功让所有人停了下来，大家不解地看着她，只见她一脸焦急地说道："刚才统计人数的时候涩涩不在，我好像把她漏算了，现在车里可能坐不下这么多人，怎么办啊？"

其实座位是足够的，偏偏药监局的几个同事要搭他们的车去一趟局里，这样一来，一个萝卜一个坑，压根儿没多余的。

不过黄涩涩不傻，知道他们故意在整她，因为就算她当时站在这群人面前，他们还是会选择睁眼瞎。所以现在她也不说话，心想这戏演得还挺足，她倒要看看他们怎么收场。

可是还能怎么收场？

本来就是不想让她坐车回去，才有了现在的事，结果她又不知道主动承认错误，他们也没办法，只能僵持着。

眼见着这样下去也不是个办法，王荟又扮演起了好人，站了出来，打着圆场：“行了，大家别耽误时间了，你们先走，等雨小了我再叫辆车回来。”

听到这话，狗腿子们怎么可能放过这个表现自己的机会，全都炸开了锅，争相表示不介意当那个晚一点走的人，叽叽喳喳的声音不绝于耳。

陈训神情一凛，眼底的嘲讽不加掩饰，他又看了眼身边的人，见她一副置身事外的模样，微皱的眉头又舒展开来，他忽地开口道：“该反省的难道不应该是你吗？”

这话成功地让其他人停止了无意义的讨论，黄涩涩也愣了一下，没想到他会插手，随即反应过来，面带歉意，学着他们那副阴阳怪气的腔调，开始自我反省。

“荟姐，真不好意思，这事儿确实都怪我，还是你们先走吧，反正我回去以后没什么事做，也不急这么一会儿。”

狗腿子怎么对她另当别论，反正王荟是装出一副体恤下属的模样，不同意道：“你看你身体都不舒服了，我怎么放心让你一个人回去。”

眼底的嘲讽加深了一层。

陈训扬着嘴角，不咸不淡地回了句：“不劳你费心了，她和我一起。”

王荟是个聪明人，自然听懂了这话的意思，笑容变得有点僵硬，一眨眼又恢复了正常，不忘客套道：“那就麻烦陈队了。”

遗憾的是，狗腿子们没这么会看眼色，以为有人撑腰就可以得意忘形，不知道见好就收，又开始见缝插针拐着弯地酸她。

“涩涩，你看这就是你的不对了，之前饭局上有江部长护着，这会儿连陈队都帮你撑伞，怎么还成天说家里逼你相亲呢？真是让我们这些还没谈恋爱的姐姐情何以堪啊。”

什么叫人言可畏，这会儿黄涩涩算是切身体会了一把。她知道她们这话是故意说给陈训听的，三言两语便把她塑造成一个生活作风不检点、还喜欢脚踏两条船的女人。

要是咽得下这口气，那她的肚子里都能撑泰坦尼克号了，然而还没开口，身边的男人语气温和，不紧不慢地说：“你们没谈恋爱，和她有什么关系？”

他眼眸一抬，姿态懒散，盯着说话的人，没有光的眼睛又黑又沉，嗓音里似乎还有笑意，说的话却像是温柔一刀。

“如果真找不出问题，不妨回去照照镜子。”

从听见“江部长”三个字起，陈训的脸便冷了下来，可是他的表情没有半分瞧不起人的意思，语气也拿捏到位，听上去就像真的在和她探讨为什么没谈恋爱的原因。

可惜也仅仅是听上去像，于是气氛骤然降至冰点。

现在的成年人说话都讲究一个“话中带刺”，既解气，也不至于太得罪人，反而很少有人说得这么直白，丝毫不给人留情面，黄涩涩在心底为他鼓起了巴掌。

狗腿子一号大概也是第一次被人当面这么说，脸上一阵青一阵白，好像下一秒就能哭出来，又没法和陈训计较什么，只能另找出气筒。她狠狠瞪了黄涩涩一眼，而后钻进了车里。

传说中的“如果不能让人红着脸，那就让人红着眼”？

可以，这很陈训。

被瞪的人无所畏惧，继续扮猪吃老虎，反正坏人已经被他当了，她只需要负责唱红脸就好了，于是带着哭腔道：“荟姐，你知道我不是那个意思，我……”

王荟一团和气地打断了她的话，“我知道，她也有做得不对的地方，回头我再和她好好说说，你别太放在心上，我们就先走一步，你慢慢来，不着急。”

“好的，谢谢荟姐，今天真是给你添麻烦了。”

黄涩涩演戏演到底，表现得十分真诚，还站在原地，目送他们离开。

等到视野里再无车辆，她又露出了忧心忡忡的表情，摇了摇头，叹道：“唉，不是我说你，怼人一时爽，回去火葬场。万一他们以后处处针对我，我该怎么办啊？”

当然了，这只是一句玩笑话。

放眼整个卫计局，明事理的领导多了去了，并不是所有事都是杨国强和王荟这对狗男女说了算，她这会儿卖可怜主要是想逗陈训一次，毕竟机会难得。

可惜今天又是她的独角戏。

本来看在她不舒服的分上，陈训倒还愿意配合她玩一玩，前提是刚才没有听到“江部长”三个字，所以此刻他不冷不淡道：“他们还不敢。”

他强压下心里头的烦躁，代价是烟瘾犯了，习惯性地摸烟盒，又想到她闻到烟味可能会更不舒服，眉头一皱，放弃了抽烟的念头，只盯着白茫茫的路面看。

见他不上钩，黄涩涩撇了撇嘴，知道斗不过他，于是不再鸡蛋碰石头，换了一个话题：“对了，上次我给你发的微信你看了吗？江迟想请你吃饭，你什么时候有空啊？”

又是江迟。

烟盒的棱角往掌心里刺得更深了一些，陈训扯了扯唇角，答不对题，反问道：“你们最近走得很近？”

“啊？还好吧。”黄涩涩被这个不相关的问题问得一蒙，有点紧张，“怎么了，难道他做了什么坏事？”

不过陈训这次没有明确地回答“是”或者“不是”，只是顺着她的话，往下问道：“如果真做了，你打算怎么办？”

“不可能，他胆子那么小，肯定不敢做违纪违法的事，你们是不是弄错了？”黄涩涩不相信，一个劲儿地帮江迟说话，最后问到了重点，“不过他到底做了什么傻事？很严重吗？”

就算不看她，光听声音也能知道她有多担心，陈训的眉眼间多了一丝嘲讽，也不知道是针对谁，而后睨了她一眼，道：“和你相亲。”

“……”

最后，陈训以“没空”为由，拒绝了江迟的请客。没有办法，几天后，黄涩涩只好独自赴约，毕竟之前已经答应了，不可以食言。

为了让自己的良心不那么痛，她没有选择丰盛的晚餐，而是随便找了一家烧烤店吃宵夜，就在上次滑滑板的广场上。

一到夏天，这里就变成了喝夜啤酒的最佳去处，人多事也多，总之十分热闹。

由于黄涩涩时间预估失误，去得早了一些，所以此刻正一个人坐在烧烤摊前，一边玩手机一边等江迟，忽地“叮咚”一声，她收到了余音发来的微信，点开一看。

“你们那个副主任是叫杨国强吗？”

一看见这个名字，黄涩涩就生理性厌恶，嫌弃地“啧”了一声，心想突然提这个老男人干什么，倒胃口，身体倒是很诚实，敲着回复。

“对啊，怎么了，难道你们拓展打击职场性骚扰业务了？”

因为需要打的字有点多，余音回得有些慢，于是黄涩涩一边盯着“对方正在输入……”几个字，一边咬着吸管喝啤酒，大约半分钟后，终于收到了回复。

“我们刚才在市区里的一家会所扫黄，结果撞见他在隔壁叫小姐，于是一起抓了回来，现在上面正在派人过来调查。怎么样，算是大仇得报吧？”

我去！

看见这段话以后，黄涩涩直接把嘴里的啤酒全喷了出来，也顾不上形象了，胡乱用手背擦了擦，正想打个电话过去问清楚，却隐约觉得有人在看自己。

她停下滑手机的动作，立刻往周围一扫，凭着感觉寻找源头，结果只看见一辆可疑的车，而车窗阻隔了目光。

说是可疑，并不是因为车的外观有多么与众不同，而是给人一种说不上来的感觉，让她觉得里面坐着的人认识她并且正在看她。

不过这个疑惑并没有困扰她太久，因为正当她想着对方会是谁时，车上突然走下来几个人，基本上都是熟面孔，其中一个尤为突出，光是背影都透着一股凛冽的距离感。

除了陈训，还能有谁？

电话那头的人对此并不知情，还在不停给她发消息。

“本来今天我们没打算去扫那家会所的，结果我们头头临时改了主意，你知道我们头头和陈队关系不错吗？”

“不知道。”

“那你现在知道了吧。”

“知道了。”

这下余音没有再回复了，黄涩涩的手机却响了起来，一看，正是她打来的，接了起来，奇怪道：“打电话干什么？”

“确认一下是不是本人。”她刚才那句话提示得那么到位，黄涩涩怎么能够一点反应都没有呢，“你最近是不是受什么刺激了，为什么这么冷静，动如兔八哥的人格哪儿去了？”

“分裂去了。”

其实黄涩涩倒不是真的变冷静了，而是没有办法不冷静，因为她现在正在和她们讨论的那个人对视，尽管对方只是随便看了她一眼，根本没有在她的身上过多停留。

这个反应让她松了一口气，心想幸好没有过多停留，要不然被他发现她和江迟吃独食，她的良心真的会痛的。

考虑到他们可能是在办案，黄涩涩就收回视线，继续和余音聊天。谁知道没一会儿，不远处突然爆发出一阵不小的骚动。

大晚上出现这种情况，一般意味着出事了，广场上的人纷纷站了起来，伸长脖子看热闹。她也不例外，只不过她第一反应是去找刚站在街边的人，果然没有发现那帮人的身影。

事实证明，黄涩涩确实猜对了。

经过这段时间的走访调查，刑侦队锁定了入室抢劫案的嫌疑人，今晚实施抓捕行动，但不知道嫌疑人是不是从哪儿听见了什么风声，计划临时有变，他们只好跟着调整抓捕策略。

幸好他们准备充分，广场的每个角落都安排了人，此刻从四面八方冲了出来，全力追赶逃跑的人，开始上演猫捉老鼠的戏码。

这些犯罪分子逃起命来，连命都可以不要，还把无辜的群众当作挡箭牌，像丢沙包一般丢给身后的警察，故意制造麻烦，可惜最终还是被按在了地上。

每次在人多的地方执行这种抓捕行动，到最后的收尾阶段，现场总是有些混乱。赶过来的黄涩涩挤了好半天，费尽千辛万苦才挤到前排，占领了一个最佳围观位置。

上次陈训受了那么重的伤，也不知道这次有没有事。她焦急地寻找着他的身影，好不容易在人头攒动的人群中看到，还没来得及仔细看，便被树下一个中年妇女夺走了注意力。

穿着外套的她站在几个男人的后面，面容憔悴，表情也不太对，冷静得不像是来看热闹的，显得格格不入，让人想不注意都难。

黄涩涩直觉这个妇女有点不对劲，于是暂时放弃了关心陈训的计划，眼睛紧紧盯着她，跟着她一起往民警的方向挪动。

由于无法确定对方到底想做什么，为了避免打草惊蛇，她只能先按兵不动。可就在这个时候，一道明晃晃的光在她的眼前一闪而过，仔细一看，那竟是一把刀。

锋利的刀尖从外套袖口露出，刀面锃亮，在路灯下散发着诡异光芒，目标似乎是陈训。

意识到这一点后，黄涩涩的瞳孔猛地一缩，喉咙就像是被锁住了似的，没有办法出声，还好行动快于大脑，来不及提醒还在押犯人的人注意身后，她人便已经冲了出去，如离弦之箭。

她的头发被挤得乱糟糟的，鞋子上也全是脚印，但她好像一点都不在意。熟悉的眼睛还是亮晶晶的，可是里面盛满了担心，她将陈训扑倒在草坪上，像是一头发疯的小猪仔。

谁知道女人被这么一刺激，情绪反而激动起来，不再藏着掖着，直接把刀拿在手上，趁着一片混乱，加快了速度，径直朝被按在地上的人走去。

原本以为事情已经结束的围观群众见状，又爆发出一阵惊呼，不约而同地往后退，生怕波及自己。民警们也以为还有同伙躲在附近，再次全部进入警戒状态。

好在他们很快就发现异样，认出那位中年妇女是本次案件受害人的母亲，立刻上前阻止了她的报复举动，把刀抢了过来，又开始寻找刚才冲过来的人。

黄涩涩还在想象着被刀刺中的情形，并不知道自己做了什么惊人之举，也不知道发生了什么事。而预料之中的疼痛迟迟没有发生，身下的人反而开口说话了。

“你是在表演猪怎么拱白菜吗？”

什么东西！谁是白菜，谁是猪？

闭着眼的人慢慢睁开了眼睛，却没有精力计较他这句话里的人物关系，只觉得嘴唇下的触感层次非常丰富。

能够感受到肌肤的温热、说话时的震动以及脉搏的跳动，这几样感官加起来，让她最后意识到，自己好像亲到了陈训的脖子。

大脑一下子变成了一片空白。

赶过来的李夺正好看见这一幕，也不害臊，蹲在他们的身边，由衷感叹道："女侠，我怎么觉着你每次出场都自带背景音乐？这次是什么？就是这个 feel，倍儿爽？"

"……"

见她好像还没缓过来，他搭了把手，把她拉了起来，将自家老大从她的身下解救出来后，又感叹了一句："看来我们真应该给你颁一面最佳市民的锦旗了。"

柔软的泥土作为缓冲，减缓了冲击力，被扑倒的人没什么事，黄涩涩反而受了点伤。站起来的时候，她才发现手臂和膝盖都磕到了街沿，破了皮，幸好不算严重。

见状，陈训皱了皱眉，碍于还要赶着回去审人，没时间和她多说什么，只能扫了扫她受伤的位置，简单交代了两句："回去以后记得处理一下伤口。"

说完，他又瞥了一眼被拦下的人群，顿了顿，意有所指道："还有你的男女关系。"

男女关系？这又是什么新兴的损人词汇！

黄涩涩回过神来，鼓了鼓脸颊，刚想追问这话是什么意思，谁知道就这么一会儿，视野里又只剩下他的背影。耳边传来了一道熟悉的声音，让她想起了今晚出来的真正目的。

"涩涩，你没事吧？"

把嫌疑人带走后，拦着市民不让靠近的民警也撤了，江迟终于可以过来找她了。他一脸担心，非要带她去医院检查，却被黄涩涩拒绝了。

聚集的人群渐渐散去，她也收回了视线，对身上的小伤不太在意，恢复了以往的活力，拽着他走向广场："走吧，吃烧烤去，我都快饿死了。"

和她一样，广场很快也忘了这段小插曲，重新变得热闹起来。

可是江迟好像还记挂着刚才的事，吃了没一会儿，问道："刚才那么危险，你为什么还要冲出去，万一真的受伤了怎么办？"

"啊？"黄涩涩咬了一口五花肉，反应过来他在问什么后，叹道，"唉，你又不是不知道我爱管闲事的性格，不管刚才那人是谁，我都会冲出去的。"

是啊，她的性格就是这样的，江迟不再纠结于此，就听她问："对了，你以前和陈训发生过什么不愉快的事吗？"

"怎么了，陈训和你说了什么？"

"没有没有，他才不会和我说这种事呢，我就是好奇，随便问问。"

江迟回忆了一下："上学的时候，我们连话都没怎么说过，他也不愿意和我们相处，应该谈不上什么不愉快吧。"

闻言，黄涩涩似懂非懂地"哦"了一声，又咬了一口烤五花肉，没再继续往下追问了。

撇开那件意料之外的事，今晚过得还算圆满。将近十二点的时候，他们结束了这顿宵夜，一直拖欠的恩情也终于报完了。

为了不被俞珍撞见，江迟只把她送到了红绿灯路口。走到单元楼下的时候，黄涩涩又掉了个头，往小区外的公安局走去。

· Chapter10 ·

继承他的床

盛夏的夜晚向来闷热难耐，空气仿佛静止不动，就连嗡嗡乱飞的蚊子也掀不起一丝波澜，即使到了后半夜也没有什么风。

整座城市陷在空调的压缩机声中，公安局的二楼还灯火通明。

审讯工作进行了快两个小时，却没什么进展，嫌疑人始终不肯承认罪行。局面僵持着，于是他们决定暂停一会儿，出来透透气。

三三两两的人从审讯室里走了出来，准备抽根烟提神，陈训当然也在其中。

他一手拿着烟往嘴里送，另一只手去摸打火机。眼见着火苗都快挨着烟头了，他却收起了烟和打火机，眼睛一眯，盯着正坐在走廊椅子上打瞌睡的人看。

走廊上没有空调，开着窗户也热，因而她的颈间蒙了一层细细的汗。肌肤细腻光滑，像是上好的白瓷，却被挠出了好几道红印子，被咬的蚊子包也十分醒目。

再一看，受伤的地方血渍已经干涸，很明显没有听他的话去处理伤口。这让陈训眉头微蹙，周遭的气息陡地一沉，没有说话，撤下唇间的烟，转身往楼下走去。

黄涩涩是被一阵冰凉的触感刺激醒的，却有些睁不开眼，睡眼惺忪，发现模糊的视野里不知道什么时候多出来一个人，正蹲在她身前。

不知疲惫的夏蝉还在扯着喉咙乱叫，出来抽烟的人不知道去了哪里，走廊上变得空荡荡的，安静又冷清。等视野渐渐清晰，意识到面前的人正在做什么后，她的瞌睡跑了一大半。

陈训依然神情专注地帮她清理着伤口，眼皮上的浅浅褶皱又显了出来，好像知道她醒了过来，却没有抬头，嗓音和平时一样，不冷不热："怎么，又来当江迟的说客？"

说客？什么说客？黄涩涩没听懂他的话，埋着脑袋，回答道："和江迟有什么关系，我只是想当面和你说声谢谢。"

"谢？"他似乎轻笑了一声，语气没什么温度，"这次又想谢什么？"

她想了想："余音说我们部门的副主任被抓了，就在刚才扫黄的时候，还说你和他们头头的关系很好……"

这一回，没等她说完，陈训便打断了她的话，抬眸看她，黑瞳比窗外的夜色还要沉，语气很平静，反问道："你觉得我是利用职务之便，帮你报仇？"

不是吗？

黄涩涩没睡醒，整个人都不太有精神，脑子也转不过来，想了半天，发现好像确实不应该这样说，不然他成什么人了。

那到底是什么意思啊？她苦恼地抓了抓头发。

陈训也没有再说话，替她上好药后，站了起来。他把棉签扔进一旁的垃圾桶，居高临下的视线给人一种压迫感，眼睛里多出许多情绪。

可惜黄涩涩没有抬头，也就没有看见他脸上的表情，直到听见李夺的声音才重新集中注意力，一看，这才发现刚才的人不知什么时候已经离开了。

"哎哟喂，我的女侠，你说你怎么在这儿等着，多热啊，有什么事不能明天再说吗？"接到新任务的人非常称职，一边帮她扇蚊子，一边说道，“快起来吧，我送你回家。”

闻言，她的脑子逐渐清醒，知道自己被扔给了李夺。可思来想去，她也没有想明白问题出在哪里。看了看半掩着门的楼梯口，她觉得里面的人堪比人间六月天，变脸变得比谁都快。

黄涩涩鼓了鼓脸颊，赌气似的，跟着李夺往楼下走。

原本应该用来睡懒觉的周末，她就这样白白浪费了二分之一，有的人却好好把握住了。

比如余岳。

这个星期他难得不加班，看了一晚的球赛，凌晨三点才睡。睡着睡着，觉得手臂下面有什么东西硌得慌，他半睁开眼睛，看清枕头边躺了个什么玩意儿后，骂了声。

他一把扯过被子，盖在自己身上，忍住把她踢下床的冲动，吼道：“黄二狗，老子说过多少次，不要偷偷爬上我的床！你是没长耳朵还是没长脑子！”

“这么小气干什么，我太累了，躺一会儿，就一会儿。”

面对他的怒吼，黄涩涩的内心毫无波澜，掏了掏被震得有点痛的耳朵，望着天花板，一脸不知道避嫌为何物的表情，补充道：“再说了，你没把我当女的，我也没把你当男的，有什么关系。”

“……”

听到这话，余岳又骂了句，忽然拽着她的手，把她往自己这边拉了拉，将她翻身压在身下，低声问道：“我有没有教过你，男人都是用下半身思考的禽兽？”

彼此之间的距离近得有点危险，黄涩涩却连眼睛都没有眨一下，直直地望着他，淡定地举起右手，帮他把眼角的眼屎擦干净，又在他的身上蹭了蹭手。

大概是因为一起从小生活到大，每次面对他的时候，她的男女观念都特别弱，现在被这么一说，可能也意识到自己的行为确实有点不妥，于是她好好解释了一下。

“我一晚上没睡，进来以后看见你睡得这么香，可能一时鬼迷心窍了，也想上来试试，你就理解理解我吧，毕竟大家出来混口饭吃，都不容易。”

末了，她还煞有介事地问道：“不过讲真，为什么只有躺在你这张床上，我才能够好好想事情？”

还真是……解释了不如不解释。

见她眼睛下方的皮肤透着浅浅的青色，看上去好像真的彻夜未眠，余岳冷哼了一声，故意说着反话：“需不需要我打电话找个搬家公司，把床抬到你家？”

本来只是开开玩笑而已，谁知道黄涩涩一听，眼睛居然开始放光，一脸期待：“可以吗？”

“……”可以个屁！果然是想气死他，好继承他的床！

余岳伸手指狠狠地在她的脑门上弹了一下，被气得差点一口气上不来，重新躺回到床上，裹着被子背对着她，把歪掉的话题拉回到正轨上。

“大清早跑我这儿来干什么，思考人生？”

大学毕业后，他以“一个大男人和父母住在一起不方便”为由，在小区里另外买了一套房子，从家里搬了出来。余仲培和岳音也没说什么，任由他去，只时不时过来帮他收拾收拾屋子，煮煮饭。

黄涩涩想不通他为什么非要一个人住，当时知道这件事的时候，还笑他故意把自己弄得像个留守儿童。尽管如此，在她妈的威胁下，她也经常来给他送温暖，连钥匙都配了一把。

“我妈炖了鸡汤，让我端过来给你补补。”她双手抱肩，说完后也翻了个身，戳了戳他的后背，“余岳，你说你们男生有时候是怎么想的啊，为什么比我们女生还爱闹别扭呢？”

遇到陈训之前，她的烦恼组成很简单，一日四餐吃什么，遇到陈训之后，她的烦恼变得高级了许多，比如——

陈训为什么生气，陈训为什么又生气，陈训为什么还在生气?

这些如同死循环的问题深深困扰着黄涩涩，而她的身边就余岳这么一个男性友人，所以只能来问他，谁知道又遭到了来自他的嘲讽。

“你们女生？你是正常女生？”余岳觉得她是在搞笑，毕竟这世上恐怕没几个女生像她这样，既能徒手抓流氓，又不把自己当女生，随便爬上男人的床，“你说这话良心不会痛？”

“……”黄涩涩虔诚求教的心态崩了，知道自己今天这一趟算是白跑了。瞬间恢复了战斗力，一脚踹在他的屁股上，而后她从床上跳了下去，头也不回地离开了卧室。

余岳躺在床上没动，看着她离去的背影，不禁生出无限感慨，心想他家二狗长大了，开始知道为男人烦恼了。

可他没想到的是，为了报复他，黄涩涩居然把桌上的鸡汤一并带走了，只给他留了一小碗汤。

没有鸡肉，纯汤。

对此，有仇必报的人一点都不觉得惭愧，提着保温桶往家走，已经想好了，如果她妈问起来，就说余岳生病了，不能吃鸡。

她为自己想出的绝妙理由感到骄傲，谁知道这份得意并没有持续太长时间，因为她刚出单元楼便撞见了陈训，欢快的步伐一时间变得沉重起来。

差点忘记他和余岳住同一栋楼了。

凌晨在公安局发生的事还历历在目，令人不自在的气氛也仿佛挥之不去，黄涩涩有点不知道该怎么面对他，甚至连招呼都没有打一个，目不斜视地走着。

然而就在擦身而过的瞬间，她又破功了，没忍住，掉了个头，尾随其后，但没走几步，前面的人突然停了下来，回头望向她。

清淡的目光无形之中给人一种压力，她下意识举起双手，又发现姿势不对，就换了一个，把手里的保温桶递了过去，讨好地问道：“要喝鸡汤吗？”

陈训既没有接过去，也没有说话，只是随意扫了一眼，情绪被藏得好好的，不泄露分毫。

讨好失败的人肩膀一垮，知道自己什么事都瞒不过他，也不等他发问，主动坦白道：“好吧，我就是想问问你什么时候有空，想和你聊聊。”

闻言，陈训眉梢一扬，但还没来得及说话，就瞥见她的身后不知从哪儿蹿出一个男人。那人光着下半身，朝她冲了过来。

他神色一凛，猛地将黄涩涩拉进怀中。

偷袭的男人扑了个空，因为惯性，一头栽进了旁边的草丛里。他看上去和睡在街上的叫花子没什么区别，蓬头垢面不说，甚至连裤子都没穿。

神奇的是，明明刚才他还一副要大干一场的样子，现在居然安分下来，躺在地上一动不动，似乎那奋力一扑已经花光了他所有的力气，这会儿如同死了一般，双眼呆滞地望着天空。

危险解除后，陈训先确认了一下黄涩涩有没有事，而后放开她，转而迈步朝草丛走去，把男人从草丛里拎了出来，扔在地上。

“你上次抓的就是他？”

黄涩涩定睛一看，一眼就认出了对方脸上那颗标志性的黑痣，不正是前段时间失踪的暴露狂嘛，赶紧点了点头。

经过三番五次的接触，她对这位暴露狂大叔有了一种莫名的责任感，总觉得自己应该带领他走向正途，看他又出来惹事，有一种“哥不教她之过”的罪恶感，严肃教育了起来。

“大哥，我说你怎么还不学好！又出来作妖！又出来作妖！”

陈训碍于职业的原因，不能把他怎么样，黄涩涩倒是无所畏惧，上前就用保温桶狠狠砸他的身子，把他砸得坐在地上抱头痛哭，哭得像个一百多斤的孩子。

见状，痛下狠手的人愣住了，立马停下动作，一脸尴尬地望着身边的男人，自我反省道：“我是不是太过分了？”

“知道就好。”

“……”

陈训轻瞥了眼吃瘪的人，唇角挂笑，没有再说话。

由于身上没带手铐，为了避免路上出现什么意外，他只能给局里打了个电话，让他们先派一点人过来。挂了电话以后，视线重新落回到暴露狂身上，陈训皱起了眉头。

他走近了一些，用脚尖微微掀开暴露狂的衣服，忽地问道：“他以前做过手术？”

“手术？什么手术？”

黄涩涩对暴露狂大叔本人真的不太了解，如果非要说一个点，她最熟悉的大概只有他双腿之间那个小玩意儿了吧。

听了这话后，她同样感到疑惑，立马循着陈训的目光望过去，果然在他的腰上发现了一道明显的缝针痕迹。痕迹很粗糙，不像是出自正规医院之手。

她觉得有点奇怪，刚想蹲下去仔细看看，又被陈训握住手腕，提了起来，听他提醒道：“离远点。”

“哦。”

黄涩涩乖乖应了声，站了起来。本来还在庆幸他没有失踪就好，但是转念一想，又觉得不对劲。

如果真的是离家出走，那么他在这段时间内，应该好好反省然后改过自新才对啊，为什么现在反而比失踪前还要奔放？更令人费解的是，以前他都是避着她走，今天居然敢正面上了？

想到这儿，她又盯着对方好好看了看，脑子里冒出了另外一种可能性，便开玩笑地问道："你觉不觉得他的脑子好像不太正常？"

陈训第一次和他接触，对他不了解，听了她提出的可能性后，也开始重新审视他。

这时，身后传来一道声音。那声音带着点不确定，喊道："涩涩？"

和这道声音同时响起的还有一声"老大"。

被叫的两人循声望去，侧重点却有所不同。

借着地理优势，局里派来的人很快赶了过来。可黄涩涩万万没想到她妈居然也来看热闹了，脸色一变，心想糟了，居然被逮了个正着，待会儿回去够她解释的了。

这下她也顾不上研究暴露狂的事，立马和陈训拉开距离，径直朝俞珍走了过去，调整好表情，故作惊讶道："妈，你不是在和隔壁王阿姨打麻将吗，怎么出来了？"

可惜俞珍没有被她的转移注意力，看了看周围的人，直接问道："你在这儿干什么？不是让你给余岳送鸡汤吗？"

多亏了余岳和余音替她打掩护，之前发生的很多事俞珍至今仍不知道。她不能让真相在今天曝光，于是无视了刑侦队的所有人，还露出一副"我和他们不认识"的样子，划清界限。

"刚送了回来啊。"说完后，为了防止再出状况，黄涩涩赶紧挽着俞珍的手，拉着她往家走，顺便解释道："妈，我先申明啊，我只是路过看热闹，那个暴露狂不是我抓的，我也不认识那些警察……"

随着她越走越远，传来的说话声也越来越小，李夺有点摸不着头脑，不解道："女侠今天演的又是哪出戏？"

话音刚落，后脑勺就被林东打了一下，然后两人又吵了起来。一旁的陈训没有说话，望着黄涩涩离去的背影，神色晦涩不明。

虽然这不是黄涩涩第一次撇清和他的关系，却是第一次撇得这么干净。

尽管如此，俞珍还是不太相信她的鬼话，回去以后仍然抓着她不放，追问道：“刚才那些人是上次来茶馆喝茶的警察吧？你怎么和他们在一起？”

“就是路过看热闹啊。”她当然是继续矢口否认。

而她妈又开始了老生常谈，“涩涩，妈知道，你都这么大了，妈还管着你，你嫌烦，不过就算你嫌烦妈还是要管。妈就你这么一个女儿，你要是有个什么三长两短，妈怎么活下去？”

一开始，俞珍这个当妈的就不希望女儿长大后从事和警察相关的职业，所以一直试图培养黄涩涩去当个淑女，给她报了很多兴趣班，全是跳舞弹琴画画之类，只为修身养性。只是，黄涩涩倒好，趁着上课，偷偷跑到隔壁的武术班、拳击班蹭课。

最后琴棋书画没学会，倒是练就了十八般武艺。

因为这事儿，俞珍没少和黄万康吵架，吵着吵着又想通了，想着女孩子多学一点防身术也没什么坏处，就任由她去，可是兴趣班照样得上。

不过自从黄万康去世以后，俞珍害怕她哪一天也会突然离开自己，从此不再让她和警察接触，也不让她考警校，还严令禁止她不准她多管闲事。

黄涩涩当然知道她妈在担心什么，叹了口气，收起不耐烦的语气，拿出贴心小棉袄该有的样子，抱着她撒娇。

“妈，你瞎说什么呢，你不管我谁管我，我才不会像余岳那样主动当留守儿童呢。”

曾经不能报考警校的时候，她确实觉得委屈，还跑到她爸的墓前哭了很久，可是这么多年下来，再多的委屈也都淡了。

既然不能当所有人的英雄，那就当她妈一个人的英雄吧，再偶尔偷偷见义勇为一次，这样的生活对她来说也很好。

撒完了娇，黄涩涩又把钱包里的一百元钞票全拿了出来，塞到俞珍的手里，作为麻将基金："你就别乱担心了，快去打你的麻将吧，赢了回来和我分赃。"

她好说歹说，好不容易才把她妈哄好后，又赶紧拿出手机，给陈训发了个微信。

"不好意思啊，刚刚没想到我妈会突然出现，那个暴露狂大叔怎么样了？"

显然，在接下来的时间里，黄涩涩不会收到回复，幸好她还有一个小帮手——李夺，能让她随时和他交流他家老大的最新动态。

晚上八九点时候，她得知陈训已经从局里离开，连忙下楼。

夏天的温度已经连续一周居高不下了，就连吹的风都是滚烫的。她咬着刚买的冰棍，守在单元楼下，百无聊赖，靠着踢小石头打发时间。

不知过了多久，她终于发现目标人物，立马冲过去，张开双手，把他拦了下来："今天上午我说过要和你谈谈，现在你有时间了吧？"

说完后，黄涩涩又像做贼似的左右看了看，主动提议道："这里不是一个聊天的好地方，还是去你家吧。"

陈训全程没有说一句话，看了她良久，而后迈步朝单元楼里走去。

经历了几十年风风雨雨的老小区没有电梯，上楼都是靠双腿，她累死累活地爬上五楼，还没来得及喘口气，隔壁房间的门突然打开了。

看见他俩后，里面的人一脸惊喜道："陈队长，你回来了啊。这次是不是又遇上什么大案子了，感觉好久没有看见你了。"

听见这道刻意做作的声音，黄涩涩的八卦雷达又启动起来，她立马循声望去。

说话的是一个女人，看上去二十五六岁的样子，脸上的表情一看就知道肯定别有目的。

陈训并没说话，只是出于礼貌，点头示意了一下，接着继续开门。

见状。

对方赶紧继续说，才暴露了真正的意图，“陈队长，我家里的灯泡坏了，打电话给物业，物业又一直拖着不来，不知道你可不可以帮我换一下呀？”

黄涩涩满脸的不屑，心想这么老套的小伎俩，居然还好意思拿来用，也不知道更新一下套路库。

谁知道正在开门的人一听这话，反倒停下了动作，终于正眼看了她一眼。

作为一个为人民服务的警察，这点小忙应该是能帮则帮。可当黄涩涩看见他竟然真的朝隔壁屋子走去的时候，心里还是有那么一点点不爽。

至于那位邻居，自然是一阵欣喜，受到了鼓励般，连说了好几句“真是麻烦你了”，话里话外却愣是听不出一丝不好意思的意味。

陈训表情寡淡，没怎么搭话，听见身后的人迟迟没动静，又回头看了看，见她还愣在原地不动，微仰下颌，语气里又带着点命令，说道：“过来。”

“干什么？”她不仅没动，而且语气不是太好。

男人却眉头一展，眼底终于流露出一点温和之意，说道：“教教这位小姐，单身女性应该怎么换灯泡。”

“……”

Chapter11 请开始你的表演

秉持着帮人帮到底的原则，黄涩涩不光教了她怎么换灯泡，还附赠了一系列的生活小窍门，比如如何疏通马桶，如何巧换饮水机桶，总之让她以后再也找不到借口来找陈训。

最后的结果不用说，这位邻居小姐肯定对他们……哦不，肯定对她无语了，又碍于要维持善良的形象，不得不强迫自己挤出一个笑脸，和她说了声“谢谢”。

黄涩涩心里乐开了花，心想这波桃花被她挡得真稳，但是面上还是保持着不爽的臭脸。进了陈训的家后，她对他进行了一番严肃的教育，如同评判什么过分的社会现象。

“你看你都是这么大岁数的成年人了，怎么对人还是这么没有防备心呢，注意到刚刚那人看你的眼神了吗？”

不看不知道，一看吓一跳，要不是今天凑巧让她撞见了，她还不知道原来现在形势这么严峻，处处都是一些对他虎视眈眈的人。

然而相较于她的激动，当事人反倒格外冷静，认为她的表述不是太清晰，于是一步一步带领她寻找最佳形容词，反问道：“什么眼神？”

什么眼神？“就是……就是……”

这个问题把黄涩涩难住了。

小时候语文没学好，导致她的词汇量十分贫瘠，她想了半天，愣是没想出最形象贴切的形容，很是后悔刚才没有偷拍几张作为呈堂证供，最后只好十分粗暴地做了一个总结。

“就像是恨不得把你扒光了扔床上。”

虽然这个结论还算通俗易懂，陈训却好像还是不太满意，盯着她看了一会儿，揽着她的肩膀，将她往左边一转，给她找了一个具体的参照物：“这样？”

嗯?

黄涩涩没能及时反应过来，眼前的景象便突然变了个样。原本视野里的男人被替换成一个姑娘，白净的脸上还留着愤愤不平，亮晶晶的眼睛里多出两簇小火苗。

怎么感觉……有点眼熟?

她渐渐回过神来，当意识到这个姑娘就是自己的时候，她吓得差点叫出声来，立马拿手捂住了脸，心想哪里来的照妖镜!

被照出原形的人一扭头，不满地瞪了瞪他，不再搭理人了，独自往屋里走去。

明明她正在很严肃地讲事情，他居然还有心情开玩笑，甚至完全没有认识到事情的严重性，真是太不尊重人了。

陈训呢，也确实没有认识到事情的严重性，又或者说根本没当回事。

望着愤怒的“小猪仔”，他眼底的冰霜又消融了一些。他把客厅的空调打开，又放了瓶矿泉水在桌上，就像是和下属布置任务似的，说道：“十分钟，想好你要说什么。”

空调往外送出冷气，闷热的空气渐渐被扫空。黄涩涩有一瞬间的恍惚，竟然误以为说话的人是黄万康。

不知道是不是在工作中养成的习惯，他们的时间观念特别重，以前她每次想和她爸聊个什么事，他也是用这种口吻要求她，让她提前组织好语言，免得陈述的时候浪费时间。

她还陷在回忆里，而陈训已经往卧室走去了。他的动作跟往常一样，似乎忘了屋子里还有另外一个人，一边走一边脱衣服。

和她上次在办公室里撞见的画面相同。

不同的是，这一次她不用再偷偷摸摸，终于可以正大光明地看了，于是发呆的人向美色低头，重新回过神来。

首先映入眼帘的自然是裹了层肌肉的背脊，皮肤白得反光，却一点都不会让人觉得阴柔。荷尔蒙深埋在每一寸肌理里，在温度适宜的阳光中迅速发酵，仿佛下一秒就会喷薄而出。

和上次不一样的是，她清楚地看见陈训的身上还有很多深浅不一的伤疤，分散地分布在不同部位，每一道伤疤都似乎是一枚勋章。

“爱恨天平”慢慢从原本占了上风的“恨”往“爱”倾斜。

黄涩涩红着脸，却不要脸，目不转睛地盯着看，直到他走进卧室，才意犹未尽地收回视线。没一会儿陈训又走了出来，进了另一个房间，这回没有再出来了。

于是她百无聊赖地打量着此刻能够看见的所有东西。

虽然是一套二的房子，但由于只有一个人住，所以还是略显冷清，看上去倒是干净整洁，没有一点花里胡哨的装饰，风格简洁冷硬，到处都透着单身男性的气息。

尽管如此，也不能说明什么，毕竟他经常不在家，就算想把家弄得乱一点也没时间。

说起来也真是心酸啊。

渐渐的，寂静的空间里开始注入各式各样的声响。楼下小孩子的玩闹声，树枝间的蝉鸣声，墙上挂钟的嘀嗒声，以及哗啦啦的流水声……

听到这里，后知后觉的人反应过来，终于意识到原来陈训正在洗澡，不知道联想到了什么，她脸红得更厉害了。

十分钟后，浴室的门被准时打开，里面的人穿着一身简单普通的短袖长裤，走了出来。擦得半干的头发还有些湿润，浴室里尚未散去的雾气似乎跑进了他的眼睛里，把黑瞳烘得又黑又亮。

“环境影响人”这句话果真不假。

在如此平常居家的环境下，他看上去也没有了往日的疏离，反而多了一点平时没有的生活气，平易近人许多。

这下黄涩涩又挪不开眼了。

穿着白衬衫的干净少年大概是每个在少女时代的女孩子都曾幻想过的对象，如今她已经步入老少女时代，不再拘泥于年轻小男孩，开始懂得欣赏不同类型的男人。

像他这样的好像也不错。

好在陈训没有注意到她的这些小心思，当他来到客厅的时候，看见的是规规矩矩坐在沙发上的人。她后背挺得笔直，乍一看，场景仿佛又回到了在公安局的第一晚，那时的她也是这样，拘谨而又不自然。

黄涩涩还不知道自己表现得太过紧张，为了避免还没开始就已结束的状况发生，她决定速战速决，省得又被带偏。

于是在察觉到他正在往客厅走后，她立马积极主动地说道：“我想好了。”

陈训继续往这边走着，闻言，没有说话，只是看了她一眼，示意她继续往下说。走过来以后他的第一件事是俯下身子，拿起她面前放着的烟盒和打火机。

清爽的味道扑面而来，还带着水汽，扰乱人的心智，正准备开口说话的人脸又红了起来，赶紧闭上嘴巴，屏住呼吸。

她不想被对方干扰，等他走到阳台后，这才开始重新呼吸，把已经打好草稿的话有条不紊地说了出来，如同初中在语文老师面前背课文。

“第一，虽然你说我们部门副主任被抓和你无关，但我还是要和你说声谢谢。

“第二，我知道，你在生气，可我也说过，你不能拿我出气吧？既然是你和江迟之间有矛盾，那你就应该去和他好好说说，而不是生我的气。

“第三，我问了江迟，他说和你没闹过不愉快，那你为什么还要针对他呢？

“第四，勉强接受你的反驳吧。”

面对她罗列出来的问题，陈训并没有一一回应，而是选择性地回答了其中一个，反问道：“你就这么肯定我针对的是他？”

“不是他，难道是我？”

黄涩涩觉得这是一个废话问题，所以说这话的时候并不是在问他，而是以“别逗我玩了”的语气说出来的，更多的是怀疑。

谁知道话音刚落，她就对上了陈训没什么情绪的眼神，猛然惊觉自己这波 flag 可能立大了。

他好像……真的是在针对她？

黄涩涩没料到问题竟然出在自己身上，自我反省了一下，决定按照之前说的那样，无条件地认错。

“好吧，吃独食是我的不对，我保证下次不会再做出这种丧尽天良的事了，这次你就原谅我吧。”

陈训审了这么多年的犯人，还是第一次遇见这么快就全盘托出的人，真不知道该夸她还是鄙视她，尽管她没一句话说到点子上。

良好的认错态度是成功的第一大步，黄涩涩对这个观念深信不疑，心想既然自己都认错了，应该可以挽回一些吧，于是试探性地问道：“那你不生气了吧？不冷战了吧？”

陈训还是没有说话，抽完了一支烟才走过来，在烟灰缸里捻灭烟头，接着顺势坐在她面前的茶几上，姿态随意，然后他反问：“我生气了吗？”

小姑娘的双腿并得紧紧的，而他又毫不拘束地坐着，却因空间有限，长腿只能屈起，最后导致的结果就是，视觉效果上，就像是他把她的双腿圈了起来，他的大腿随时都能碰到她的膝盖。

黄涩涩的注意力便全放在了这上面，搭在腿上的双手不自觉地捏紧了些。没想到他居然使用这种大招，故意让她分心，好趁她不备之际套她的话。

心机真是太重了！

她在心底告诫自己千万不能中招，集中注意力，心里非常肯定地点了点头。想了想，又有了新的思路，她提了出来："哦……你是不是在气我和江迟相亲？"

闻言，陈训微微扬眉，原本以为她终于开窍了，谁知道下一句话又让他认清了她真的没脑子的现实。

"我确实没想到你对江迟还有这么一份特殊的感情，不过你放心，我和他现在已经不是相亲关系了，祝福你们能够早日开花结果，好不好？"

不是相亲关系？祝你们能够早日开花结果？

听到这儿，他的眼底被各种复杂的情绪占据，没忍住，屈指狠狠敲了敲黄涩涩的榆木脑袋，然后毫无悬念地得到了她愤怒的控诉："你打我干什么？"

"看看你的脑子到底是不是空的。"

"……"又人生攻击她？以为她是西瓜啊！

本打算用来握手言和的一晚最后以"不欢而散"告终，黄涩涩已经预料到这一点。毕竟他们每次见面好像都不太愉快，她要不被他气得半死，要不就是被自己气得半死。

最气的是，偏偏陈训这段时间还帮了她不少忙，让她想生气都气不了多久。其中具有重大意义的，就是他帮她解决单位里的小人这件事了。

虽然还没有明确下发通报，但杨国强被开除公职的事暗地里已经传遍了。除此之外，周一黄涩涩去上班的时候，还听见了另外一个好消息。

“涩涩，你知不知道王荟被调到其他部门去了？”

“真的？”迟到小能手又踩着点进办公室，一听这话，差点原地起飞，又发现自己好像太激动了，于是收敛了一下，“调到哪儿去了？”

“这就不清楚了，反正也不关我们的事。”同事不在意这些无关紧要的小细节，开始组局，故意说给那些狗腿子听，“走，今晚唱歌庆祝去！”

这话顿时让黄涩涩哭笑不得，心想要不要这么“嗨”啊。

事实证明，就是要这么“嗨”，毕竟铲除了两大“恶势力”，怎么能够不庆祝呢。下班后，他们先去吃了顿好的，接着才往 KTV 走。

一群 90 后“空巢老人”聚在包厢里，齐声合唱《明天会更好》，一副打算通宵到天亮，第二天直接去上班的架势。

黄涩涩由于喝多了酒，一直往厕所跑，所以这首歌的时候没能加入他们一起唱。

第四次从厕所出来的时候，她发誓绝对不会再喝了，谁知道在回包厢的走廊上，竟然有幸不小心看见不该看的画面。

昏暗的光线为他们营造了气氛，不远处站着的两个人，男人倚着墙，女人靠在他的怀里。在超低温的 KTV 里，女人却穿得格外清凉，看得旁人都觉得冷。

为了尽量不打扰两人的兴致，黄涩涩几乎是贴着另一面墙走。可没走几步，就觉得有问题，立马抬头看了看，就算神志再不请，也不会认错。

这个男人不正是陈训吗！

其实她一直无法想象陈训当警察的原因还有一个，那就是他长得太不正派了。

不正派并不意味着像坏人，而是以他的皮相而言，只要他戴副金边眼镜，完全可以出演斯文败类的角色。如今看见这样的他，她更加肯定了这个想法。

平时穿着随意的人难得穿了套剪裁合体的西装，被黑色西裤包裹的双腿更显修长。不过颈间的领带已经被扯松，此刻歪歪斜斜地挂在脖子上。

忽然间，他收了收搂着女人的手，倾身靠在她的耳边，嘴角的弧度不同于平常的清冷，带了丝玩味。不知道他说了什么悄悄话，引得对方娇笑连连。

两具躯体亲密无间地贴在一起，黄涩涩看得心都揪了起来。这时候男人好像察觉到了她的视线，朝她望了过来。

未达眼底的笑意倒是在唇畔展现得淋漓尽致，在暧昧灯光的映衬下，笑容里只剩下了性感。

那一瞬间，她觉得自己终于看见了想象中的陈训，不由得定在原地。酒精大概正在腐蚀她的大脑，否则她怎么会在这种时刻，冒出一个非常不合时宜的念头呢。

她，真的，非常想，把他扒光，扔床上！

幸好这样的想法只是一闪而过，荒唐过后，重拾理智，黄涩涩没有忘记陈训的身份，一下子反应过来，想到他有可能是在执行任务。

于是黄涩涩努力克制住躁动的心，生怕露馅，暴露了他们，屏住呼吸，僵着四肢往包厢走，直到走出了他们的视线范围她才松了一口气。

然而相较于她的狗血沸腾，陈训一如既往的冷静，匆匆看了一眼便收回视线。尽管如此，靠在他身上的田欢还是感觉到了他的分心。

“你女朋友？”她又凑近几分，夸赞道，“看上去年龄小，没想到还挺懂事的啊。”

陈训紧抿着薄唇，没有说话。不知道她是真的懂事，还是又装作不认识，总之这个变数在他的计划外，还好没出什么差错。

与此同时，一道他们等待已久的身影出现在走廊的尽头，朝他们走来。

充满欢声笑语的夜晚还在分秒嘀嗒嘀嗒地流逝着，一切看上去都和平时无异，潜伏着的危险却渐渐露出了锋利的爪牙。

当黄涩涩好不容易走回包厢，里面的人正好唱完一曲《明天会更好》，正想邀她一起点歌，却发现了她的异样，纷纷关心道："涩涩，你怎么了，脸这么红？外面很热？"

"嗯？有吗？"黄涩涩喝酒一般不上脸，听了这话后，双手贴在自己的脸颊上，发现好像确实有点烫，用手扇了扇风，含糊道，"是有点热。"

其实是心火烧。

她全然忘记刚刚才发过誓说不再喝酒，又开始把酒当水喝。喝着喝着，她突然默默低下头，拉开自己的衣领看了看。看清楚的那一瞬间，可以说是很绝望了。

没想到现在女民警的身材居然这么好，前凸后翘还有腰。黄涩涩叹了口气，不得不认命，为胸前的两坨肉点了一首《不想长大》，寄情于歌。

虽然他们这群 90 后"空巢老人"一开始气势如虹，可惜终究还是败给了岁月，再没有了年轻时的激情和体力。时间越晚，她们越萎靡。唱到后半夜的时候，几乎全睡倒在包厢里。

没人唱的伴奏一直播放着，如同安眠曲，混杂着起伏不同的鼾声。

黄涩涩是第一个倒下的。

本来她的酒量很好，难以喝醉，今天可能因为心情不错，竟然出现了难得的微醺状态。意识是清醒的，就是行动跟不上脑子，中途她醒了一次，想要出去透透气。

谁知一打开包厢的门，她就看见一道熟悉的身影。那人正靠在对面的墙上，唇间衔着抽了一半的烟，神色平静地看着她。神色和几个小时前的模样似乎相同，又似乎有所不同。

眉眼被无尽的迷蒙夜色覆盖，还是穿着白衬衫西装，可束缚人的领带已经被取下，领口微微敞开，在这样的环境衬托下，平添了几分无声的诱惑。

黄涩涩眨了眨眼，觉得自己可能真的醉了，要不然怎么会出现这种低级幻觉，心想她才不会被迷惑住，于是信心十足地下了个结论：“你是假的。”

说完后她便转过身子，殊不知身后的男人直起了身子，上前一步，扣住她的手腕，力道不重，却很干脆，轻轻一拉，将她护在了自己怀里。

原本她的脑袋就晕乎乎的，这一下更是天旋地转，缓了好久才缓过来，睁开眼睛。

视野里的景象开始慢慢清晰，黄涩涩似乎还没有意识到发生了什么，抬起双手，捏了捏眼前人的脸，发现触感真实，一脸惊喜道：“你是真的陈训？”

等发现这一切都是真实的以后，她的眼睛又睁大了些，下巴抵着他的胸膛，就着这个姿势，抬头看他，笑眯眯地问道：“你是来找我的吗？忙完了？”

就像之前一起吃串串的那晚，她的眸子被酒意浸泡，明亮又闪烁，虽然口齿清晰，不太像喝醉的人，但语气不太正常，说得时缓时急，如同一根狗尾巴草，挠得人心痒痒。

更重要的是，她清醒的时候，绝对不会像现在这样，和他离得这么近。

忽然间，黄涩涩的表情又一变，哭丧着脸，眼睛里似乎真的有了泪花，委屈地问道：“你是不是又生气了？”

不知道从什么时候开始，在面对他的时候，小姑娘似乎越来越小心翼翼。陈训也意识到了这个问题，认真问道：“我为什么又要生气？”

他担心黄涩涩出什么事，回到局里后，把该处理的事先处理了，接着破天荒地请了两个小时的假，特意赶了过来。

可惜以她现在的脑子，基本上思考不出什么正常的东西，只能想到什么说什么，答不对题地指责道：“你对我太冷漠了。”

冷漠？

陈训一向如此，所以并不是第一次听见这样的评价，甚至这一点已经成为他的一个固有属性，他也习以为常，现在听她一说，难得重视起来。

他沉默了一会，而后抬起手，学以致用地用她上次教的那样，将手放在她的头发上，从头顶抚到发尾，语气温和，嘴里道着歉：“嗯，是我不对，以后不会这样了。”

尽管脑子不清醒，可黄涩涩潜意识里还是知道他的性格是什么样的，没想到他这么容易就服了软，一时错愕不已。

惊讶归惊讶，她觉得自己也是有脾气的，握拳的双手往后一摆，就像是企鹅，她对着他“哼”了一声，决定硬气一回，并不接受这份道歉，而是开始实施打击报复。

她张开嘴巴，准备一咬泯恩仇，却又因为身高不够，一时半会儿找不到合适的地方下嘴，最后采取就近原则，一口咬在了他的锁骨上。毫不留情的力道，在他锁骨上留下一圈十分明显的牙齿印。

咬着咬着，报仇的人重新闭上了眼睛，最后安静地靠在他的怀里。几秒钟后，她发出轻微的呼吸声，正式进入不省人事的阶段，放心睡着了。

还在轻抚着她头发的手一顿。

陈训低头看着她，只觉得被咬的地方还有些痒，像是渗进了骨子和血液里，让人忍不住想要用其他方式纾解。

可她就这样睡着了。

还真是信任他。

. Chapter12 .

喝断片儿了

自从黄涩涩学会喝酒以来，就没有喝断片的经历，这回她算是好好经历了一次什么叫宿醉。

第二天醒来，她完全不记得昨晚发生了什么，见自己躺在床上，还以为是被同事送回来的。没想到去了单位，擤鼻涕打喷嚏的声音此起彼伏，而她成了众矢之的。

宿醉的人正在饮水机前排着队，挨个儿接开水冲感冒冲剂，看见她以后，纷纷指责她的不仗义，说她不管大家死活，把他们扔在 KTV 里，自个儿倒先溜了，害得他们吹了一晚空调，这下全感冒了。

黄涩涩一听，来不及为自己辩解，赶紧问道："不是你们送我回家的吗？"

"有那工夫送你，我们早自己回家睡觉去了，至于落得现在这样嘛。"第一位泡好冲剂的同事走到她的面前，当着她的面一口干了，又八卦道，"不过听说昨天那家 KTV 好像出了什么事，来了一些警察，你们有谁知道发生了什么事？"

出事？警察？

这两个关键词就像是开启记忆的钥匙，黄涩涩的脑海中瞬间闪过好几个片段，画面不太连贯，但都出现了同一个人。

这让她立马露出一副被雷劈的惊恐表情，不敢想象昨晚发生了什么，心想该不会真的是陈训送她回家的吧，那她妈岂不是知道她又和警察混在一起了？

可不对啊，如果真是这样，她妈今天早上不可能只是警告她以后不准再喝这么多酒，不可能一点过激反应都没有。

黄涩涩毫无头绪，胡乱抓了抓头发后，忍不住抱头哀号了一声。

一旁的同事见她这么痛苦，还以为她受到了良心的谴责，于是拍了拍她的肩膀，安慰道："哎，其实你也不用这么自责啦，大不了给每个人发一盒 999 感冒灵颗粒。"

等同事散去以后，黄涩涩果断掏出手机，点开微信，三两下编辑好内容，按了发送。

"昨晚是你送我回家的吗？"

原本她以为自己这次又会等上好几天才能收到回复，没想到才过几分钟，手机就响了起来。她一看，屏幕上显示的是久违的"你才没脑子"五个大字，一愣。

她稳了稳心情，这才郑重地接起来，"喂"了一声。

不知道电话那头的人是不是又在楼梯间的窗台旁抽烟，呼啸的风声隐隐传来，把他嗓音里惯有的冷淡吹得不见了踪影。他语气不急不缓："又忘了昨晚发生了什么事？"

怎么听上去这么像是来兴师问罪的？

原本不太确定的人心里有了底，存有的最后一丝侥幸也被扑灭了，知道自己猜得八九不离十，于是不再做无谓的挣扎。

虽然现在她只记得自己撞见陈训和一个女人在走廊上摸摸搞搞，但考虑到自己曾有一瞬间也对他动过想要摸摸搞搞的邪念，为了万无一失，她还是小心谨慎地问了一句。

"那我应该没对你做什么吧？"

黄涩涩生怕自己把想法付诸行动了。

陈训倒是怀念起昨晚她的种种举动，却又不能和她直说，否则小姑娘准会跳脚，只能故意反问道："你应该对我做什么？"

闻言，她一时语塞，感觉自己挖了个坑，成功把自己埋了，支支吾吾道："当然……当然是什么都不应该对你做啊。"

又是意料之中的回答，陈训没有再说话。

于是黄涩涩只听见电话那头传来了微不可察的笑声，还有一丝叹息，低低沉沉，钻进耳朵里，令她有些痒。

她不明所以，正想追问他在笑什么，背后却突然响起一声"小房"，转身一看，说话的是单位里的一位大姐。

俗话说"上梁不正下梁歪"，托领导的福，现在全部门的同事基本上都叫她"小房"。她纠正不过来，只能随他们去。

不过这位大姐平时对她很好，一有好事，第一个想到的肯定是她。

黄涩涩还以为她又有什么重要的事，和陈训匆匆说了两句便挂了电话，问道："怎么了，何姐？"

"你后天下午是不是要去一趟市医院？"

她点了点头："需要我帮你带什么东西？"

单位有一份文件需要明天送到市医院去，而这种跑腿的工作一向是交给她做，原本她以为对方是有什么东西想让自己顺带捎上，谁知道下一句话居然是——

"没有没有，我就是想着你现在不是还没男朋友嘛，正好我又认识那家医院的一个胸外科医生，今年刚三十岁，人也不错，所以想来问问你，要不要明天顺便去见一面？"

"……"话题要不要这么跳跃啊。

黄涩涩脸上的笑容有点垮掉。

不知道为什么，明明单位里的单身姑娘不少，这位大姐却尤其偏爱黄涩涩，只给她一个人介绍对象，而且是真心为她好，并不是落井下石那种。她是受宠若惊，又不好拒绝。

虽然她现在不答应，王太婆那儿迟早也会给她安排新的相亲，可她一时间还是有点难以决定，没法爽快地给出准确的答复。

见状，大姐鼓励道："反正就是随便见一面，不用像吃饭那样正式。要是觉得投缘，就相互留个联系方式；要是没感觉，就当多认识一个朋友。也没什么坏处，对吧。"

"这……"

这话不禁让黄涩涩想起了之前网上总结的相亲三部曲。

第一部——先去见个面，要是觉得不合适，不谈就是了。

第二部——多处处，感情都是处出来的。

第三部——人家哪里不好了，你就没毛病？

支支吾吾的人依然拿不定主意，对上大姐期待的眼神后，又不忍拒绝，于是一咬牙，答应下来："好，那我明天去见见。"

"行，待会儿我把他的微信给你，你们先聊聊。"

见她这么高兴，黄涩涩觉得自己也算做了一件好事，没那么纠结了，自我安慰着。

就像大姐说的那样，只是顺便见一面而已，既没损失，又不至于拂了大姐的面子。毕竟相谁介绍的人不是相亲呢，对吧？

那就再试一次好了。

两人互加了微信后，先简单打了个招呼，再约好了明天在医院的花园里碰面。

星期五这天，黄涩涩送完文件就往约定的地点赶去。对方已经在花园里等着了，还贴心地为她准备了冰饮，一杯苏打饮料。

第一印象还不错。

可惜的是，这个世界上，好看的皮囊很少，有趣的灵魂更少。坐下来以后，他们一板一眼地聊着天，却始终处于一种“蜜汁尴尬”的氛围中。

俗称“尬聊”。

如果把对方换成没有任何关系的陌生人，黄涩涩可能早就扭头走了，但偏偏他又是经人介绍的，加上她感觉对方是个好人，出于礼貌，只能硬着头皮干聊。

她完全把这次见面当成了一项任务，还好对方也不是成天闲着没事干，没一会儿便被科室的人叫了回去。尴尬的局面暂时得到了缓解，等对方走远后，她终于松了一口气。

经过这一次尝试，黄涩涩再一次对相亲这件事产生了抵触情绪，更加肯定了自己不适合相亲这条路。她迫不及待想要离开，谁知道刚走进大厅，又听见一句熟悉的“女侠”。

说真的，她打从心底觉得，和刑侦队的人在一块儿，远比和那些不认识的人相亲有趣得多。在听到的这一瞬间，她以为自己出现了幻听，立马转过身子，寻找说话的源头，没想到真的是他们。

她面上一喜，赶紧走了过去，惊喜道：“你们怎么在这儿？”

不远处的三人早就看见她了，等她靠近后，李夺作为发言代表，回答道：“有个同事出任务的时候受伤了，我们过来探病。”

一听见“受伤的同事”这个关键信息，黄涩涩的脑海里就自动浮现出在 KTV 撞见的画面，想也没想，直接问道：“是上次在 KTV 那个女民警吗？”

“你说田欢姐？不是啊，是另外一个男同事。”

不是？

一直对此耿耿于怀的人表情重新变得明朗起来，李夺没有察觉，把她上下打量了一番，接着露出夸张的表情："不过女侠，今天你是兼职了小仙女吗？差点没认出你来。"

虽然这段时间他们见面的次数多得数不清，可是认真算起来，除了第一次见面看到过她好好打扮了，之后的每一次的见面她都穿得挺简单的。

因为今天的情况和那次一样，都是因为要相亲。总不能穿短袖牛仔裤吧，那也不太尊重人了，所以黄涩涩还是稍微打扮了一下。

不过所谓的打扮，其实就是穿了条裙子而已，饶是如此，也让她整个人显得文静了许多。然而面对李夺的赞美，她的内心毫无波澜，一开口说话就暴露了本性。

"你对小仙女是不是有什么误解，穿条裙子就是小仙女了？"黄涩涩拉起自己的裙角，像扇子似的扇了扇，反问道。

被她这么一说，李夺发现自己确实对小仙女存在一定的误会，尴尬地摸了摸后脑勺，转移了话题，"对了，你来这儿干什么呢，哪里不舒服吗？"

"我？我过来送文件啊，顺便相个亲。"

顺便……相个亲？这话说得怎么这么轻巧？李夺被堵得没话说了，只好求助于从头到尾没有说话的人。

陈训垂眸盯着她，脸上没什么表情，嗓音冷淡，低声道："集齐七次相亲，可以换一个老公？"

"……"

其实早在江迟那件事上，黄涩涩就发现了，陈训好像对她相亲这件事有很大的意见，但是没想到他居然嘲讽得这么不委婉，差点哑口无言，还好及时反应了过来。

于是她板着脸，谴责道："你好歹也是相过亲的人，应该完全能够理解我的心情才对啊，怎么还说这种风凉话！”

然而陈训只是眉峰微挑，并没有配合她，说的话又非常直接、不留一点情面，回道：“理解不了。”

“……”她不要面子的啊！

既然正面攻击没有用，黄涩涩只好改变策略，轻哼了声，不甘示弱，打算和他互相伤害，伸手拍了拍李夺的肩膀，语重心长地说了一长段话。

“你要好好珍惜没有相亲的日子，最重要的是，能自己找对象就自己找，千万别像你们队长那样，一把年纪了，还孤苦伶仃一个人，让人看着怪可怜的。”

闻言，李夺一个激动，就没管住嘴巴，心里想的话脱口而出，“既然这样，你不如和咱老大互帮互助，直接在一起得了，这样大家都可以脱单，不是挺好的？”

黄涩涩没法把这当成玩笑话一笑而过，郑重地摇了摇头，回答道：“算了吧，像你们队长这样的，只可远观，不可亵玩。”

说这话的时候，她还不知道自己已经“亵玩”过好几次了。而陈训见他俩说人坏话说得旁若无人，也懒得把她做过的事一一列出来，语气平缓地插了一句话。

“你们当我不存在？”

“……”

为了生命安全着想，林东以去外面抽烟为由，把李夺这颗闪闪发亮的电灯泡带离了现场。

黄涩涩没有危机意识，还动起了歪脑筋。

“不过我觉得李夺说的有道理啊，不如咱俩来相一次怎么样？毕竟你一个更比六个强，说不定和你相完以后，我就可以直奔民政局了，到时候结婚请客绝对不收你礼钱。

“而且你想啊，这样一来，不光对我有好处，你也可以占便宜，我们局长也不会再让你和他女儿相亲了，多好啊，是不是？”

这话说得面面俱到，听上去确实对双方都百利而无一害。陈训神色一敛，终于抬眸望着她，黑瞳里好像情绪纷杂，又好像什么都没有，他只问了一句：“想清楚了？”

这还需要想多清楚？反正就是随便说说啊，又不需要负责，谁认真谁就输了。

见他没有一口答应下来，黄涩涩以为他不敢，一口喝光手里的碳酸饮料，多了点自信，笑容突然变态，在他的面前得意地晃来晃去嘚瑟，“怎么，和我相亲你怕了吗？怕了吗，怕了……”

话还没说完，剩下的话骤然消失，她突然打了一个响亮的饱嗝。

一声巨响后，空气安静了。

自觉丢脸的人忍不住发出一声哀号，这下什么气势都没有了，她捂着脸蹲在地上，感觉自己这脸真的丢大了。

很快，她又鼓起勇气重新站起来，脸上的表情已经恢复正常，一本正经地收拾着残局：“好吧，其实刚才我只是开个玩笑而已，你千万别当真。”

“已经当真了。”

“我觉得我的玩笑比较好笑，你这个不好笑。”

闻言，陈训神色未变，语气也还是那样，清清淡淡的，听不出什么情绪，可说的话就没那么轻松简单了，一字一句都直戳人心窝。

“我都一把年纪了，还孤苦伶仃一个人，我是不会拿这种事开玩笑的。倒是你，说这种话，不觉得是在我伤口上撒盐吗？”

本来黄涩涩没觉得自己做得过分，结果现在听他这么一说，良心真的有那么一点点痛。她流露出一丝抱歉，无措道：“你真当真了？那现在怎么办，要不我俩真的相一个试试？”

“算了，还是别耽误你了，毕竟我都一把年纪了，还孤苦伶仃一个人。”

“你什么时候变得这么玻璃心了！”

“哦，一把年纪，孤苦伶仃，还玻璃心……”

“行了，别再说了，这个亲我和你相定了，你就做好准备吧！”

听他不断重复她刚才的说辞，黄涩涩都快认为自己是个歹毒的女人了，终于没忍住，直接上手，捂住了他的嘴巴，不准他再说下去，要不然她的心窝真的快被戳烂了！

如她所愿，陈训没有继续往下说了，漆黑的眼底隐约漾着笑。

就这样，莫名其妙地，黄涩涩和他达成了奇怪的相亲约定。好在生活并没有因此改变什么，她还是该吃吃该喝喝。

八月初，发工资的时候，黄涩涩和余岳、余音兄妹俩的聚餐照样进行。

两个女生提前来到约好的火锅店，聊着聊着，不知道怎么又聊到了刑侦队的事。

黄涩涩趁此机会问道：“之前在KTV执行任务，和他们一起的那个女民警是你们局里的？”

“你什么时候在我们局里见过这么好看的？”正在勾菜单的人没有看她，“人姑娘是中队专门从兄弟单位借的，听说是整个公安系统里最漂亮的。”

最漂亮？还听说？

黄涩涩正在用手指缠头发玩，听了这话后，撇了撇嘴，在心底轻哼了一声，装作不在意地说了一句：“哦，局花啊。”

“……”

听到她这番嫉妒意味如此明显的回答，余音终于抬头看了她一眼，而后拿起桌上的手机，拿屏幕充当镜子，放在她的面前。

“好好看看你这张脸吧，嫉妒使你丑陋，承认别人长得漂亮就这么难？”

嘁。

黄涩涩一向不在意这些世俗的评价，不但看了，而且还冲手机屏幕做了个鬼脸，就听余音问道：“对了，听说你上周又去相亲了？”

“你怎么知道？哦……李夺给你说的？”

见对方点了点头，黄涩涩又把江迟的事讲了一遍，顺便提了一下和陈训达成的协议。

余音撑着脑袋，不解道：“可你不是喜欢陈队吗？趁这个机会在一起得了，为什么还要玩什么相亲的游戏，怕俞姨反对？”

“我喜欢谁？陈训？”黄涩涩忽略了最后一句话，震惊道，“我的妈呀，我到底做了什么万恶不赦的事，居然会让你们产生这种错觉？”

本来一个人这么说，她还可以想着被误会了，但是现在李夺、余音，他们都产生了同一种错觉。她不得不开始怀疑是不是自己做错了什么事，才会让他们有这么大的误会。

余音又道：“拜托，你表现得这么明显，只要长了眼睛的，都看得出来好吗？”

“……”

“再说了，既然这是所有人都有的错觉，这说明你有可能只是当局者迷。还有，你敢说你不喜欢陈队，不想抱他亲他和他睡觉？”

听到余音的这些提问，黄涩涩大方承认了这些曾经存在过的下流念头：“那倒也不是。”

但是目前为止，她好像还没有动过有关爱情的念头。

对她而言，陈训是一个特别的、只可远观不可亵玩的存在，更像是一个精神支柱，无论是难过还是高兴，只要能够看看他，和他说说话，生活就好像重新充满了希望。

男女之间的普通喜欢能和这种喜欢相提并论？

然而余音并不知道她的这些想法，只以正常人的思维总结道："那不就得了，都这样还不肯承认是喜欢，那你的性质就真是太恶劣了，纯粹是在耍流氓，睡了就想跑。"

"……"还可以这样解释？

黄涩涩还没想出结论，后脑勺就被人从后面突然打了一下："听说你又惹事了？"

怎么又是听说！

被打的人连看都没看，直接抡起拳头往身后一扫，狠狠打了回去，不满道："你听哪个小贱人说的？"

"陈训啊。"

"……"

这下别说是黄涩涩了，连余音都没想过会从他的嘴里听见这个名字，两人的动作整齐划一，抬头望着他，前者率先开口："陈训？你们什么时候有一腿的？"

"你还好意思问？上周一半夜三点，老子接到陈训的电话，让我下楼送你回家。你说咱酒量不行，就少喝一点，不是很好吗？为什么非要出去丢人现眼？"

"……"

闻言，黄涩涩愣住了。她咬着吸管，破天荒地没有顶回去，甚至久久没有说话，一些没想通的事情瞬间有了答案。

怪不得那天早上她妈什么也没说，因为把她送上楼的是余岳啊。

她不知道原来陈训这么细心，居然还能考虑到这些事情。她双手捧着脸，脸上渐渐露出了一个夸张的笑容，看上去过分荡漾。

本来吵吵闹闹的桌上突然安静下来，坐在对面的余音忍着笑，摇了摇头，又给她哥使了一个眼色，示意他快看黄涩涩。

见状，余岳伸手揉了揉黄涩涩的脑袋，深深地叹了口气："完了，我们二狗又发情了，不知道哪家的公狗要遭殃了。"

"哼，反正不是你这条单身狗！"

.Chapter13.

听说你上周又去相亲了

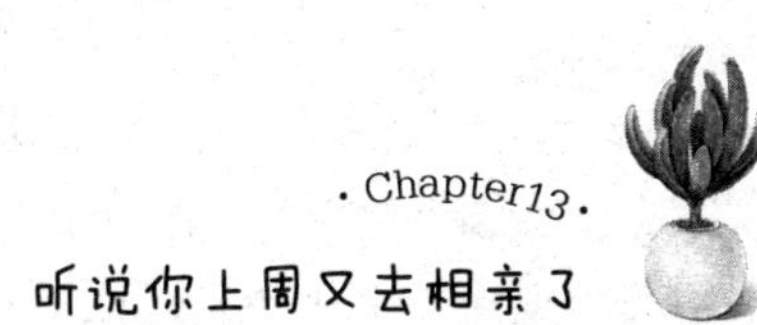

其实发情也有很多好处，比如黄涩涩一个高兴，就把今晚的饭钱付了。回去的时候，她还提议拿上滑板去河边转转。

只可惜三人行，必有最闲的。

余音因为连续加班，要回去补觉。余岳则要回家继续加班，只剩下最闲的黄涩涩。她连滑板都没心情滑了，打算去河边吹吹风，散散步得了。

好在老天没有完全抛弃她，一到广场便看见一道熟悉的身影，在夜色中格外显眼，黄涩涩想也没想，直接冲了过去。不光有声音，还有动作，她双手举到身前，声情并茂地吓道："哇！"

毫无悬念的是，这是一次失败的吓人尝试，因为被吓的人一点反应都没有。对方转过身子后，一脸平静地望着她，仿佛完全没有被她刚才的举动掀起一丝情绪上的波澜。

虽然这是他惯有的表情，可是此刻他好像又平静得过了头。见他的样子不太对，黄涩涩收起脸上的嬉笑，晃了晃手，关心道："你怎么了，工作太累了吗？其他人呢？"

陈训没有说话，只是盯着她的眼睛，而后忽地握住她还举在半空中的手，稍一用力，将她一把拉进自己的怀里。之后，他身子微微往前倾，靠在她的颈窝上。

温度相似的肌肤贴在一起，熟悉的气味又占据了整个鼻腔，仿佛要让人溺毙其中。黄涩涩愣住，大脑一片空白，四肢也变得僵硬，在他的怀里无法动弹。

果然不对劲。

她慢慢回过神来，抬起手，拍了拍他的背，就被放开了。

温柔的晚风瞬间代替了刚才彼此的位置，黄涩涩仍然心跳如擂鼓，但是难得保持着理智，知道追究他做出奇怪举动的原因，望着眼前的男人，问道："你抱我干什么？"

陈训往后退了半步，和她稍微拉开点距离，脸上终于挂了一丝笑，就是模样不太认真。

"最近小学生被拐卖的案子频发，周围没身高合适的人，只能找你做做实验，看看是不是真那么容易被拐走。"

"不要脸！"

被他这么一嘲笑，黄涩涩的心脏顿时安分下来。她踢了踢他的腿，心想这么不具有说服力的理由居然也好意思说，而且还攻击她的身高，真是太不要脸了！

出完气以后，她又不甘示弱地道："你要记住，男人哭吧哭吧不是罪，要是觉得工作累了，想借我的肩膀靠靠，就直说，我没那么小气。"

没想到，这话音刚落，黄涩涩真的又被抱住了。不管是时间还是力度，都比刚才多出好几倍，她正犹豫着要不要说两句调节气氛的话，却听他问道："又被单位里的人欺负了？"

嗯？她心情不好就喜欢到这里来的秘密怎么这么容易就被他发现了？

黄涩涩有点佩服他细致入微的观察力，口中否认道："没有啊，刚和余岳、余音吃完火锅，来这儿散散步。"

搅着腰的力度似乎在变小，听她说完，陈训“哦”了一声，就松了手，低头看她，眉头微皱，道：“怪不得一身的味。”

“你走！”

抱都抱了，居然还敢嫌弃她，黄涩涩忍得下这口气才怪，毫不客气地回了他一个大白眼，而后一把将他推开，背对着他，在一旁的木椅上坐下。

没一会儿，陈训也在她的旁边坐了下来。

可是两人互不说话，沉默的空气被广场上各种喧闹的声音充斥。

黄涩涩没说话倒不是因为生气了，而是她正忙着和自己的小帮手交流，想要搞清楚目前的状况。

“你们最近又遇见什么大案子了吗，怎么你们老大看上去心情不太好？”

“你现在和咱老大在一起？那你可得好好陪着他啊！前几天有个战友抓毒贩的时候牺牲了，今天老大刚参加完追悼会回来，估计心里不太好受。”

盯着屏幕上的文字，不知道怎么一回事，黄涩涩鼻头莫名一酸，似乎也跟着有点难过。揣好手机后，她扭头看了一眼身边的人。

现在他俩好歹也算共同奋战在相亲第一线的战友，应该互帮互助才对，而不是内讧。于是她改变了态度，说不出什么安慰人的话，只能变出一个笑脸，拽着他的手臂，站了起来。

“走，今天就让行走的导航带你抄一抄近路。”

陈训坐在木椅上，微仰着头看她，没有拒绝。

其实带他抄近路只是一个借口，黄涩涩就是想和他多待一会儿。毕竟今天一分开，说不定又要等上十天半个月才能见面，能多相处一会儿是一会儿。

而所谓的近路，其实就是一条偏僻的小巷。大多数人以为那条巷子走不通，实际上围墙后面是通的，也不用翻墙，可以直接从一个废弃的小院子穿过去。

“这条小路是我小时候发现的，只用几分钟就可以走到公安局门口，这你肯定不知道吧？不过都这么多年了，它居然还……”

她对家附近的每条路都了如指掌，边走边介绍。说得正起劲，却在才转过一个拐角的时候被一股力量拉住，被迫停下脚步。

“怎么了？”黄涩涩不解地回头望着身后的人。

陈训没回答，微抬下颌，示意她看前面。于是她转过脑袋，这才发现远处有人，而且不止一个。小巷里光线昏暗，朦胧月色根本不足以照明，只能依稀看见男人的个头极高。他嘴里叼根烟，火星明灭。而距男人半步远的位置还有一个人，看身形，应该是个柔柔弱弱的小姑娘。

两人像在争执什么，只可惜距离有点远，加上姑娘的声音太小，还夹杂着哭腔，因而她听了半天也没听出个所以然来。下一刻声音便骤然消失，没人再说话了。

迷蒙的夜色像是精心计算过浓度一般，让人看不清楚样貌，却不妨碍看清动作。男人似是耐心耗光，掐了烟头，一把将抽抽噎噎的小姑娘拽过来摁在墙上，埋头狠狠吻了上去。

场面一度很尴尬。

这样的事显然在黄涩涩的预料之外，她无措地挠了挠头发，想问问陈训要不要换条路走，虽然可能会多花点时间，但总比在这儿干耗着好吧。

谁知道陈训好像没有要离开的打算，反倒往拐角后面一站，闲闲地倚着墙，摸出烟盒，抽了一根出来。

见状，她“咦”了一声，问道：“不走了？”

“等着吧，几分钟。”

“咔嗒”一声，打火机的火苗亮起，短暂地照亮他的眉眼。他的神情冷静从容，和他的声音一样，永远带着令人莫名心安的魔力。

可是——

“几分钟？你怎么知……”黄涩涩对于他的笃定持怀疑态度，一边说着，一边又看了看，愣是没看出来对方像是很快就会结束的样子。

然而话还没说完，远处的男人突然停了下来，仿佛察觉到了他们的存在，毫无征兆地投来目光。黄涩涩心里一惊，赶紧闭上嘴巴，还没来得及做出反应，手腕又被扣住，她被拉回拐角的后面。

本就没什么光的视野彻底成了一片黑。

大脑一片空白，熟悉的气味钻进鼻腔，才让她稍微回了点神，却没有精力再去关心刚才有没有被发现，因为她发现自己几乎陷在了陈训怀里，鼻尖挨着他的胸口，四肢也交缠在一起。

这样一来，彼此之间仅隔着一层裤子，而他的右腿微微屈起，正好挤进她的双腿间。

大腿内侧的肌肤柔嫩敏感，黄涩涩能够轻易感受到他的体温，比掌心滚烫许多。

周遭的空气变得黏腻，温度也迅速升高。她的耳朵和双颊开始发烫，举在胸前的手不自觉攥成了小拳头，生怕心跳的声音太大，被身下的人听了去，连大气都不敢出一口，全程屏住呼吸。

不过陈训似乎没有把这个姿势当回事，还在一口一口抽着烟，看上去就像是只有黄涩涩一个人感到不自在似的。

幸好如他所说，对方果真没有待太长时间，大约半支烟的工夫，她就听见外面的动静越来越小，他们应该往巷子外面走去了。

她僵硬的身子放松了一些，小声问道：“怎……怎么样，走了吗？”

陈训的背抵着墙，随意抬眸看了一眼，嘴里咬着烟，含糊地“嗯”了一声，见怀里的人动了动，又补充道：“走过来了。”

闻言，原本想退开的人吓得立马重新趴在他身上。脸颊贴着的胸腔却忽然微微震动，好像在笑，随后头顶传来一句“哦，看错了”。

“……”

她知道自己又被他逗着玩了一次，趁还没起身，用脑袋报复性地撞了撞他的胸膛，以示不满，而后身子探出拐角。

等亲自确认他们真的已经走出巷子后，黄涩涩这才彻底放下心来，长舒了一口气，往外走去，结果嘴一快，不小心说了大实话，“你说我们为什么总是一起偷看这种事？”

显然，这次她的反射弧处于正常状态，因为话一出口她便意识到说错话了，一边继续往外走，一边淡定地补充道：“哦，不是我们，是我，我。”

听她又开始撇清关系，陈训轻笑了声，没有急着拿出直接的证据，而是踩灭了烟头，问道：“怎么，现在对两性关系不好奇了？”

说完这句话后，他顿了顿，好像在想措辞，最后一字一顿，意有所指地道：“前，青春期少女。”

“……”

这个称呼恍若一个暗号，让黄涩涩脚步一滞，知道自己的谎话又被戳破了。她一直以为这些事只有她记得，没想到陈训竟然也没有忘。

以前确实发生过类似的事情，依然在多事之秋的初二。

当时好像正好是最热的时候。

由于夏季供电量过大，区域电网终于不堪重负，在晚自习开始之前，教学楼在一片欢呼声中陷入了黑暗。教室里的同学们在忐忑等待了十几分钟后，迎来了班主任的放学通知。

黄涩涩早就收拾好了书包，等班主任一走，第一个冲出教室，去隔壁的办公室找余音。余音却得留下来帮老师整理东西，不能和她一起回去，于是她只好又去高中部找余岳。

对方正好上完实验课，正在帮忙收拾实验用品。

为了不耽误时间，她先去教室拿余岳的书包，再去实验楼找他。一路上一边走一边看小说，她不知不觉间踏进了实验楼，又不知不觉多走了一层。

反应过来后，黄涩涩正想下去，却忽然听见头顶传来了说话的声音。声音有点熟悉，于是她停了下来，伸长脖子，透过楼梯间交错的空隙，往上面看了看。

虽然天还没有黑下来，不过走廊上的光线被窗外茂盛的植物挡住了，还好应急灯已经亮起，不算明亮，但至少驱走了一些昏暗，让人一眼就能看见四楼的楼梯上站了一个女生。

高中似乎是一个分水岭，不管是身体上的，还是思想上的，高中生和初中生相比有着明显的差别，脸上的稚气不再明显，藏在五官里的美丽开始渐渐显露。

黄涩涩对长得好看的人通常会格外关注，所以一下便认出对方是余岳班上的人。她怀里抱着几本书，用好看的书皮包着，一看就是好学生。

她收起好奇心，本想继续走自己的路，可是这个念头在发现女生面前还站了一个人的时候，打消了。再仔细一看，那人不正是那天在小巷里第一个开口取笑她的男生吗？

他看上去仍旧吊儿郎当，但身上仿佛多了些不一样的气息，具体说不上来，只能感受到那股不算和善的痞气被稍微削弱了。

可惜本质没有变，好像又是在欺负人，因为女生往哪边走，他就往哪边移，故意挡她的路似的。

见状，黄涩涩立马捏紧了拳头，正想着要不要出去替天行道，女生下一秒说的话便让她松开了拳头。

“下次你再逃课，一个月不准亲我！”尽管她极力装出很生气的样子，可惜败在了软糯的声音上，后来可能发现一个月太久了，又改口道，“半个月！”

男生一听，反倒笑了，没把这句威胁当回事，语气轻佻：“我怎么觉得你是在鼓励我，让我今天亲个够？”

很好，可以说是非常流氓了。

此话一出，黄涩涩立马觉得事情的走向不对劲。眼前的画面果然发生了戏剧性的变化，争吵的声音消失在他们的唇间，不和谐的气氛瞬间变成了粉色。

尽管知道非礼勿视，可她还是忘了捂眼睛，反而一眨不眨，看得极为专注，脑子里还蹦出了个坏主意，心想如果她把这一幕拍下来，再拿给教导主任看，他肯定完了。

然而她也只是想一想罢了。

这年头早恋不容易，黄涩涩还做不出破坏人感情的缺德事儿。于是她摇了摇头，真的打算离开了，膝盖窝却突然被什么东西顶了一下。

她整个人往前一扑，差点跪在地上。扶着扶手站稳后，她赶紧回头，想看看究竟是哪个卑鄙小人从后面偷袭她，结果首先映入眼帘的是一团烟雾缭绕，随后才看清掩藏在这之后的脸。

对上对方眼睛的那一刹那，黄涩涩以为时间又跳回到几个月前。不知道他是在放风，还是单纯来这儿抽烟，反正周遭没有别的同伙在，所以她也不像第一次那样怕他。

于是她拍了拍手上的灰尘，站直身子，打算一雪前耻，质问道：“你踢我干什么？”

遗憾的是，即使多站了一级台阶，她也只能够到对方的下巴，气势不自觉地输掉一半。

面对她毫无技巧的挑衅，陈训连搭理都懒得搭理，只是低头看了一眼小女孩，见她不仅背上背着一个书包，脖子上还挂着一个，眼睛倒是瞪得比天边的白月亮还要圆。

让人忍不住想要欺负。

于是他一手搁在扶手上，俯下身子拉近彼此的距离，将她惊慌失措的表情尽收眼底，才慢条斯理地反问道：“你觉得呢？”

不知道是不是因为实验楼里有一间摆着各种死婴和器官的标本室，就算是正常上课时间，这里也没什么人，更别提现在这种学校停电的情况下了。

除了高三的学生还留在学校里，其他人都拼命往校外冲，以免下一秒电就来了。

没有热闹的人气，整栋实验楼就像个天然制冷机，就连盛夏的风经过这里的时候，都会带上一股凉意，用阴森来形容都不为过。

而陈训的声音比周围的风还要低几度。

听他这么一说，黄涩涩发现自己好像确实理亏，整理了一下思路，才强词夺理道："我看的又不是你。再说了，青春期少女对两性关系感到好奇，没忍住，多看了两眼，不行吗？"

陈训当时是怎么回答的呢，好像——

"啊！我想起来了！"她没回忆起当时的回答，反倒有了另外一个重大发现，抓着他的手臂，激动地问道，"那天的漂亮姑娘是以前高中部的那个姑娘对不对？还和余岳一个班的？"

现在想想看，人家那才叫女大十八变，不光越变越漂亮，连性格也一并变了，哪里还有半分以前软绵绵的样子。

可陈训似乎没想到她会提起这个话题，皱眉思忖了片刻，一个字都还没说出口，面前的姑娘又变了脸。她手上的力度加重了几分，严肃道："所以你上次又是在唬我，对不对？"

说什么这姑娘有可能会报复她，其实压根儿才不会。

成天就知道骗她！

黄涩涩瞪着他，谁知道话音刚落，就听见几道不同的声音正在念叨"非礼勿视"，一看，原来不知不觉他们已经来到了公安局门口，她拽着他的手不放的这一幕正好被出来买烟的几人撞见。

他们非常懂事，自动捂着眼睛，从他们面前快速走过。而过于夸张的反应，让黄涩涩注意到自己的行为举止有点不合适，一下子不自在起来。

倒不是因为旁人起哄，而是她突然发现自己好像总在吃陈训的豆腐，时不时就想摸摸他，尽管大多时候是无意识的，可是无意识的才更可怕。

她为自己的不纯洁感到不好意思，轻咳了声，松开手，不再计较上次的事，匆匆道了个别，挥手道："好了，你快进去吧，我也回去了。"

结果道别的手还没放下，就被他握住，他语气平淡地问："这周六有空吗？"

嗯？有情况！

还在懊恼的人眼睛一亮，瞬间夺回了主动权，好像透过现象看到了本质，轻哼道："无事献殷勤，非奸即盗。说吧，这回又想怎么骗我？"

非奸即盗？还真会用词。

陈训眉峰微抬，似乎被她的话勾出了兴趣，含笑的目光从她的脸上轻扫过，打算和她好好探讨一下这个问题，"你觉得我对你是想奸还是盗？"

"……"没事抠什么字眼，弄得她回答哪一个都不对！

黄涩涩觉得自己再一次成功搬起石头砸了自己的脚，用"面无表情"化解了对自己不利的局面，假装刚才什么话都没有说，把话题拉回去，语气不解："那你为什么突然约我？"

"因为我们在相亲。"

相亲？

她愣住，没想到陈训会认真对待这件事，再一想自己没当回事的态度，瞬间觉得万分羞愧，不再追究那些有的没的，立马积极回答道："有空！时间地点干什么！"

然而陈训并没有告诉她具体要干什么，只让她空出周六下午的时间。

尽管如此，黄涩涩回去以后，还是难以平复心情。

有点激动，有点兴奋，还有点期待。

可能她自己都没有意识到，她已经把这场相亲当真了，又或者说，她希望可以成真。

遗憾的是，老天爷没能和她感同身受，从周五晚上开始，淅淅沥沥下起了雨。

虽然第二天雨稍微停了一会儿，但是上午十一点多的时候，又开始接着下。温度倒是十分适宜，就是下雨的时候外出总归有点不方便。

吃了午饭后，黄涩涩给各种可能出现的意外预留出足够的时间，最终提前半个小时出了门。

为了避免被俞珍或是被其他熟人撞见，她和陈训特意约在了远离小区的地方见面。地点相对来说比较偏僻，不是住在这儿的人，一般不会过来，可以说是非常小心谨慎了。

不过也多亏了下雨，再加上又是午后，街上的行人很少，看上去有些冷清，令炎热的盛夏难得有了一丝清凉的感觉。

梧桐叶子被雨水冲刷得焕然一新，绿油油的，点亮了灰蒙蒙的阴雨天。

早早来到约定地点后，黄涩涩坐在便利店里，一边吃冰棍，一边等陈训。透过店内的玻璃，她百无聊赖地望着外面的世界。

忽然间，她的视野里出现了一道熟悉的身影，不是陈训，而是公安局的门卫大爷。

黄涩涩来了精神，坐直身子。没想到会在这里碰见他，打算出去打个招呼，又觉得不对劲，发现他好像在追什么人，又好像在被什么人追。

不知道是不是为了印证她的猜想，下一秒，门卫大爷身后就蹿出来两个人，而且每个人的手里还拿着一把砍刀，失去理智般朝他胡乱挥着。

黄涩涩呼吸一窒，想也没想，立刻冲了出去。

.Chapter14.

前青春期少女对两性关系的好奇

可惜还是晚了一步。

当黄涩涩赶到的时候，从后面追上来的人已经一刀刺进门卫大爷的腹部。那人把刀抽出来的瞬间似乎也抽光了门卫大爷的力气，后者捂着受伤的地方，缓缓倒了下去。

沾满鲜血的刀面很快被雨水冲刷干净，对方却不满足于此，不仅变本加厉地对门卫大爷拳打脚踢，手中的刀也没有停下，在他身上疯狂乱砍着。

地上的雨水霎时被染红，沉闷的空气里多了一丝血腥味。

亲眼看见这一幕的黄涩涩僵在了原地，握着雨伞的手微微颤抖，被愤怒填满的胸腔仿佛快要爆炸了。十年前那些血肉模糊的画面开始不断在她眼前闪现，扰乱着她的思绪。

她不停地提醒自己保持理智，因为不可能和他们正面杠上，只能拼命想着对策。

幸好靠近以后，她很快找到了不对劲的地方。她发现这两个小伙子看上去双眼无神，偏偏又非常激动不安。这样的症状看上去有些眼熟，不像是正常人，反而更像是……瘾君子？

意识到这种可能性后，黄涩涩更加不敢轻举妄动，但她必须尽快做出决定，权衡了几秒钟后，她从包里拿出钱包，冲他们喊道：“喂！”

她的这一声成功打断了不远处的人的动作，吸引了他们的注意力。他们停下动作，朝她看了过来。于是她立刻把钱包往前递了递，试图与他们交流。

“你们不就是想要钱嘛，把人杀了对你们有什么好处？我这里有几百块现金，要是你们觉得不够，还可以去银行取，每张卡的密码都是484848。”

说完后，钱包被她扔了出去，滚落在他们的脚边。

原本面带凶相的两人很明显动摇了，其中一人捡起钱包，打开看了看，发现她说的都是实话，里面确实有几百块现金，好几张银行卡。

见他俩交换了一下视线，黄涩涩稍微有了点信心，知道这个方法可能可行，捏紧了拳头，趁热打铁，继续用语言诱哄。

“我刚才看见已经有人报警了，你们再不跑就来不及了，不如趁现在有时间，赶紧拿着钱去买你们想要的东西，要不然到时候可能什么都得不到了。”

虽然这些瘾君子在毒瘾发作的时候有很强的暴力倾向，但好在思考问题的能力相对较弱，甚至没什么脑子，比较好骗，只要稍加诱惑，很容易让他们上钩。

短暂犹豫后，两个人果然没有再坚持，拿着钱包，拔腿便往另一个方向跑去。直到此时，黄涩涩悬在嗓子眼儿的心终于落了回去，她以最快的速度冲到门卫大爷身边。

还好这个社会上也不全是冷漠的人，刚才不敢靠近的路人这时候围了上来，安慰着她，告诉她已经打了110和120了，让她别着急。

当陈训赶到医院的时候，黄涩涩正孤零零地站在手术室外，如同一只被淋得湿透的孤雏。她脸上还残留着血迹，裙子也被血水染红，让人分辨不出原来的颜色。

肩膀被碰的那一瞬间，她好像被惊醒了，整个人瑟缩了一下，才迅速转过身子。

看见是他后，她紧张的情绪消除了些，紧绷着的那根弦似乎彻底放松下来，眼底很清楚地闪过一丝无措，转瞬又被隐藏了起来。

她看上去还情绪还稳定，就是说话有点语无伦次，着急地问道："怎么样，抓到人了吗？是不是两个二十多岁的男人？吸毒的？"

其实整个案子不复杂，就是两个吸毒的人毒瘾犯了，装成刑警，去金店里敲诈勒索，结果正好被路过的公安局的门卫大爷撞见。

他们假装收手逃跑，实际上已经起了报复心。回去以后他们拿上作案工具，找门卫大爷算账。

也多亏附近的群众及时报了警，他们走后没多久，民警便赶了过来，很快就在周围找到嫌疑人并押了回去，还派了两位民警到医院守着。

不过陈训的脸色不太好看，听见她一连串的问题后，随意应了声，把带来的衣服给她披上，视线仍然停留在她的身上。本就偏冷的面容此刻像蒙了层霜，浑身散发着一阵寒气。

黄涩涩没注意，松了一口气的同时，又忍不住自责道："不知道张爷爷怎么样了，要是我刚才跑得再快一点，说不定他就不会出事了，你说我怎么老是关键时刻掉链子……"

其实年轻的时候，门卫大爷也是一名派出所民警，辛辛苦苦了大半辈子，无儿无女，也没有老伴儿，一直独来独往。

从所里退休以后，大概是舍不得这份职业，就算是在公安局当个守门的他也愿意，心里想着平时遇上什么紧急情况，还能搭把手，一待就是十多年。

那时候黄涩涩还在读小学，时不时去局里找黄万康。要是碰上他没空，就在院子里一个人瞎玩儿。偶尔凑到树下，看看大爷们下棋。那些老人家也喜欢逗她玩，还经常给她买吃的。时间久了，自然也就熟悉起来。

虽然现在她不怎么去局里了，可是当年的这些事依然记得一清二楚。

感到自责是因为她想到了门卫大爷曾经对她的好，还因为当年她爸也是这么血肉模糊地出现在她面前，甚至她爸当时的情形还要惨上好几倍。

可惜那时候他早已没了呼吸，她也无法像今天这样，将他从歹徒的手里救下，所以只能把希望寄托到现在。

说着说着，黄涩涩说不下去了，用手敲打着自己的脑袋，好像这样就能让自己心里好受一些。下一秒手却被握住，陈训制止了她的动作。

熟悉的温度仿佛击垮了她的最后一道防线，那些伪装出来的冷静坚强一点一点被瓦解。她仍然低着头，眼眶却逐渐变得湿润。眼泪涌了出来，模糊了视线，一颗一颗砸在地上。

也仿佛砸在了陈训的心上。

他终于不再皱着眉头，脸上的表情缓和了一些，全然不顾黄涩涩那身脏兮兮的衣服，伸出胳膊，不算用力地抱着她，拍着她的后背，动作轻柔地安抚道：“你已经做得很好了。”

小姑娘整个人瘦瘦小小的，露在外面的细胳膊细腿好似一用力就能折断，就算这样抱着，也没有一点真实感。他手上的力度放轻又放轻，生怕拍疼了她。

听见这道难得温柔的嗓音，黄涩涩的情绪慢慢稳定下来，抽了抽鼻子，从他怀里仰起头，望着他，眼泪还在眼眶里打转，反复确认道：“真的？我真的做得好？”

“嗯，真的。”

不是安慰，也不是敷衍。在那样的情况下，对一个毫无经验的人来说，她还能够想到办法转移犯人的注意力，确实已经做得很好了。

就算是安慰也没关系，至少发挥了安慰的作用，压在黄涩涩心上的那块石头减轻了不少。她不再哭哭啼啼，擦干了脸上的眼泪，继续站在手术室外等着。

时间嘀嘀嗒嗒流逝着，外面阴沉的天渐渐黑了下来。不知过了多久，“手术中”三个字终于暗了下来，医生从手术室里走了出来，给他们带来了好消息。

虽然门卫大爷中了很多刀，但幸运的是没有伤到要害，手术也做得很成功，现在已经转到病房去，只等人醒过来就好了。

听完这番话，黄涩涩脸上终于露出了笑容。等医生走后，她两只手抓着陈训的一只手，脸上还挂着几道泪痕，却高兴得在原地跳了起来。

这种守在手术室外什么都做不了的感觉实在是太糟糕了，可是现在看来，“有惊无险”是一个多么幸运的词语，她想歌颂这个美好的世界，赶紧拉着陈训往病房走。

不过亲自确认门卫大爷没有生命危险后，她好像还是没有要离开的意思，一副要在这里守一个通宵的架势。见状，陈训的语气比刚才强硬了一些，带了点命令：“先回去休息。”

医院里的冷气开得足，她整个人又湿透了，不管现在是不是夏天，再这样下去身体也扛不住，更何况她刚才已经打了好几个喷嚏。

然而黄涩涩丝毫不在意，大大咧咧道：“我没事啊，不用休息。”

“没事？”陈训重复了一遍她的话，语气里透着明显的怀疑，目光往下一扫，意有所指道，“那你现在这样，是想去吓谁？”

一听这话，黄涩涩低头看了看，才发现自己有多狼狈，顿时有些尴尬，站了起来，用开玩笑的方式缓解尴尬：“完了，要是被我妈看见，准把我骂死，只有去余岳家避避了。”

说是玩笑，其实也不全然是，因为她确实得去余岳家避避，毕竟去找余音就意味着会被岳阿姨看见，被岳阿姨看见，也就意味着被她妈看见，所以现在只有余岳靠得住了。

既然她都已经妥协，原本陈训应该立马带着她离开才对，可是在她说完以后，他却没有再说话，不动声色地看着黄涩涩，低垂的眉眼里难辨喜怒。

在找人依靠这件事上，他似乎永远不是她的第一顺位。

这时候，正准备往电梯走的人又折了回来，一脸严肃，教育道："不对，好歹我俩现在也算相亲关系，你是不是应该帮帮我？"

就是这样简单的一句话，他心底的那丝不甘好像被抚平了。

可惜无论去余岳家还是陈训家，都有可能在小区碰见俞珍，于是最后，他们去开了房。

相对封闭私密的空间让整个气氛都变了个样，不管是光线还是房间内的布置，似乎都让周遭的氛围暧昧到了极点，轻易把隐藏在最深处的情绪一一引诱了出来。

陈训晚一步进来，没在房间里看见人，扫视了一圈，居然在窗帘下发现了一双脚，不知道的还以为她在玩什么捉迷藏或是扮鬼的游戏。

看着用窗帘把自己裹起来的人，他扬着嘴角，觉得有些好笑，站定在电视机的旁边，语气正经，问道："风景好看吗？"

这么淡定？看来心里有鬼的果然只有她一个人。

被发现后，黄涩涩轻咳了两声，压下心头那些奇怪的感觉，磨磨蹭蹭地从窗帘后面走了出来，拿上新买的换洗衣物，一本正经地对着空气说道："我去洗澡了。"

在和陈训擦肩而过的瞬间，她又停了下来，担心道："你该不会趁我洗澡的时候，偷偷走掉吧？"她的语气里不自觉流露出一丝依赖。

陈训低头看着她，放柔了嗓音，拍了拍她的头："我会正大光明地走。"

尽管这个回答差强人意，黄涩涩还是放下心来，又特意叮嘱道："你待会儿千万别开电视看啊，这种酒店放的都是些少儿不宜的东西。"

说完后，她终于可以安安心心地洗澡去了。

她的速度向来很快，从浴室出来的时候，昏暗朦胧的房间明亮了不少，所有的灯都被换成了最亮的，那些令人不自在的气氛被稍微冲淡了一些。

房间里的窗户也被打开，空气流通，风里有雨的味道。

外面还在下着大雨，室内却浸泡在柠檬色的灯光里，一片安宁平静。二者的明显反差，忽然让人生出一种历经动乱之后的满足感，白天发生的那些事好像已经逐渐远离生活。

陈训坐在窗边的沙发上抽烟，见她出来后，就将烟掐灭了。

在他的注视下，黄涩涩的双脚不自觉地朝他迈了过去。在他的旁边坐了下来后，她发现，原来吸引她的不是陈训本人，而是放在旁边桌子上的食物。

怪不得刚才洗澡的时候，听见了开门的声音，原来是送外卖的来了啊。

她立马奔向香喷喷的食物，忍不住夸了他一句："你今天是走贴心小棉袄的路线吗！"

紧张了一天，这会儿放松下来了，她才发现自己不仅浑身酸痛，肚子也特别饿，这顿外卖可以说是来得非常及时了。她迫不及待地打开外卖塑料袋子，却发现只有一双筷子。

"你不吃？"

"嗯。"

黄涩涩也不客气了，开始动筷子。就算只是普通的家常小炒也吃得非常香，连话都顾不上说，直到吃了个半饱，她才腾出脑子思考其他问题，忽然间就想起了一件特别重要的事。

"那我们今天的计划是不是被打乱了？你看你好不容易有时间，这下全泡汤了，也不知道什么时候才有下次。”

遗憾归遗憾，因为实在好奇，所以说完后她又忍不住追问道：“不过你现在总能告诉我，本来打算带我去干什么了吧？”

闻言，陈训收回了还落在她头发上的视线，没有说话，而是从裤兜里摸出两张什么东西，放在桌上。她凑过去一看，竟然是滑板比赛的门票。

“你……”黄涩涩难以置信，张大嘴巴，猛地抬起头来，惊讶得差点说不出话来，“你怎么知道我想看这场比赛？”

“万能的朋友圈？”

经他这么一提醒，她又长长地“哦”了一声，自己确实在朋友圈里发过很多条关于滑板的东西，也包括求这场比赛的门票，却没想到他居然会特意去翻看她的朋友圈。

这不是更像她会做出的事吗？

黄涩涩的心情越发的好了，拿着门票，喜滋滋地看了一会儿，又还了一张给他，让他留作纪念，模样认真道：“如果下次还有机会的话，我请你去看。”

这大概算是一个约定了。

陈训应了声，重新收下门票，靠在沙发上看她，见她又恢复了生龙活虎的样子，没想到一件小事也能让她开心成这样，自愈能力强大得仿佛无人能敌。

可就是这样乐观的她，却在几个小时之前，可怜又无助，足以可得下午的事对她有多大的影响。

于是他一改往日的作风，忽然问道：“今天面对那两个人的时候，不害怕？”

“怎么不害怕，腿都是软的，现在想想还后怕呢。”

黄涩涩往嘴里塞了一大口米饭，咽下去后继续说道：“可是害怕也要站出来啊，要不然我爸在天之灵肯定不会原谅我。”

“嗯？”

察觉到他那道探究的目光后，黄涩涩发现自己可能说得太多了，差点习惯性地说个谎糊弄过去，转念一想，又觉得自己应该对他坦诚相待。

“你应该听过我爸的事吧？”趁着这个机会，她决定好好和陈训说说心里话，“自从他去世过后，我妈就特别不喜欢我和警察来往，所以每次和你们见面只能偷偷摸摸的……”

沙发上的人专注地听着，眉头舒展，原来她之前急着撇清关系是因为这个。

不过她大概还不知道，黄万康的事迹已经在警校里传了一届又一届，所以陈训不仅听过，也知道这件事给她带来的影响，只是他没料到，这竟成为她人生中的一大阻碍。

讲到一半的时候，黄涩涩放在桌上的手机响了一下。她随意瞥了一眼，是相亲的那个医生发来的微信。

她有点意外。

星期五那天，她回到单位以后，大姐立马来问她情况怎么样，她不好说没看上，万一人家也没看上她呢，所以用万金油说辞应付了一下。

本来她以为对方和自己的想法一样，没想到他会突然找她，而且发来的还是一段很长很长的话。黄涩涩觉得奇怪，捺着性子，逐字逐句看了下来。

“黄小姐，非常抱歉，我这两天才发现，自己已经有喜欢的女生了，之前是我一直没有想明白，现在弄懂了，喜欢就应该勇敢地去追寻，所以真心想跟你说声对不起。你各方面都很好，但我确实心有所属了，真的真的对不起，希望你能谅解，我有责任要跟你说清楚，不能耽误你。”

一字一句读完这段文字的人心情复杂，脸上的笑容加载失败，心想本来她也没那个意思，结果现在被这样说，像是她对他有意思似的。

她不知道应该如何形容自己此刻的心情，浑身上下，就连头发丝儿都在演绎着什么叫作无语。察觉到一道询问的目光投在自己身上，她依然不想说话，直接把手机拿给他看。

然而刚递过去，手机铃声又响了起来，一看，来电的居然是俞珍。黄涩涩立马示意陈训别说话,而后接了起来。在通话过程中她没怎么说话，回答全用的单字，挂断电话的时候，一脸的生无可恋。

“真的完了，我妈知道今天的事了。”

回去的路上，黄涩涩一直忐忑不安，站在自家门口的时候，甚至犹豫了半天，最后还是硬着头皮打开了门。

尽管她知道自己肯定免不了挨一顿骂，但她没想到情况比想象的还要糟糕。她原本想解释两句，结果话还没说出口，身上便挨了好几巴掌。

俞珍一下比一下打得狠，嘴里还在不停地训斥道：“你答应过我什么？答应过我什么？为什么还要这么冲动？你有没有想过，万一那刀砍到你身上该怎么办？我又该怎么办？”

之所以被发现倒不是有人告密，而是因为这件事本身就闹得挺大的，都在附近传遍了，还有极少数的围观群众拍了当时的场景，发到网上，即使想瞒也瞒不了。

本来她想的是被发现就发现吧，反正她也没想过不走漏一点风声，可问题是，今天的情况和以前的见义勇为完全不一样啊，为什么还要打她？

黄涩涩没觉得自己做错了什么，有充足的底气还有理由，但没想到打着打着，她妈居然哭了。这下她就算想要顶嘴都没办法了，只能跟着一起哭。

“我当时正好路过那里，看见有人拿着刀要砍张爷爷，报警也来不及，你要我怎么办？总不可能不帮他啊！”

其实俞珍也不是蛮不讲理的母亲，当然知道她这么做无可厚非，就是太担心她会出事。哭了好一会儿，大概也发泄完了，心里好受了一些，缓了缓情绪。

她一边抹着眼泪，一边问了问黄涩涩有没有伤到哪里，不再追究今天的事，只是警告道："下不为例，听见没有？"

"听见了，听见了。"

黄涩涩知道再说下去可能又要吵架，于是赶紧做出保证，又听俞珍问了一句"张爷爷怎么样了"，便回答道："医生说没什么大问题，就是估计要好好养上一段时间。"

"那我明天熬点汤，你给张爷爷送过去。"

一听这话，黄涩涩心想她妈果然是刀子嘴豆腐心，张开双手扑了过去，肉麻地叫了一声"妈"，结果被俞珍一掌推开了。

唉，亲妈。

·Chapter15·

贴心小棉袄路线

第二天，从医院探完病后，黄涩涩又去了一趟公安局，说是有一些东西需要补录一下。出来的时候，她在走廊上碰见了余仲培，还没来得及打招呼，他便率先开了口。

“涩涩，你过来一下。”

完了，又要挨一顿批了。

黄涩涩脸上的笑容消失了一半，乖乖地跟他来到办公室，望着鱼缸里那两条比几个月前更肥的小肥鱼，不太专注地听着他说话。

“昨天的事我都听说了，虽然处理得不错，但是以后再遇见这种情况，绝对不能再这么冲动了，知不知道？”

“嗯嗯嗯。”这话她没法反驳，只能连连点头。

余仲培又问道：“听说你最近和刑侦队走得很近？”

这话让黄涩涩彻底回过神来，不知道他为什么会提起这件事，也判断不了他的意图，一时间无法决定该不该说实话。

她挠了挠头发，半真半假道：“还……还行吧，也没有走太近啊。”

余仲培也没起疑，继续往下说：“其实你妈不让你接触这一行，还是有一定道理的，你也别怨她，毕竟她现在只有你这么一个依靠，万一你有个什么三长两短，她估计也要跟着你去，以后还是多注意一点。”

多注意一点？什么意思？让她不要再插手那些危险的事吗？还是让她离刑侦队远一点？

黄涩涩糊涂了，也忘了多问两句。反应过来的时候，她发现自己居然正站在刑侦队的办公室门口。

她什么时候走过来的？

虽然她还在反省自己的行为，但是双腿已经不受控制地走了过去。

公安局里只有淡季和旺季之分，不会有“没有案件”的情况，最近算是淡季，又正好是午休时间，走廊上比较安静，办公室里的人一眼就看见了她。

“女侠好！”

队里的人都看了网上的那些视频，现在对她可谓是肃然起敬，纷纷把她当成女英雄对待，给她端茶送水，捏肩捶背，还附赠了一系列的小零食。

平时她的脸皮是厚了点，可突然被这么猛夸，还是有点不好意思，挠了挠后脑勺，羞涩道：“其实也……也没那么厉害啦，运气好而已。”

这样谦虚的一幕落在陈训眼里，倒是觉得有些新鲜。他拿下唇间的烟，语气里带了点不认同，说道：“你们再夸下去，她的尾巴又要翘到天上去了。”

“谁说的！”黄涩涩立马变了脸，瞪了他一眼，面对其他人的时候又是客客气气的，“你尽管夸，翘尾巴算我输。”

见她果然得意忘形，陈训眼底隐着笑意，接着刚才的话，继续问道：“你们什么时候学会说这种客套话了？”

客——套——话？昨天夸她做得很好的人哪里去了？

黄涩涩没想到他变脸变得这么快，更没想到，林东竟然顺着他的话，回了一句：“很明显吗？唉，看来回去以后我们还得好好练习一下拍马屁的技巧了。”

“……”

居然还联合起来耍她？她不要面子的啊！

孤军奋战的人觉得自己受到了排挤，生气了，却没有离开，而是双手抱肩，转过身子，背对着他俩，一副“别搞我”的样子。

办公室没人说话了。

空气安静了几秒后，她听见身后传来熟悉的脚步声，没一会儿便感觉自己的脑袋被人揉了揉。她知道他是在示好，不过她不打算收下这颗打了巴掌后给的糖，脑袋一别，躲开了他的触碰，谁知道眼前竟又多出一张签名照。

是她喜欢的职业滑板选手的亲笔签名照。

见状，生气的人脸上怒气散尽，赶紧把签名照从他手中抢了过来，回头看他，眼睛里满是惊喜。

那首歌怎么唱来着，狡猾地，致命地，正中我红心？

对，陈训真是太狡猾了！

虽然黄涩涩努力压抑住上扬的嘴角，也很不想承认，可是她的尾巴确实又翘到天上去了。她喜滋滋地盯着照片看了一会儿，又抱着猛亲了几口。

她觉得陈训在自己心中的形象又高大了一些，明亮的眼睛里有了一点撒娇的影子，她忍不住伸出双手，轻轻抱了他一下，很快就放开了。

没别的意思，纯粹就是想要感谢他一下。

尽管如此，围观群众还是看得连连摇头，识趣地捂住眼睛，把脑袋转向另一边，对着空气感叹道：“唉，这恋爱的酸臭味真是熏人啊。”

不一会儿，办公室里的闲杂人等纷纷散去，给他们腾出单独相处的空间。听见关门声后，黄涩涩收拾好激动的心情，一边把照片放进包里一边问道：“我没有打扰你休息吧？”

陈训没说话，直接用行动回答，让她走过来一点，随便指了张椅子，示意她坐，又不知道从哪儿变出来一瓶她喜欢的碳酸饮料，拧开瓶盖，递给她。

“来补笔录？”

“嗯，顺便给张爷爷送了点汤过去。”她点了点头，一脸高兴，“他的情况比昨天好了一些，应该很快就能出院了。”

门卫大爷这一生都奉献给了这个警察职业，一想到这儿，黄涩涩就不禁生出无限感慨，也突然有点好奇他的想法，于是问道：“当了这么多年的警察，你有觉得什么时候最累吗？”

陈训提了张椅子，放在她的旁边，刚坐下，手还没碰着桌上的烟盒，便听见了她的这个问题，直到把烟点上才回答道：“怎么想起问这个？”

“好奇啊，随便问问。”

其实做这一行，最累的永远不是身体，真正的付出绝对不是普通意义上的牺牲流血。

而在这一过程中无法回避的人性的丑恶面，更是拷问。

最糟糕的是，与恶龙缠斗过久，自身亦成恶龙。

不过这一切要从何说起，才能让她不会难过？

见他迟迟没有回答，黄涩涩还以为这个问题太难了，于是换了一个，重新问道：“这样说吧，你觉得什么时候最让你感到自豪？”

小时候不懂事，每次见着她爸，她只会问他抓犯人好不好玩，等终于意识到这个危险又辛苦的工作有多伟大的时候，他已经不在这个世上了，就算想问也没有人可以问了。

现在她想要通过陈训，弥补一下当年的遗憾，谁知道对方思忖了片刻，给出的答案竟然是——

“那些小孩子的父母对小孩子说，遇到害怕的事，第一时间找警察叔叔的时候。”

“呵呵，心情不错啊，还会开玩笑了。”黄涩涩假装笑了两声，配合他的演出。

闻言，陈训不置可否地一笑。因为这话是玩笑，也不是玩笑，毕竟能够给人们的生活带来便利，确实值得他们自豪。

当然了，除此之外，不得不提的还有每次抓到犯人的那一瞬间。只不过这样的时刻太多了，说不过来，最大的感触倒是唯一的。

“抓犯人会上瘾。”

“是吧是吧！我也这么觉得，真的会上瘾！”

黄涩涩只觉得这话说到了自己的心坎里，立马忘掉了刚才的问题，重重地点了点头，万分同意，只可惜——

“可我妈不让我再碰这些，就连余岳和余音也不支持我了，你说我是不是真的应该当一个安分守己的群众就好了？”

他们之间似乎第一次探讨这种走心的问题，陈训看着她，眼睛里多了点异样情绪，也没有劝她，只是问道：“你放得下吗？”

“放不下。”

见黄涩涩毫不犹豫地摇了摇头，他的嘴角挂着笑，语气却很认真，带着点洒脱，听上去比平时更加让人觉得可靠。

“那就别放下，你去保护你想保护的东西，也会有人保护你。”

十年饮冰，难凉热血。坚持了这么久的梦想，如果能够说放下就放下，或许也就不值得人为它这样坚持了。

听他这么说，黄涩涩说不意外当然是假的，因为她原本以为陈训也会搬出一大堆大道理，好让她打消这些念头，没想到他竟然没有劝她，反而还鼓励她。

“如果我爸还在，他一定也会这么鼓励我的。”

她有点高兴，为他的理解，但又不是特别意外，好像打从心底料到了他会这么说，对他的喜欢似乎又多了那么一点点，心想自己果然没有喜欢错人。

可惜这份高兴没有持续太久。

黄涩涩重重地叹了一口气，一手撑着脸颊，抱怨道：“刚才余叔叔还让我别和你们走得太近，你说我俩还没怎样就这么多人反对，弄得我俩就像是一对苦命鸳鸯似的，以后真有什么，还得了？”

闻言，陈训的表情微变，他敛起心神，视线落在不断燃烧的烟头上，过了半晌才问道：“如果所有人都反对的话，你要怎么办？”

所有人都反对？反对什么？和他在一起，还是不允许她多管闲事？

黄涩涩不知道他说的是哪一种，于是把两种可能性都想了想，最后发现不管是哪一种，自己的回答都一样，于是语气坚定道：“虽千万人，吾往矣。”

就像陈训说的那样，虽然可能会遇见很多困难，但是总要努力一把试试看，她应该站出来，保护自己想要保护的东西。

所以，虽千万人，吾往矣。

根据运气守恒定律，度过了一个惊心动魄的周末，黄涩涩相信接下来迎接她的应该是走在路上捡到钱这样的好事，结果钱没捡到也就算了，居然还命犯小人。

周一去上班的时候，她发现自己“被发好人卡”的事已经在单位传了个遍，细问之下才知道，原来部门里有个长舌夫和那个医生认识。

他们可能无意间说起了这事儿，然后不得了了，长舌夫开始逢人必说，现在部门的人基本上都知道这件事了，连看她的眼神都带了一点同情。

得知事情始末的黄涩涩气得差点提着刀砍人，更可气的是，她还没法解释什么，因为确实是对方先说的那些话，所以她只能吃这个哑巴亏。

大姐当然也听说了这件事，可能觉得对不起她，中午又来找她，说自己手上还有一些资源，比上一个更好。可黄涩涩哪里还敢要，到时候再传出去，她可能真成相亲大户了。

因而她不多考虑，连连拒绝道："谢谢何姐，不过真不用了，其实我现在正在和另外一个人接触，短时间内都可以不用再给我介绍了。"

上周六被拒绝，这周一就有了新的相亲对象，无论谁听了这种话都不会相信吧。大姐只当她是有了心理阴影，再三保证这次不会给任何人说了。

黄涩涩犯了难，不知道怎么样才能让她相信。她不可能直接拿出陈训的照片，然后告诉她，这就是我的相亲对象吧。这样只会让别人更加肯定她在说谎。

就在她愁得想要揪断青丝华发的时刻，忽然看见了迟如夏。

午休时间的院子里通常没什么人，尤其现在还是最热的夏天。大家都躲在办公室里吹空调，没人愿意出来，于是小小的院子里除了一地明晃晃的阳光，什么都没有。

茂盛绿植营造出一片新鲜清新的空间，坐在其中，微风时不时吹过，倒不觉得有多热。

黄涩涩躲在绿荫下，发现当年她在学校里看见的姑娘仿佛又回来了，至少她不再像之前几次她见到的那样强势，反而还有些少言寡语，坐下后好一会儿都没有说话。

在拍死了不知道第几只蚊子后，黄涩涩终于忍不住，主动问道："你找我有什么事吗？"

幸好迟如夏沉默归沉默，说话却没有拐外抹角，而是开门见山道："你和陈训是男女朋友关系？"

一上来就问这么刺激的问题？黄涩涩停下在蚊子包上按十字的动作，回答道："不是啊，怎么了？"

“那你能暂时把他借给我吗？”

这下黄涩涩真的怀疑自己的耳朵出了问题，却没有问原因，拒绝道：“不行。”

“为什么？”迟如夏有点意外，“你们之间不是不存在什么男女朋友关系吗？”

对啊，既然他们不是男女朋友，为什么还要问她这种问题呢，而且——

“第一，陈训是人，不是物品，不能用‘借’这个字；第二，他是一个独立的个体,并不专属于我,所以我没有权利决定他想要和谁在一起，又和谁做什么。”

尽管黄涩涩说得非常大义凛然，实际上她心里没什么底。因为她这么说肯定会得罪人，更何况对方还是局长的女儿，她压根儿得罪不起。

可是她总不能擅自做主，把陈训让给她啊。

当空气陷入无休止的沉默，她顶不住压力，开始犹豫要不要说几句好话弥补一下时，忽地听见身边的人自顾自地感叹了一句“真好”。

真好？好什么？

黄涩涩不解地望着对方。

迟如夏并没有因为被拒绝而恼羞成怒，眼神里反而流露出一点类似于欣羡的情绪。她望着她，脸上带了点歉意，向她道歉。

“不好意思，刚刚利用了你一下，我就是想报报当年的仇。你放心，我对陈训那种冷冰冰的类型不感兴趣。”

这……这又是什么套路？

本来黄涩涩已经做好了大干一架的准备，没想到对方居然不按常理出牌，弄得她生出了一拳打在了棉花上的无力感，一时间分辨不出对方来意是善是恶。

迟如夏似乎看出了她的疑惑，收回的视线又落在被晒得苟延残喘的蜜蜂身上，不知道是不是想起了什么久远的往事，嘴角有笑，声音里却多了丝怅惘，解释着。

“以前他总是借我的男朋友，我每次都傻不拉几地同意了，今天听你这么一说，才知道原来还能这样回答，现在恨不得时光能倒流。”

男朋友啊。

黄涩涩一听，终于有了一点头绪，却不知道应该说些什么，只好继续一言不发地望着她，但发现她脸上的那一点怅惘好像不见了。

“虽然陈训的脾气很差，但你一定不要因为这点离开他。”

迟如夏偏着脑袋，重新看向黄涩涩，笑得和阳光一样灿烂，还有一点狡黠。

“试着多和他相处相处，然后你会发现他还有很多别的缺点。”

“嗯？”她都已经准备说谢谢了，突然来这么一个神转折好吗？

黄涩涩看不懂这个世界了。

经过今天中午的短暂接触，她发现迟如夏和自己想象中的越来越不一样。本打算把这件事第一时间告诉陈训，又害怕他在忙正事，于是她硬生生憋了好几天。

最后，她实在憋不住了，在某个花好月圆的晚上，点开了李夺的微信，先通过他确认了目前没有大案子需要处理后，这才给陈训打了一个电话，很快就被接了起来。

谁知道还没说话，她就听见电话那头隐隐传来了哗啦啦的水流声，脸上的表情一僵，一下就把想说的话咽回了喉咙里，问道：“你……你在洗澡？”

得到一声低沉的“嗯”后，黄涩涩也顾不上害羞，就像是大佬撂狠话似的，说道：“你居然在家？等着，我马上过去找你！”

挂断电话后，她就像一阵龙卷风，从家里“咻”的一下冲了出去，直奔隔壁楼。经过三楼的时候她却停了下来，拿出钥匙打开门，对着里面喊了一声。

“余岳，我和我妈说来找你玩儿了，要是到时候我妈问起来，你别说漏嘴啊！”

里面的人正在厨房倒水喝，听见这道声音后，慢悠悠地走了出来。余岳非常熟悉她的尿性，连惊讶都懒得惊讶了，倚着门框，开门见山道：“干什么，你又要搞什么幺蛾子事？”

“怎么说话的，我就不能做正经事吗！”

“比如？”

“去楼上找陈训啊。”

闻言，余岳的神情发生了一点细微的变化，他敲了敲她的脑门儿：“这么晚去找他，能是什么正经事？”

“你不知道的正经事。”

被打的人二话不说，直接给了他一拳，不再和他瞎浪费宝贵的时间，“噔噔噔”跑上楼。徒留余岳一个人站在门口，望着她的背影若有所思，直到感应灯熄灭。

不过当她终于来到陈训家的时候，好像突然间从刚才那阵头脑发热中醒了过来，心想有什么话直接在电话里说不就好了，为什么一定要跑到这里来？

大概是因为太想见他了吧……等等，太想见他？

黄涩涩被这个突然冒出来的想法吓到了，有点惶恐，不知道从什么时候开始，她对陈训居然已经到了“太想见他”的程度，心想自己的感情该不会已经朝男女之间的喜欢发展了吧？

胆小的人不敢再往下想了，把这个可怕的问题抛在了脑后，为了转移注意力，开始打量着四周。

其实距离她上一次来不过几周，这里却发生了不小变化，比如多了一点生活的气息,茶几不再只用来装空气,上面放了很多五花八门的零食。

看到零食，她的眼睛“叮”一下亮了起来，拆了一包最爱的小熊饼干，窸窸窣窣吃着，过了过嘴瘾，终于开始说正事了：“我前几天在单位碰见前几次见着的那个漂亮姑娘了。”

陈训坐在她的旁边，一听这话，便摸了摸她的脑袋，嗓音有点哑，问道：“被欺负了？”

“怎么可能，我可是最强王者，哪里那么容易被欺负！”

黄涩涩的自我认知一向非常清晰，她把之前发生的事情简单讲了一遍，说到激动处，还忍不住连手带脚地比画，可说着说着，空气变得安静，沙发上的人好像没了声儿。

扭头一看。

他正闭着双眼，头靠在沙发上，不知道是在闭目养神，还是已经睡着了。垂下的手放在她的身后，就像是揽着她的腰。

温馨的灯光将他温柔笼罩，带着水汽的头发被擦得有些乱糟糟的，却多了点亲近感。闭着眼睛的他找不到一点往日的强势，也不再让人望而却步，看上去仿佛随时都能让人压在身下欺负。

只不过呼吸好像不太平稳。

察觉到不对劲后，黄涩涩立马收起了非礼的目光，凑到他面前，一边伸手摸摸他的额头，一边小声说道：“你怎么了，不舒服吗？”

大概是因为当警察的警觉性都比较高，又养成了一定的习惯，所以无论自身状况好与否，一点点的动静都能让他们瞬间进入警戒状态。

于是在她靠近的时候，那双闭着的眼睛也缓缓睁开了，幽黑沉静得如同外面的夜空。

四目相对的瞬间，似乎有什么东西发生了变化。

“我……我就想看看你发没发烧，没别的意思。”黄涩涩被他没什么情绪的眼神惊到了，讷讷地解释着，“你是不是累了？那我不打扰你休息了，改天再来找你好了。”

不知道是不是真的累了，陈训整个人的确比平时温和了许多。他没有说话，只是静静地望着她，又在她收回手之际，握住了她的手腕，往自己的额头带去，让她的掌心贴在上面。

看上去好像是为了满足她的要求，让她探探他到底有没有发烧。

只是……

一击致命。

完蛋了，她好像真的喜欢上陈训了。

·Chapter16·

遵纪守法的一夜

当黄涩涩从余岳家搜刮了一箱药，重新回到楼上的时候，原本坐着的人已经躺在沙发上。他似乎真的很难受，单手盖在眉骨的位置，像是在挡光。

见状，她赶紧把客厅的灯关了，打开了一盏没那么亮的过道灯，而后她去倒了杯开水，却盯着睡觉的人，犯了难。

黄涩涩不知道应该怎么把他叫醒，再三犹豫之下，只能先把水杯放在茶几上，俯身凑到他的跟前，尽量放低音量，声音轻柔地说道：“陈训，你先起来吃了药再睡好不好？”

大概是嫌她太吵，随着她的话音刚落，躺着的男人抬起搭在额头上的手，就算闭着眼也准确地找到了她的位置所在，然后将她轻轻往下一拉。

夏天的夜晚总会发生各种出其不意的事，喧嚣和寂静似乎在交替着进行，沉默的空间里只听得见空调忽强忽弱的工作声。

今晚的一切似乎都恰到好处，空气里的暧昧因子也不多不少，撺掇着蠢蠢欲动的人。

毫无防备的人只能顺势倒在他的身上，条件反射地举起双手，生怕碰到了不该碰的地方。幸好她不怎么占空间，以这样的姿势挤在不算宽的沙发上正好。

陈训的呼吸有些烫，喷洒在她的肌肤上，激起她手臂上的鸡皮疙瘩，令她浑身又痒又酥，仿佛有蝴蝶在身体里面翩翩起舞，想要挠一挠，却又找不到具体位置。

黄涩涩努力安抚着自己的情绪，想要冷静下来，试图找一个可以支撑的位置，打算从他身上坐起来，无奈被他搂着腰，虽然他没怎么用力，偏偏她就是挣脱不开来。

她尝试了几下，最后打消爬起来的念头，退了一步，和他商量道：“好吧，不想吃药就不吃，但睡觉得去床上啊，别在沙发上，感冒会加重的。”

只是陈训似乎没有听清楚她在说什么，依然嫌她吵，眉头微皱，抱着她翻了个身，侧躺着，把头埋在了她的颈间，蹭了蹭，寻找着最舒适的位置。

出门之前，她已经在家里洗过澡了，这会儿穿着舒适的短袖短裤，露在外面的肌肤滑腻细嫩，而且被空调吹得凉凉的，抱在怀里，如同一个天然冰枕。

他倒是舒服了，被抱着的人情况却不怎么乐观，本打算继续打翻身仗，一阵轻微的刺痛竟从颈侧传来，随之而来的还有湿湿热热的触感，就连腰间的手也开始不安分地动着。

这番举动着实大胆又反常，惹得黄涩涩身上那些刚消下去的鸡皮疙瘩又原地复活了。她深呼吸了一口气，只听说过发酒疯，第一次知道原来这个世界上还有一种东西叫作“发烧疯”。

不过现在不是想这些有的没的的时候，黄涩涩压住那股不断冒出的异样感觉，僵着身子，调整了一下复杂的心情，认真地问道：“陈训，你知不知道你在做什么？”

刚刚意识到自己的感情，就要做这么刺激的事了吗？老天爷要不要对她这么好啊。

她紧张得都快呼吸不过来了，结果迟迟没有得到回答，回应她的只有呼吸声，一下又一下，比刚才平稳了一些。

渐渐的，脖子上陌生的触感也消失了。

除了她的心跳变得更快了些，好像刚才什么都没有发生过。

这是睡……睡着了？

看来还真的是烧糊涂了，压根儿不知道自己做了什么好事，不过睡着了也好，免得她还要绞尽脑汁想应该怎么应对。

黄涩涩收拾了一下五味杂陈的心情，还生怕他被冻着，手和脚都缠在他的身上，紧紧抱着他，充当人肉毯子，能替他挡多少冷风就挡多少。

只要等到他睡得再沉一些，她应该就可以回家了。

结果计划赶不上变化，因为她居然也跟着睡着了。等她再次睁开眼的时候，外面的天已经蒙蒙亮了，一看墙上的挂钟，正好五点半。

睡得迷迷糊糊的人还以为自己在家里，心想时间还早，准备再睡一会儿。可是刚刚闭上眼睛，又立马重新睁开，她抬头一看，映入眼帘的是冒出青青胡楂的下颌。

陈训？她和陈训……睡了一晚？

昨晚发生的事一一涌入脑海，卡顿的大脑渐渐恢复运转，她被这个可怕的事实吓得差点跳起来，转念想起昨晚和俞珍说的是去找余岳，提到嗓子眼的心又落了回去。

黄涩涩拍了拍胸口，庆幸自己留了一手，要不然夜不归宿的下场肯定又是一顿来自灵魂的拷问。她松了一口气后，拍了拍脸颊，让自己清醒过来，而身上的那股力量好像也减轻了一点。

于是她赶紧试着动了动，发现行动起来确实没昨晚那么困难了，心里一喜，从他的身下成功逃了出去，轻手轻脚地重新站在地上。

不过她没有急着走，而是摸了摸陈训的额头，发现不烫了，又从卧室里抱了一床薄被出来给他盖上，这才放心离开。路过三楼的时候，听见了一声熟悉的“黄二狗”。

居然起这么早，一看就没有夜生活。

被叫住的人保持着要走不走的姿势，似乎在做什么思想斗争，权衡了一番，觉得现在不是扭扭捏捏的时候，所以转过身子，一本正经地主动解释着。

“说出来你可能不信，我在陈训家里待了一整晚是因为他生病，可是我们之间真的没有发生什么，就这样安分守己遵纪守法地度过了一晚上。”

“那就假装你说的都是真的吧。”余岳勉强信了她的邪，又提醒道，“只是你说这话之前，能不能先把你脖子上那些碍眼的痕迹遮一遮，要不然我真的很难做到睁眼瞎。”

“什……什么痕迹？”

虽然黄涩涩觉得他很有可能又在逗她玩儿，但还是条件反射地捂住了脖子，径直从他的旁边走过去，直奔屋子里的卫生间，松开手，对着镜子照了照。

白皙的颈侧果然有一小团暗红的印记，小拇指盖那么大，却异常醒目。这下好了，人赃并获，就算有十张嘴恐怕都说不清了。她绝望地看着走过来的人，垂死挣扎道：“如果我说这是刮痧刮的，你会相信吗？”

好吧，这种鬼话连她自己都不信。

黄涩涩不知道应该怎样解释这一点，只好不停地重复着同一句话：“余岳，真的，你要相信我，你必须相信我，你……应该会相信我吧？”

面对她的胡言乱语，余岳倒是不在意她说的话有没有逻辑，只是反问道：“你觉得呢。”

“……”

黄涩涩一时间竟无言以对，索性改变策略，不再一副有求于人的没骨气样，铿锵有力地还击着：“我要你相信干什么，反正能说的都说了，我问心无愧，信不信随你，哼。”说完后，她懒得再搭理他，雄赳赳气昂昂地下了楼。

站在原地的余岳一言不发，等到视野里没有了她的身影后，才转身往楼上走去。

经历了一个兵荒马乱的清晨，黄涩涩上班差点又迟到。没想到办公室里竟异常热闹，一群人聚在一起，好像在探讨着什么。

她还没来得及加入便被领导盯上，领导把她单独拎了出来，问道：“小房，下周的爬山活动准备得怎么样了，有没有信心拿第一？我看好你！”

原来是爬山活动啊。

弄清楚他们在讨论什么后，黄涩涩瞬间失去了兴趣，有气无力地回了一句“没有”，而后朝自己的座位走去。

虽然她对这类活动没什么意见，一向是抱着“没有最好，有也可以勉强参加”的态度，但是，她真的对设立奖品的人非常有意见。

尤其是这一次。

本着不铺张浪费的原则，奖品都非常环保。第一名能够得到主任的一个拥抱；第二名能够得到主任的一张签名照；第三名能够得到主任的一句口头鼓励。

试问这样务实的奖品，怎么可能调动大家的积极性，除非把颁奖的人换成陈训还差不多……等等，陈训？她突然想起他干什么？

黄涩涩被这个突然冒出的名字吓到，也不知道他的情况有没有好一点，想了想，她一边啃着面包，一边给李夺发了条微信。

“你们队长今天去上班了吗？有没有哪里不舒服？”

“当然来了，不舒服？没有啊，看上去好得很。”

好得很？那她昨晚睡的是一个假陈训？

黄涩涩有点怀疑他是不是没有仔细看，又觉得既然他能这么肯定地说没事，应该真的没什么事，于是没太在意，放下心来。

谁知道半个小时后，黄涩涩收到了李夺发来的消息。

“老大说你不回他短信和电话，所以特意让我问你，今天早上为什么直接走了。”

“接下来的话是我们中队全体成员想对你说的：黄女士，你怎么能够和我们老大共度一夜春宵后，第二天早上直接提起裤子就走了呢。虽然我们的职责是为人民服务，但是并不包括这种特殊服务，希望你好好反思一下，并给出相应的解决方案，谢谢配合。”

“……”

其实黄涩涩也不是故意不回消息，只是还没有调整好心态，一时间不知道该怎么面对他。毕竟昨晚他倒是睡得沉，不知道发生了什么事，可她无比清醒啊，清楚地记得每一个细节。

尽管那些都是无心之举，可她好歹也是一个性别女爱好男的姑娘家，治得了色狼，却治不了陈训这样的……这样的斯文败类。

更严重的是，之前她还对余音夸下海口，说自己对陈训绝对没有男女之情，结果这么快就打脸了，这让她以后如何面对她？

于是这一次黄涩涩还是明智地决定继续装死，没有再回消息了。

微信也不再“叮叮叮”地响了。

下班的时候，好久不见的江迟在附近办事，结束后顺路来找她，说要陪她一起赶公交车回家。黄涩涩当然没有拒绝，欣然同意了。

自从和他结束了相亲关系后，他们好像已经很久没有见过面了，平时有什么事都是通过电话联系，好在经过这段时间的沉淀，两人之间的相处模式又恢复成以前的样子。

江迟还是那个内向害羞的江迟，黄涩涩也还是那个随时一副大哥保护小弟的黄涩涩。

上车以后，说了说彼此的近况，最后发现他俩果然是同病相怜的可怜人，因为不再帮她打掩护后，他家里也开始继续帮他安排相亲。

黄涩涩一听，心有戚戚焉，为了安慰他，她立马搬出那个医生的事情，讲给他听，大无私地让他把快乐建立在她的痛苦上。

末了，她还用手挡在嘴边，神神秘秘道："对了，其实我现在正在和陈训相亲，你千万别跟其他人……不对，你好像也没有能够说的人……那我就放心了。"

说到最后，黄涩涩完全变成了自言自语，好像发现了什么新大陆，突然兴奋道："这样看来，这些事告诉你应该最安全，那我以后可以和你说？真是太好了！"

她正愁找不到可以倾诉的人，现在就有了江迟。毕竟，余岳老是损她，余音只知道沉迷工作，除了时不时抽风地给她分享一些无事包经的生活知识，毫无用处！

谁知道江迟，一向对她言听计从的江迟，并没有跟着她一起高兴，反而紧抿着唇，一反常态地拒绝了她，回道："可我不想听你们的事。"

黄涩涩愣了愣，难得听他用这种语气说话，意识到问题的严重性，收起了脸上的笑容，想要和他好好谈一谈这个问题："你和陈训的关系已经差到这种地步了吗？"

看来陈训以前在学校的人缘也不怎么样啊，到处树敌，现在好了，弄得她夹在他俩中间，感觉很难做人。

不过江迟听了她的话后，并没有说什么陈训的坏话，只是摇了摇头，解释道："不是因为和他关系差，只是我不想听你说你们的事。"

"哦……好吧好吧，不听不听。"黄涩涩似懂非懂，毕竟有些人确实不太愿意听这些事，她也不是喜欢经常把陈训挂在嘴边的人，退让了一步，"那我以后不在你面前提他好了。"

自从知道他们是同学以后，每次聊天的话题都会不知不觉绕到这个上面，她反省了一下，重新换了一个轻松的话题，问道："对了，你们单位是不是会和我们一起参加下周的爬山？"

这一次，黄涩涩还没来得及听他的回答，公交车就正好到站了。

由于下车的人有点多，江迟虚揽着她，把她护在怀里，直到安全下车后才"嗯"了一声，这让她重新振奋起来。

"那你们单位的奖品肯定比我们的好得多，到时候我带你夺冠，奖品平分！"

"好。"

在这些问题上，江迟一向很听话，想也没想便答应了，正准备和她继续往前走，视线却忽地落在她的身后。

"怎么了？"黄涩涩跟着停下，循着他的目光望过去，没想到竟然看见了陈训。

大雨过后，天光云影共徘徊。一阵微风拂过，街道旁的梧桐树叶便像鱼尾巴一样摆动，这些生动清新的景象全都落在了他的背后。

他就站在来来往往的人潮里，宛如一座孤岛。他的眼底漆黑一片，温暖的余晖也照不亮。和周遭艳丽的色彩比起来，他脸上的表情很淡，淡得让人难辨喜怒，一如往常。

掐灭了手上的烟后，陈训一步一步朝他们走了过来。如果能够听见脚步声，那么一定不会太铿锵有力，偏偏又让人不得不紧张起来。

初见时的心惊胆战好像久违地冒了出来。

黄涩涩被这种来者不善的气场吓到，总觉得他看上去像是要来打架似的，下意识挡在身后的人面前，扭头说道："要不你先回去吧，反正也没什么事儿了。"

正好走过来的人一句不漏地听见了她说的话，看见她护犊子的动作后，扯了扯嘴角，没有笑意，眼底反而满是嘲弄："紧张什么。"

说完后，他的视线又越过她的头顶，漫不经心地瞥了眼被她护着的人，像是在做保证，道：“放心，我不会随便打人。”

江迟察觉到了他的目光，直直地迎了上去。可黄涩涩并没注意到两人的异样，一听这话，心想言外之意岂不是随便起来狂打人？

那还怎么让人放心得下！

这下她可以确定陈训真的是存心来找她麻烦的了，警惕地看了看四周，发现他们已经引起了路人的注意。由于站台离小区近，随时有可能碰见熟人，实在不是一个谈话的好地方，所以黄涩涩只好又开始“赶”人了，轻轻推了推身后的人，示意他快走。

可是江迟难得没有听她的话，也丝毫不顾忌当事人在场，直接提出了质疑，担心道：“你一个人没问题吗？”

这个问题很有针对性，她下意识地瞅了陈训两眼，结果发现他好像压根儿没把江迟的话放心上，一直盯着她看，看得她一阵心虚。

不管怎么样，她都应该站在他这边，帮他说话才对，不能因为一些小事坏了这个原则。

于是黄涩涩不再表现得如临大敌，笑着回答道：“放心吧，他可是警察，能有什么问题，对不对？”

说完后，她又觉得自己必须拿出一点气势来，伸出食指，冲陈训勾了勾，用了一种命令的语气，说道：“你，跟我过来。”

她打算换一个地方和他谈，碍于时间紧迫，也懒得找一个有茶有水的地方了，因而她采取就近原则，拐个弯，直接走向站台旁边的一条小巷子，反正里面也没什么人。

江迟目光沉沉地看着两人走远。

一进了小巷子，黄涩涩就像是变了个人似的，见面前的人姿态闲散，站在墙边，二话不说，一脚蹬在他小腿左侧的墙上，把他半困着，企图增加一些气势。

活了二十五年，好的品德她没学多少，痞子流氓的行为举止倒学得有七分像，和超社会的大姐大没什么两样，只差嘴里叼根烟了，不知道的恐怕还以为陈训是受欺负的一方。

可惜很快就现了原形。

在黄涩涩开口之前，陈训垂眸看了眼她那不安分且不算长的腿，没有说话，却看得黄涩涩立马将腿收了回来。最终她规规矩矩站好，开始和他说正事了。

“你今天来找我，是不是想和我谈谈昨晚的事？放心吧，我不会误会的，毕竟你当时在生病，状态不好，所以不管你做了什么，我都完全可以理解，更何况你也没做什么。”

虽然说得十分潇洒，但是语气听上去有些故作轻松，与其说是说给他听，不如说是说给自己听，有一种“摊开讲清楚后就赶紧把这一页翻过去吧”的急迫感。

这样的洒脱模样和以往记仇的性格截然相反，陈训一眼就看出了她的反常，毫不留情地戳破了她那层用来伪装的面具，平静地问道：“你在怕什么？”

怕？她在害怕吗？

黄涩涩没有意识到这一点，听了这话后，也不知道自己是真的害怕，还是别的什么原因，她只知道自己喜欢他。

虽然喜欢，可是她不希望用这种道德绑架的方式和陈训在一起，宁愿就像现在这样相处。认真想了想后，她如实回答：“我不希望因为这件事破坏了我们的关系。”

“什么关系？”

“纯洁的相亲关系啊。”

哦，纯洁的，相亲关系。

陈训从来没有搬起石头砸过自己的脚的经历，托她的福，今天好好体验了一次。

于是他临时改变了策略，朝黄涩涩走近了一些，几乎快要抵到她的脚尖才停下，忽地问道：“你这么急着撇清关系，是因为我昨晚没让你睡舒服？”

向来清冷的声线在平时听来可能不怒而威，偏偏他说的内容与他的声线形成了一种反差，声音反而放大了其中的不正经。黄涩涩听得开始浑身冒热气，差点又伸手捂他的嘴巴了。

在那么小的沙发上睡了一整晚，而且还得照顾他，肯定不会舒服到哪里去，可是被他这么一问，怎么听上去这么奇怪呢，就像是……就像是他没服务好似的。

面对这种模棱两可的问题，她支支吾吾了半天，不知道该回答“舒服”还是“不舒服”好，因为不管她怎么回答都不对，索性跳过这个问题，反问道：“你到底想说什么？”

陈训也懒得再做什么解释了，因为说话远不如行动来得快，而且以她那不灵光的脑子，还不一定听得懂，倒不如直接做，可能效果还更好一些。

因此这一次他选择睁眼说瞎话：“我现在还在生病，状态也不好。”

“所以？”说得这么可怜干什么。

“所以无论接下来我做什么，你都应该可以理解。”

“……”为什么总喜欢用她的话来断她的后路！

黄涩涩眉头一皱，心里有种不好的预感，正准备拿出百米冲刺的速度逃跑，却被他以更快的速度伸腿绊了一下。

她往前一个趔趄，差点摔倒，又被陈训及时扶住。他将她往回一拉，大手垫在她的身后，反客为主，将她压在墙上，用膝盖抵住她的大腿，欺近她的颈侧。

一时间，黄涩涩的大脑被无数个“啊”占据，丧失了语言能力，好不容易才忘掉昨晚的画面，现在好了，又通通在眼前浮现。

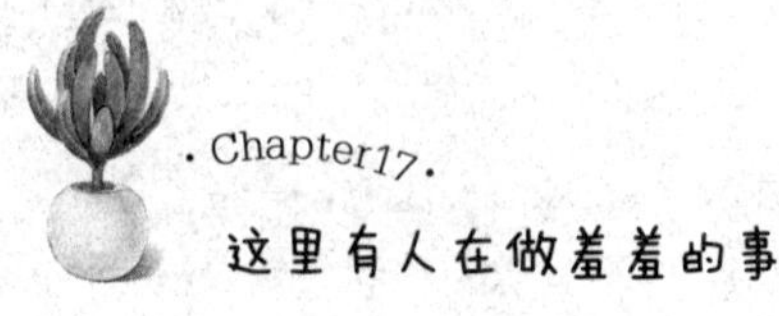

·Chapter17·
这里有人在做羞羞的事

“你……你有话好好说啊，千万别冲动！”

黄涩涩保持着最后的理智，用手挡在彼此之间，唯一能动的只有嘴巴，正犹豫着要不要咬他一口，忽然感觉旁边好像突然多出来一个人，视线强烈得令人无法忽视。

当然，在她察觉之前，陈训已经发现了，目光往下一移。

一个四五岁的小男孩正仰着小脑袋，睁着黑溜溜的眼睛，严肃地盯着他俩。观察了一会儿后，他举起手中套着塑料袋的木棍，在空中挥舞了几下，指挥着身后的另外几个小屁孩，一声令下——

“这里有人在做羞羞的事，大家快点捂住眼睛，赶紧撤，要不然明天就要长针眼了！”

“……”现在的小孩子戏还挺多的啊。

被这么一打岔，空气里的暧昧因子消失不少。

黄涩涩满头黑线，没有感到害羞，而是面无表情地看着正捂着眼睛撤退的小屁孩们，一点也没有身为大人的自觉，恐吓道：“再乱说话，小心对面的警察叔叔把你抓起来！”

“姐姐，你吓人的方式会不会太老套了，以为我还是三岁小孩吗？”

小男孩名叫图图，今年年初才搬到这个小区来，凭借着超强的社交能力，很快和周围的孩子打成一片，已经算是小区里新晋孩子王了。

不过他确实算不上三岁小孩，因为几天前刚满四岁。说完后，他不仅没走，反而还靠近了几步，脸上的表情也更加严肃了一点，视线一转，他竟开始对着陈训说话。

“陈叔叔，今天我能帮你打掩护，并不代表以后也可以，而且你看这个姐姐除了长得好看一点，好像也没别的优点了，还这么凶，希望你三思而后行。”

说完后，他又摇了摇小脑袋，背着双手，好像很失望的样子。

被莫名其妙数落了一番的人目瞪口呆，也不知道该不该高兴被他夸了好看，心情复杂道：“你家亲戚的孩子？”

闻言，陈训低头看着她，难得见她吃这种哑巴亏，觉得有趣，逗道：“我家小孩不会撒谎。”

“撒谎？”黄涩涩没听出来刚才的话有哪里不对劲，一脸疑惑，“他撒什么谎了？”

他又一字一顿，说得清清楚楚：“说你长得好看，不算撒谎？”

“去死！”

就算她确实不能算长得好看，也不能那么直接说出来啊。黄涩涩生气地瞪了他一眼，决定不和他一般见识，转而和小男孩一般见识，弯着腰，想要捏捏他的小肉脸。

察觉到她的意图，图图用双手夹住自己的脸，保护起来，力气之大，嘴巴都被挤成了金鱼嘴，不忘提醒道：“陈叔叔，你看，这位姐姐还这么暴力，你真的要三思而后行。”

听见他口齿不清的提醒后，陈训摸了摸他的小脑袋，眼底浮起一丝清浅的笑意，眉头却皱了起来，一副很难办的样子，叹道：“那就麻烦了，我正好喜欢脾气不好的。”

哼，怎么从来没用这种语气和她说过……等等，“正好喜欢脾气不好的”是什么意思？

黄涩涩在心底狐疑地“嗯”了一声，怀疑自己耳朵出了错，又隐隐觉得陈训有可能是在故意说些好话，向她示好，于是下意识看了他一眼，试图从他的脸上找出什么破绽来。

然而他的表情并没有什么变化，整个人被傍晚的夕阳笼罩，本就生得出众的眉眼仿佛在闪闪发亮，看上去不像是在开玩笑。

好吧，既然他都这么真诚地向她示好了，那她是不是也应该表现得友好一些？

正当黄涩涩考虑自己要不要干脆顺着这个台阶走下去，原谅陈训之前的种种行为时，却又听他补充了一句——“当然，前提是长得好看。”

居然从小就给小孩子灌输这种不健康的观念，真是残害祖国的花朵！

吃亏吃出经验的人早已练就金刚心，没有再因此觉得伤自尊，翻了个大白眼，非常明确地对着他重重哼了一声，头发一甩，准备趁着这个机会往外走。

谁知道还没走出去一步，她的背包背带便被人从后面扯住。她往后一个趔趄，又倒了回来。一看又是陈训，于是她毫不客气地打了一下他的手，怒道：“干什么？”

陈训没松手，脸上的神情却耐人寻味，似乎对她的这番大胆举动感到意外。

虽然知道她是爱记仇的性子，可是以前和她还不算亲近，她的喜怒哀乐也就没有表现得太明显，如今她活得越来越真实，他才发现，原来小姑娘真正闹起脾气来是这样的。

想让人一把抱进怀里，好好哄一哄。

事实上，陈训也这么做了。他单手将她拽了过来，不过没有抱她，而是替她拉好双肩包的拉链，低垂的眼眸目光没那么凛冽了，可语气有些不善：“下周要去爬山？”

“问这个干什么？”黄涩涩没有回答，一脸警惕。

陈训好像也不太执着于答案，替她拉好拉链后，又抬眸看着她，低声道：“等你回来，我们再好好算算之前的账。”

居然还记得这茬，不过，算账？算什么账？

本来他的那番动作就把黄涩涩弄得晕头转向的了，现在一听这话，她更是找不着方向，甚至忘了还在生他气的事。等她回过神来的时候，始作俑者已经抱着图图离开了。

这样的画面理应充满童趣，爱意泛滥才对，但他身上的冷冽气息并没有因此散去。

奇怪的是，尽管如此，他看上去竟不像拐卖儿童的人贩子，甚至画面一点都不违和，反而还带着一点罕见的温馨感。

温馨感？这种东西怎么可能在陈训身上出现？她拍了拍脸颊，让自己清醒过来，不再思考他说的莫名其妙的话，迈步往家走去。

最近时不时就会下几场雨，茶馆生意不太好，所以俞珍这几天都没有开店。吃过晚饭后，母女俩坐在沙发前，一个玩手机，一个看电视。

七八点的地方台通常播的是一些社会新闻，例如姑娘被渣男骗财骗色之类的，深受四五十岁的中年妇女们喜爱。

俞珍看得很投入，情绪跟着新闻里的主人公一起起伏，甚至还哭了。

一旁的黄涩涩见状，眼珠一转，不知道又想到了什么主意，感叹了一句：“唉，现在这世道真是太危险了。”

“是啊，以后你和人交往，千万要把眼睛擦亮点，不要被这些人骗了。”俞珍没有察觉，顺着她的话往下说，提醒道。

见计划成了一半，这给了黄涩涩一点信心，她慢慢抛出真正意图：“这种事哪儿防得住啊，还是得从源头解决，选朋友的时候就应该选信得过的。”

虽然现在她和陈训之间还没有发生什么，可纸终究包不住火，万一哪天被她妈撞个正着那怎么办，所以提前做好万全的准备是十分有必要的。

于是她打算趁着这个机会，先探探俞珍的口风，貌似随口地提了一句：“那天余音还和我说，他们单位那些优秀男青年啊，一个比一个耿直，和社会上那些心眼儿多的人比起来，不知道好到哪里去……”

可惜话还没说完，就被打断了。

“余音说的和你有什么关系。你要我说多少遍，不管是找朋友还是老公，只要和警察沾边，想都别想。”

和以往一样，只要一提起这个话题，俞珍的态度就会发生一百八十度的变化。

本来黄涩涩通常是以沉默应对，可是见她妈十年如一日地抗拒警察这个职业，就有点憋不住了，脾气也上来了，心里一着急，顶了回去。

“既然你觉得当警察危险，那你当年为什么还要嫁给我爸！你倒是过了当警嫂的瘾，你女儿呢！只不过是想和你老公那样的人交个朋友而已，这样都不行吗！”

她只是想正常交个朋友，不想每次和陈训他们见面都像偷情似的，为什么这样都不行?

然而被这么一顶撞，俞珍的态度反倒没刚才那么强硬，只当她又在闹脾气，不再和她做无谓的争论。

“都多大了还交什么朋友，现在最重要的是把你的人生大事解决好，想那么多乱七八糟的东西干什么？王婆婆那儿应该快安排好了，这次你别再出什么幺蛾子了。”

“……”

既然说到“相亲”这个话题，黄涩涩想了想，干脆顺水推舟，说道：“别，我们单位一大姐给我介绍了个公务员，前几周已经见过面了，感觉人还不错，我打算多相处看看。”

除了隐瞒真实的职业，她没有撒一点谎。

俞珍难得见她对这件事这么主动，当然高兴了，赶紧往下追问：“真的？你们单位大姐介绍的靠不靠谱啊，在哪个单位上班，多大了？哪里人？小江那儿真的没可能了？”

虽然黄涩涩不知道她妈为什么突然提江迟，但她早就料到她会问东问西，所以提前准备好了合理的、不让陈训曝光的借口。

“好了，什么都别问了，问了我也不会说，除非我们稳定下来了，免得你又把别人请到家里来，再把他吓跑。”

“瞧把你稀罕的。”看在她的态度还算积极的分上，俞珍没有再说什么，只是叮嘱她认真一点，别再当成儿戏了，“你要是早知道抓紧一点，我至于在这儿干着急？”

黄涩涩也期望这一次可以维持得久一点，因为这样一来，她的人生会轻松很多。

时间的脚步在日历上匀速走着，很快就来到了被圈出来的 29 号，卫计局的爬山活动正式拉开序幕。

谁知道原本早上还晴空万里，到了中午却突然变了天，电闪雷鸣蜂拥而至，雨水倾注，就像是谁拿了个大桶，站在天上倒水似的，不一会儿地上便积满了雨水。

这场突如其来的暴雨不仅给市民的出行带来了不便，刑侦队的小伙们也生出了心理阴影，因为一到这种天气，出的事就特别多。

直到中午他们才处理完一堆杂事，匆匆赶回办公室吃泡面。开着的电视里正在播放地方新闻，换了好几个频道，内容都是大同小异，全在报道这一场暴雨。

林东回来得早，已经吃完了，这会儿正窝在椅子里看电视，瞟了眼窗外的瓢泼大雨，感叹道：“这天怎么说变就变啊，突然下这么大的雨，啧，‘滴滴打船’又可以上线了。”

“唉，你说这一到下雨天啊，就容易出事，希望今天别有什么大案子。”坐在窗台边吃泡面的李夺附和了一句，同样一眨不眨地盯着新闻看，忽然他停下动作，仔细听着女主播的话。

“今日下午，市郊山区发生飞石塌方，造成道路中断，暂无人员伤亡报告。目前滞留车辆较多，该路段已实行交通管制，请前往或途经该路段的车辆暂缓通行。公路部门正在进行排危和道路抢通工作，抢通时间暂时无法预计。”

由于是插播的一条快讯，女主播说得稍微有点不流利。李夺听着听着，觉得不对劲，放下泡面走了过来，问道：“女侠今天是不是去这个地方爬山来着？”

此话一出，办公室里的其他人全都朝他投去了好奇的目光，这才让他想起这里除了自己和老大，没人加黄涩涩的微信，于是解释道：“我记得她刚才好像在朋友圈发了照片，等等，我先看看。”

说完，他赶紧拿出手机，打开微信，找到黄涩涩今天上午发的最新一条朋友圈，定位的地点正好是新闻里报道的位置附近。

还真是啊。

等确认信息无误后，凑到手机面前的几人又齐刷刷地望向办公室另一角的男人。

然而他像是没有察觉到这些目光，手指轻敲着放在桌上的手机，视线仍落在电视机上，电视还在不断重复播放着大雨淹没街道的画面。

正如李夺说的那样，爬山的队伍确实被困在了山里，幸好没有人受伤，就是受到了一些惊吓。

黄涩涩也很郁闷，没想到他们运气居然这么好。好不容易出来活动一次，刚一登顶，还没来得及举行颁奖仪式，豆大的雨就落了下来。

幸运的是，当时他们没有下山，而是在工作人员的带领下，找了个安全的地方躲起来。由于塌方严重，直到凌晨他们才等到救援队伍。

被安全转移到山下后，这一场有惊无险的爬山活动算是告一段落了，一坐上大巴，立马睡倒一片。

同样筋疲力尽的黄涩涩坚持没有睡，等开到手机有信号的地方以后，她立马给在家里急得不行的俞珍打了个电话，报了声平安，让她别担心。

挂断电话后，她发现还有好几通来自余音和余岳的未接来电，于是又一一回了过去，最后再确认了一下还有没有漏掉其他人的。

然而并没有。

黄涩涩鼓了鼓脸颊，说不上来有什么感觉。她把手机反扣在身上，靠着座椅，闭眼睡觉了，谁知道下车的时候，手机铃声居然响了起来。

原本她还以为是俞珍打来问她走到哪里了，万万没想到来电的居然是李夺。

天还没亮呢，这么早给她打电话干什么？

她觉得有点奇怪，刚一接通，耳朵立马被对方的大嗓门儿轰炸了。

对面急切地嚷嚷道："喂喂喂，女侠女侠，真的是你？谢天谢地，你的电话终于能打通了，你没事吧？"

"没事没事，小塌方而已。"黄涩涩不知道原来李夺这么关心她，一股"大姨妈"似的暖流从心田流过。

"那你现在人在哪儿啊？"

"我？当然是走在回家的路上啊。"说完，她又看了看四周，"现在正好在公安局门口。"

"真的？那你能不能顺便进来一趟，我们正好也快审完人了。"

一听这话，黄涩涩糊涂了，心想这前后逻辑不对啊，正想问问他到底想表达什么，可是还没问出口，电话那头的人却开始了更绕人的解释。

"女侠，今天这事儿吧，你也知道，这种抢险救灾的工作一般不归我们负责，再加上我们队里手头正好有一个案子，实在腾不出时间来……"

"我知道啊。"她被李夺这番严肃正经的话逗笑了，忍不住打断道，

“不过你特意给我解释这个干什么？我没有怪你们的意思，也不可能怪你们啊。”

“哦……也对，忘了你是女侠了……反正我想说的是，其实老大很担心你，但是因为一直在审人，所以一直没空问你的情况。你看你现在能不能过来一趟，让他亲眼看看你，好让他安心？”

黄涩涩一愣，连脚步也停了下来。

刚才在大巴车上那股说不上是什么滋味的感受好像在一点点消失，取而代之的是另一股不可名状、正面的情绪。

大雨过后的夜晚似乎也变得温柔起来。

最后的结果当然是，她鬼迷心窍地听了李夺的话，真的顺便进去了。直到来到熟悉的楼梯间，她才想起低头自我打量一番，悲剧地发现自己浑身邋遢得很，全是泥。

正当她犹豫着要不要回家洗漱一下再过来时，没想到忽然间听见了脚步声。

抬头一看，竟是陈训。

见状，黄涩涩的第一反应不是打招呼，而是赶紧背过身子，在脸上搓了搓，想要检查一下有没有眼屎，但很快又被他扳正了身子。

“你先别看我，给我一点整理仪容的时间好不好。”黄涩涩立马抬手捂住了脸，最后的倔强还在垂死挣扎，她哀号了一句，“我还没洗脸呢，丑死了。”

虽然现在是凌晨两三点，她也不算是熬了个通宵，但总归在外面奔波了一整天，肯定面容憔悴，特别不好看。

挣扎当然是无效的，下一秒她的双手便被拉了下来，而后她听见面前的人开口说话，嗓音有些喑哑，他说：“反正也不漂亮，还能丑到哪里去。”

“有你这么安慰人的吗！”黄涩涩果断放下双手，瞪了他一眼。

闻言，陈训眼底的笑意一闪而逝，反问道："你觉得我是在安慰你？"

"那不然呢。"

"实话实说，别想太多。"

"……"互相伤害的果然都是熟人。

同样是忙碌了一整天，陈训却好像一点都没有受影响，只是下颌冒出了一点青色胡楂，而这点胡楂还为他平添了几分慵懒颓废的美感。

黄涩涩觉得真是天道不公，而且她发现他最近说话是越来越不客气了，不满地哼了一声，心想他哪儿是担心她啊，分明就是找她过来斗两句嘴，好帮他醒醒瞌睡吧。

听着她极具代表性的哼声，陈训知道她是又生气了，却没有哄她，只是把她拉近了一点，打算好好看看她。

她的鞋子上全是泥巴，脸上也沾上了一点，衣服好像被打湿过，白嫩的小腿上甚至还有凝固的血渍，完全能够想象她经历了什么。

可她的各种表现还是和平时一样，大胆又勇敢，既没有夸张讲述发生的事，也一点不像是刚刚从一场泥石流中逃出来的样子，似乎没有什么能把她吓倒。

陈训眉眼微敛，也没有说话了，背抵着墙，俯下身子，闭眼靠在她的肩上，鲜少地流露出了一点疲惫。黄涩涩一怔，没有推开他。

之前她说过，如果他想靠她的肩膀，她随时可以借，这会儿自然不能反悔。于是她收起刚才的不满，拍了拍他的背，问道："怎么了，你也很累吗？"

午夜的晚风有着其他时刻没有的柔情，回荡在这小小的楼梯间里，仿佛情人间的喃喃低语。陈训低低地应了一声，搁在她腰间的手搂得更紧了些。

从中午去逮犯人，到押回来审，中间没有歇一口气，还要担心她有没有出事，却又不能分心，直到现在看见她好好地出现在面前，他才松了松紧绷的那根弦。

确实有点累了。

可惜黄涩涩并不知道其中的曲折，还有心思想别的事，开始钻空子：“哦……那你现在应该没力气和我算账了吧？”

闻言，陈训懒懒地抬手，胡乱揉了揉她的头发，叹道：“人长得丑，想得倒挺美。”

“……”她的刀呢。

·Chapter18·

喜欢你，这个理由够吗

俗话说，一切苦果皆有因。

这人哪，果然还是不能太惯着，要不然就会造成今天这种局面。

和他打了这么久的交道，黄涩涩终于悟出这个大道理，库存不算多的好脾气被消耗得干干净净，心想自己的善心应该施舍到位了，也就用不着再和他客气什么了吧？

于是当理智和冲动开始进行较量的时候，后者轻松胜出。

然后，她直接张开嘴巴，对着他的肩膀就是一口，一点都没有嘴下留情，力气之大，就算隔着一层布料，也能确保在肩膀上面会留下一圈很深的牙印。

咬完以后，黄涩涩还无情翻脸，用手指戳了戳他，提醒道："休息够了就赶紧松手吧，要不然我可要按秒收费了啊。"

陈训对此早已习以为常，松开了揉她头发的手，也没再在她身上赖着，直起身子，盯着她看了一会儿，而后抬手替她理了理不算乱的衣领，嗓音里透着一股漫不经心。

"你想怎么收费？"

怎么收费？难道他还真要给？

黄涩涩没想到他这么好骗，所以没有提前准备方案，现在只能一边临时想着对策，一边说道："你让我好好想一下，因为包月和包年的价格是不一样的，还要考虑……”

谁知道她话还没说完，眼前忽地一暗，好像笼罩了一层阴影，并且面积还在逐渐扩大，引得她抬头看了一眼。

楼道里的电灯泡由于年代有些久远，光线偏暗，从头顶的左边投下，在陈训身上化作恰到好处的暗影，隐去了他眉目间与生俱来的锋利与冷意。

他又低下头来，幽深的眼睛被寂静的夜晚染成了纯粹的黑色。

彼此间的距离正在一点一点缩短。

大概是因为年少时的心理阴影，黄涩涩曾经害怕这双黑眸。但不知道从什么时候开始,它除了会给人带来恐惧之外,更带有一种无声的诱惑，宛如一个“助纣为虐”的存在。

而此时的她完全被它夺走了注意力，等到她回过神来的时候，嘴唇上已经多出了一道不属于自己的陌生温度。那温度带着轻微的烟草味，或许还有尼古丁，一同侵蚀着人脆弱的神经。

意识到他在做什么以后，黄涩涩瞳孔猛地一缩，但在她反应过来推开他之前，灵魂先一步出窍。

其实这个吻并没有太深入，只不过是蜻蜓点水般碰了碰，唯一比较过分的一点可能就是，在这一过程中，陈训性质恶劣地咬了咬她的唇瓣，力度还不算轻。

黄涩涩吃痛地皱了皱眉，严重怀疑他是在报刚才的仇。

不过这真不赖陈训，要怪只能怪她的唇瓣太过饱满柔软，如同这个时节最新鲜的樱桃果肉，混淆了人的感官，让人不知不觉耽溺其中。

幸好他的自制力还没有彻底瓦解，为了不把她吓着，只放肆了一下。离开了她的嘴唇，用指腹替她拭去嘴角残留的晶亮液体，他的声音好像更哑了些，道：“这样够吗？”

黄涩涩的双眼重新聚焦，慢慢从这个猝不及防的吻中回过神来，明白了他的意思，瞬间觉得自己的智商受到了侮辱，白净的双颊涨得通红，也不知道是被气的还是害羞。

她毫不客气地打了一下陈训的手，似乎是嫌弃他，转而用自个儿的手背擦了擦。嘴唇在微微泛白后，变得更加红艳。她愤愤道："你以为你的嘴巴是金子做……唔——"

可惜的是，生气并没有让她学会吃一堑长一智。眨眼间，历史重演，她又被亲了一下。

按理说，黄涩涩这个时候应该直接一巴掌挥过去，再冲着他的裤裆踢一脚，顺便还大喊一声"非礼"才对。

然而因为是陈训，她总是拿不出面对色狼的气魄，连动都没有办法动，只知道瞪他。

相较于她丰富的内心活动，陈训显得平静许多，甚至可以说是波澜不惊，只有漆黑的眼底出现了微微的裂缝，泄露出些不同以往的情绪。薄唇轻启，看上去似乎想要说话。

见状，黄涩涩率先开口，觉得自己已经看穿了他的意图，拆穿道："行了，别解释了，你根本就是想赖账，顺便占我便宜！"

这些反应都在陈训的意料之中，直到此时此刻，他才开始真的和她算账，大手捏着她的脖颈，道："我还要脸，占便宜这种事暂时做不出来。"

骗谁呢，这是要脸的人能够说出来的话？

黄涩涩掉进了他设计的圈套中，音量提高，问道："那你为什么亲我？"

"喜欢你，这个理由够吗？"

"喜欢……"她？

黄涩涩没再继续往下接话了，眼睛微微睁大，被这话一噎得失声，不知道他为什么突然跳到这个话题上。

这个就是他说的算账吗？

被雨水冲刷后的晚风清凉，甚至有些冷。窗外树影婆娑，连蝉鸣的分贝也小了不少，可她还是忍不住怀疑自己是不是听错了。

正如陈训所说，她长得又不好看，脾气也不好，有时候还没脑子，压根儿没一个值得人喜欢的点啊。

底气一点点溜走，黄涩涩觉得这可能只是一场梦，没什么真实感，于是情绪不涨反跌，脑袋渐渐垂了下去。

她的声音有点闷，问道："喜欢我？为什么喜欢我？"

又是一个非常符合她的风格、清新脱俗的问题。

陈训摸清了她的脑回路，给出的答案不再总是那么耐人寻味，而是非常的浅显易懂，回道："因为我的脑子有问题。"

突……突然赌气干什么？

黄涩涩从自己的情绪中抽离出来，抬起头，不知是喜是悲地看着他。

虽然她不是第一次被人表白，可是以前不懂事，还以为对方是故意拿自己开玩笑，所以凡是说过喜欢她的人，最后都被她打哭了。

现在说这话的人换作陈训，她如今也变得成熟，总不可能一直用拳头解决问题吧，于是开始尝试用脑子思考，问自己的第一个问题就是——她喜欢陈训吗？

答案显而易见，当然是喜欢，甚至超过了喜欢。所以面对他突如其来的一番告白，她的第一反应不是高兴，而是怀疑，怀疑这一切只是一个玩笑。

在深思熟虑以后，黄涩涩移开视线，望着窗外随风晃动的黑影，故作轻松。

"其实啊，我也喜欢你，非常非常喜欢，不过，你是真的喜欢我吗？难道不是因为和我睡了一晚，想要对我负责，所以才这样说？"

此话一出，空气陷入了长久的沉默。

陈训的目光一直停留在她的身上，不知过了多久，终于开口说话，嗓音低而沉，仿佛能直接砸在人的心上，反问道："你就这么不信我？"

虽然装作不在意，但是不可否认，在他家过夜这件事产生的影响很大，大概真的像他之前说的那样，她在害怕，害怕他说这些话并不是出于喜欢，而是出于责任感。

闻言，黄涩涩转过头来，重新望向他。

面前的男人神情专注而认真，窗外的夜色悄悄爬上他的眼角眉梢，渲染着柔情与浪漫，让人恍惚间有一种他用情至深的错觉。

又或许根本不是错觉。

是啊，这段时间和他经历的那些事是真的，和他相处时的怦然心动也都是真的，她怎么还可以怀疑他的感情呢？

大概是不自信在作祟。

遮住眼睛和心的迷雾渐渐散去，黄涩涩抓住了最真实的一部分，终于从牛角尖里钻了出来，消失的笑意回到她的眼中。

不过她依然没有正面回答，而是背着双手，轻哼了一声，小气地计较道："你之前不是还说你喜欢长得好看的吗？怎么，现在觉得我长得好看了？"

原本她还以为陈训会说一些好话来夸她，谁知道他不但没有承认，反而语调向上地"嗯"了一声，似乎对她的话有点不认同，语气听上去有一种认命的意味。

"爱情让人眼瞎。"

"这么说，万一你哪天复明了怎么办？"

陈训知道她的顾虑，摸了摸她的头，语气平静，叹道："长得不好看不是你最大的缺点，都这样了，我还喜欢你，所以你在担心什么？"

咦？这算是话糙理不糙吗？

虽然到最后也没能从他口中听见一句好话，可是黄涩涩心底最后的那一丁点顾虑完全消散了，心想他确实一个顶六个，和他相亲真的可以找到男朋友。她不再患得患失，拉着陈训的衣服，把他往下一拽，同时踮起脚，主动亲了亲他，还发出“chu”的一声轻响。

“好了，现在已经盖了章，我们的新关系立即生效。”

现在大概只有小孩子谈恋爱的时候，才会用“我喜欢你，你能做我的男（女）朋友吗”这样可爱的问句了吧，两情相悦的人，通常不需要一个明确的确立关系的点，毕竟有很多东西是不言自明的。

谁知道一把年纪的陈训竟然问了句：“什么新关系？”

“不纯洁的男女朋友关系啊。”黄涩涩瞪大了双眼，以为他想耍赖，立马警告道，“盖了章就不能反悔了，要不然你就是耍流氓，小心我去你们局门口举大字报。”

又开始威胁人了。

闻言，陈训的神情有所缓和，眼底的坚冰出现了松动，他重新低下头来，以新的身份，在合理合法的范围内，享受他的权利。

其实黄涩涩回去的时候，整个人还有点蒙圈。万万没想到，经历了一番生死后，她居然还顺便把终身大事给解决了，心想这叫什么事，大难不死，必有后福？

这个“福”字可能还是大写加粗版的吧。

回到家后，她倒头就睡。第二天，余岳和余音组团来探望她。他们把房门关上，和她聊了会儿闲天。

外面的天还是灰蒙蒙一片，停了几个小时的雨又开始接着下了。雨时不时飘一些进来，砸在雨棚上，发出的剧烈声响都快盖过人说话的声音了，幸好大雨没有再伴随着电闪雷鸣。

余音率先开口问道：“听说今天凌晨你又去了局里？”

又是听说？

这是黄涩涩第二次被自己人出卖了，忍不住怀疑自己身边是不是有内奸：“李夺给你说的？他怎么能脚踏两只船，还同时给你当情报员呢。”

“这有什么不能说的。”余音不以为意，反而开始数落她，“倒是你，之前不还找我旁敲侧击了很多次嘛，现在居然学会了隐瞒不报，真以为我们不知道你从上学那会儿就对陈队图谋不轨？”

“我哪有对他图谋不轨！”

虽然黄涩涩确实对陈训的感情比较特殊，但是在和他真正接触以前，她真的从来没有对他产生过任何男女之情。

她觉得自己必须要郑重解释一下这件事，要不然以后跳进母亲河都洗不清了。

“你们都知道的，从小我就对警察这职业有一种莫名的好感和向往，而且以前我对陈训仅仅是好奇，我一直很想知道他从小混混变成刑警的心路历程，怎么这就成了图谋不轨呢？”

“如果你真的对他一点意思都没有，那你好奇什么？怎么没见你对其他警察这么好奇？你就承认吧，爱情和怀孕是藏不住的。”

“哦……好像也是。”黄涩涩似懂非懂，不过现在这些都不重要了，反正现在生米已经煮成了干饭，接下来她非常淡定地宣布了一个爆炸性消息，“好吧，其实我和陈训已经在一起了。”

此话一出，空气突然变得安静。

不知道是不是因为太爆炸了，把屋里的两人炸得都说不出话来了，他们难以置信地盯着她看，脸上有着相同的表情。

还好余音之前多多少少有点料到会是这个结果，所以很快就回过神来，对黄涩涩又是祝福又是鼓励，再一看余岳，他的反应截然不同。

几轮听下来，他大概听懂了她们谈论的话题，思忖了片刻后，提了一个走心的问题，问道：“你真的想好了？”

“啊？想好什么？”

余音也跟着一起抬头，看了看自家哥哥，又听他说道：“和陈训在一起。”

“想好了啊，怎么了？”黄涩涩不知道他为什么这么问，“好不容易才找到互相喜欢的人，如果不在一起的话，岂不是对生命的不尊重？”

虽然她还没想好要怎么跟她妈说，但是这不应该成为不在一起的借口。

得到回答后，余岳也没有再就这个话题说什么了，而是摸了摸鼻子，转而对着余音意味深长地说道：“看来我们得赞助陈训一点保险费了。”

“你什么意思，把话说清楚，和我在一起有这么危险吗！”

话音刚落，房间的门突然被人从外面打开。买完菜回来的俞珍走了进来，正想问她关着门干什么，见兄妹俩还没走，于是又留他们吃饭。

黄涩涩吓得赶紧闭上了嘴巴，不敢再讨论这个话题了。于是问题不了了之，最后三人闲着没事干，很自觉地去厨房帮忙。

晚饭过后，她送兄妹俩下楼，顺路去买西瓜。回来的时候运气很好，她发现了一道熟悉的身影，碍于周围熟人太多，没有叫他，而是和他一前一后地走着。

腿短的自然是走在后面的那一个。

被雨水彻底冲刷的空气清新湿润，整座城市浸泡在不算明亮的路灯里，朦朦胧胧一片，周遭的一切似乎都有一种说不出的温馨舒心。

七八点钟的天色似乎比平时更暗一些，不过街道上的行人又重新多了起来，撑着色彩不一的雨伞，点缀着灰扑扑的道路。

黄涩涩撑着一把亮色系的小黄伞，是人群中最黄的一颗星，显得格外醒目。她和他保持着不远不近的距离，路过一栋没什么人的单元楼时，突然加快了脚步，把他拉了进去。

对此，早就发现她的陈训并不意外，就想看看她今天又会做出什么惊人之举，所以一直没有揭穿她。

没想到还真等来一个惊人之举。

外面人影晃动，他把黄涩涩往里拉了拉，靠着墙，问道：“不怕被人发现了？”

“没事，这栋楼里没人认识咱俩，我就是想和你说说话，马上就得回去了。”

这几栋单元楼外没有路灯，楼道里的感应灯也坏得差不多了，于是本就不算亮的视野变得更暗了一些，可谓是天时地利人和，非常适合做一些见不得人的事。

当然了，适合是适合，可惜黄涩涩没那胆子，只敢在口头上调戏他：“不过你说人开了荤以后，是不是就收不住了？为什么现在我一看见你，就想亲你呢？”她发现自己好像变得有点没皮没脸了。

陈训倒是乐见其成，没有帮她分辨这种情绪到底是怎么一回事，反而纠正了她的一个错误观念：“看来我们理解的开荤不一样。”

“啊？”黄涩涩没听明白。

不过和之前一样，可能还是从今往后，陈训都懒得再把时间花在和她解释这种事上，直接收紧箍在她腰间的手臂，把她压向自己，身子微倾，毫不费力地找到了只尝过一次滋味的嘴唇。

这一次，他不再只是在外面蹭蹭而已了，而是撬开她的牙关，长驱直入，在她的口腔里肆意胡来，仿佛完全变了一个人。

这种狠劲只在他执行任务的时候出现过，可现在他的狠又好像有所不同。

多了一些情欲。

那一瞬间，熟悉的、只属于他的气息占领了整个感官。黄涩涩闭着眼，连呼吸都不会了，只知道紧紧攥着他的衣袖，捏得衣袖都起了皱，心脏疯狂地跳动着，似乎很想参与这场吻。

和之前的蜻蜓点水比起来，此时此刻的这个吻激烈得多，可她显然不太满意。

等到结束以后，黄涩涩的脸因为缺氧涨得通红，她一边呼吸着新鲜空气，一边皱着眉头，不知道的还以为她思考什么旷古难题，末了她抬头问道：“有没有稍微温柔一点的亲法？”

如果每次都这样，她可能迟早会缺氧而亡吧？

看着她那红艳艳的还水光潋滟的嘴唇，陈训没料到她会这么问，目光微闪，果真换了一种方式，重新低头亲了她一下，而且真的和之前的两次都不同。

恰到好处，正好位于二者之间的中间值。

无理要求得到满足的人长长地“嗯”了一声，似是在回味，最后点了点头，认同道：“这个还可以，以后就用这种吧。”

虽然黄涩涩非常努力地表现得像个老司机，可惜一说话就露了怯，以为谈恋爱还有既定的公式，就连接吻的方式都还要提前约定好。

她现在还不知道，这种事一般看心情和氛围，是没有固定模式的。

现在调戏也调戏了，亲也亲了，该说正事了。

于是她拉起陈训的手，一边玩着他的手指，一边和他说另外一件正事，因为愧疚，不敢抬头看他，语速也有点慢。

“那个……还有一件事，我必须和你说说，就是你也知道，我妈肯定不会同意我和你在一起，至少现阶段不会同意，所以我们以后还得偷偷摸摸的。

“我知道这对你来说很不公平，如果你觉得委屈的话，我就……我就随便让你亲，怎么样？你要知道，我的吻和你的不一样，我的可是一吻值千金。”

黄涩涩似乎为自己想出的解决方案感到自豪，说完后，还特意看了他一眼，脸上的表情十分神气，看上去又像是在求表扬。

谁知道她话音刚落，她的手机铃声就响了起来。一看来电显示，居然是俞珍。

还真是说曹操曹操打电话啊。

黄涩涩吓得下意识朝外面望了望，生怕她妈就站在外面看着，接起来之前还专门“嘘”了一声，示意他别出声儿。

电话一接通，俞珍的声音就传了过来，问道：“你买西瓜买到哪里去了？怎么还没有回来，是不是又偷溜到余音家玩了？”

“没有啊。”黄涩涩身经百战，如今撒起谎来简直是得心应手，连脸都不会红一下，“我刚才看见一只大猫，被雨淋湿了，怪可怜的，就去给它买了点吃的，耽误了时间，马上回来了。”

性情残暴的猎豹一旦温驯起来，可能真的和猫咪差不多吧。而现在，那只大猫正在望着她，双眼被昏暗的夜色蒙上了一层薄纱，里面蕴着无穷尽的情愫。

看着看着，忽然间，他低下头来，无声地亲了黄涩涩一下。

又委屈了？

电话那一头，俞珍还在不停地唠叨着，黄涩涩却一个字都没有听进去。握着手机的手一紧，微微仰头，她小心翼翼地伸出舌尖，讨好地舔了舔他的嘴唇。

嗯，看来回去以后，她得查查“大猫发情应该怎么办”了。

或者，如何安慰受委屈的大猫。

·Chapter19· 亲不到自己男朋友

不过真的回去以后，黄涩涩全然忘记了要查大猫的事，洗了个澡就躺在床上，那些不真实的感觉仿佛在这一刻全都沉淀了下来。

后知后觉的她这才意识到，今天的事有多神奇。

以前读书的时候，她从来没拿过年级第一，没想到现在居然直接把年级第一拿下了？

黄涩涩非常佩服自己，傻傻地痴笑了两声，又摸出手机，找了一张狗和猫咪的照片，配上一句“二狗和大猫的小区爱情故事，Day-1”，喜滋滋地发了一则朋友圈。

没一会儿，这条朋友圈下面便被无数条评论刷屏了，而且每一条都保持着整齐划一的队形，通通回复了三个字——“有情况”。

哼，懒得理这些没有夜生活的单身狗。

刚刚摆脱单身狗身份的人轻哼了一声，放下手机，高高兴兴地做自己的美梦去了。

虽然从关系改变的那一刻开始，黄涩涩的心境便出现了翻天覆地的变化，但是睁开眼后，实际生活好像并没有发生什么特别突出的变化。

由于陈训几乎每天都忙着工作，而她也不能再有事没事就往公安局跑了，所以他俩绝大多数交流只能靠手机，这大概就是现实版的电子宠物情人了。

不过这样也好，让她有充足的时间好好适应适应自己的新身份。

至于他平时休息的时候，通常黄涩涩都在上班，反正基本上永远凑不到一块儿，而且就算能够凑到一块儿，一想到陈训每天都那么累了，她就不忍心拉着他到处约会，情愿看他在家睡一天的觉。

唉，像她这样的贴心小棉袄哪里找去啊。

可惜小棉袄今天要去找别人了。

之前爬山的时候，江迟为了替她挡飞石，不小心摔坏了眼镜。当时她说过要送一副新的给他，现在距离当时的约定也过去好几天了，再拖下去就要变成言而无信了。

于是这天下班后，他们约在了市中心的一家眼镜店碰面。

当然了，为了表明自己没什么不良意图，她已经提前和陈训打了一声招呼，万一到时候又因为这件事闹矛盾，她至少还能理直气壮一些。

只是他最近好像又有什么新案子，黄涩涩已经快一周时间没见过他人了，就连发过去的信息他都没怎么回复，这条报备短信也不例外，同样石沉海底了。

好在她已经习惯，还完人情债，和江迟随便吃了顿饭便回来了。结果刚到小区附近，她就撞见了一位小熟人。

图图正在和几个小娃娃玩泥巴，见着她以后，立马跑了过来，指责道："哇，姐姐，你居然背着陈叔叔乱来！"

说起来，缘分这东西就是这么神奇，以前不认识的时候，压根儿不知道身边还有这么一个人，可是自从见过一面以后，就好像随时随地都能遇上了。

图图说话的时候，还是那样人小鬼大，张口就是一顿谴责，老练的样子与实际年龄严重不符，让人直想揉他的脸。

不过经过这么几次接触，黄涩涩已经对他的种种行为免疫了，幼稚地冲他做了一个鬼脸，懒得搭理他，淡定地对江迟说道：“小屁孩儿一个，别理他，快回去吧，路上小心。”

说完后，她便自顾自地往小区走。谁知道没走几步，她就隐约感觉到原本应该回家的人还跟在她身后。

黄涩涩以为自己刚才没说清楚，于是又转过身子，重新解释了一遍：“你不用送我上去了，省得到时候被我妈看见，又被拉着问东问西。”

闻言，江迟停了下来，摸了摸后脑勺，好像不知道应该怎么解释才不会让她感到尴尬，想了半天，最后只能老实道：“朋友约我打麻将，那个麻将馆正好在这个小区里。”

“朋友？”

虽然之前爬山的时候，黄涩涩见识过他在女生中间的人气，知道他不像自己想象中那样怯弱，可她还是有点担心，担心像他这样太过内向的性格，会不会很难融入集体。

毕竟只和她一个人玩儿也不是办法啊。

后来事实证明，她的担心不是没有道理，因为在和他相处的这段日子里，她确实没见他有过别的什么朋友，这会儿听他这么一说，她终于松了一口气，心想幸好他有朋友。

黄涩涩放下心来，正想让他好好去玩，又突然想到他说了“打麻将”三个字，赶紧问道：“打麻将？你们几个人？”

“加我三个。”

“真的？那算我一个啊！”

反正回去以后也没有什么事可以做，倒不如活动活动生锈的大脑。至于江迟，自然不会拒绝，欣然同意了，和她一起朝约好的地点走去。

麻将桌上向来不需要多介绍什么，只要坐下来一起打牌就是朋友了。

本来黄涩涩也是这么想的，反正就是随便玩几局，可不知道怎么回事，她今晚的手气好像格外好，从开局到现在，就没输过一把，赢得同桌的几人面如死灰，都不想和她当朋友了。

第一次和他们打牌就赢这么多，她当然也有点不好意思，犹豫着要不要故意输几回，让他们重拾一点信心，结果下一张牌又好到爆，黄涩涩忍不住大喊了一声："杠上花——"

这下同桌的人真的是生无可恋了，认命地掏钱。

遗憾的是，这一轮的钱还没有结算完，门口便突然传来一阵巨大的声响，像是有人把门硬生生给撞开，随后冲进来好几个人，他们手里拿着警棍和手铐，将门口堵住。

屋子里的人被这样大的动静吓得不敢动，黄涩涩也被吓了一大跳，以为是抓赌博来了，可是看清闯进来的人后，她的眼睛倏地亮了起来。

好些天不见的人就这样突然出现，整个人被拥挤的空间衬得尤为挺拔高大，虽然又毫无新意地穿着一身黑 T 恤，却完全无法掩盖他的气势，映入眼帘的侧脸轮廓格外深刻。

光是站在那里，不用说话，就能让人感到无限的压迫感。

不管出于什么原因，只要能够看见他，黄涩涩都理应感到高兴才对，事实上，她也确实非常高兴，但很快她就冷静下来，然后再也笑不出来了。

她觉得自己今晚的运气可能全用在了打麻将这件事上。

如果不是的话，那么她和陈训正式在一起后，两人的第一次见面，为什么非得是在这种不浪漫的地方，以这种不浪漫的方式实现呢?

真是太不浪漫了。

一腔郁闷的人结束了丰富的内心活动，肩膀失落地往下一垮，正准备收回视线，谁知道下一秒又对上了陈训的眼睛，那双眼还是那般亮而锐利。

即便只是这样简简单单地对视一眼，也让人不自觉紧张起来，后知后觉的她终于意识到，现在好像不是关心见面地点方式浪不浪漫的时候。

明明没有做错什么事，但她还是下意识地缩了缩身子，往下面一躲，生怕被发现。

幸好她选的位置比较靠近角落，有一定的视觉盲区，再加上场面又比较混乱，暂时没别的人注意到她的存在，而陈训也只是匆匆扫了她一眼。

又或者说，他只是习惯性地扫视屋内一圈，短暂得或许连一秒钟都没有，黄涩涩甚至不敢确定他到底有没有看见自己，他就已经往房门紧闭的房间走去了。

见状，其他人冲着他们说了句“都坐着别动”，而后开始挨个儿搜查起来。

当然了，这群人显然不是来抓赌博的，毕竟这种事不归他们管，突然出现是因为他们刚好接到消息，说是有几个嫌疑人在这儿，他们过来抓人而已。

没一会儿，李夺从其中一间屋子里跑了出来，探头到另外一个房间，报告道：“老大，有一个好像跳窗跑了，冬瓜皮他们刚好在楼下守着，已经去追了。”

说完后，他又发现说话的对象压根儿不在这屋里，心想奇了怪了，自言自语道：“老大人呢？没进来？不对啊，我刚才明明看见他进了这屋啊。”

其他人听见他的问题后，指了指窗户大开的窗口，一脸淡定道：“下去了。”

“下去了？”

李夺一听，立马冲到窗边看了看，楼下正好停着一辆货车，小幅度地缩短了整体高度，尽管如此，这高度还是没有达到能够让人说跳就跳的程度。

啧，真不是人。

在心底感叹完，他清了清嗓子，开始像模像样地安排道：“行了，那咱们也别耽误时间了，赶紧把剩下的人带回去吧。”

除了逃跑的那一个，其余同伙全被逮住了，于是没去抓人的人就负责把这屋的人带回去，包括打麻将的群众，也要配合他们调查。

出来的时候，黄涩涩没见着陈训，还以为他还要留下来处理其他的事，也没有多想，低调地混在一群人里面。尽管不怎么显眼，可最后还是被发现了。

“哟，女侠，好久不见啊！”李夺不光眼睛尖，而且嗓门大得自带扩音效果，看见她后非常惊喜，挤到她身边，“你说这是什么神缘分，这样居然都能遇见你，你怎么在这儿？”

“嘘。”见有人投来了好奇的目光，黄涩涩竖起手指，示意他安静一点，顺手推了他一把，让他好生看路，别摔着了，回道，“别问了，给我留点面子，直接走吧。”

好不容易出来打个麻将，都能打到公安局里去，她也很想知道这是为什么。

大概一切都是天意，一切都是命运吧。

虽然这不是黄涩涩第一次来局里做笔录，但是这一次，给她做笔录的人不再是陈训了。

由于涉及的人数比较多，而中队的大多数人又忙着处理手上的案子，应付不过来，所以特意从别的队借了些人，辅助他们做笔录，她也就没什么后门可走了。结束的时候，已经快十二点了。和江迟道别后，她没有急着离开。

自从上次被余仲培口头教育了一番后，黄涩涩就决定低调行事，不敢再随随便便就往公安局里跑，自然也就没有再像以前那样，大摇大摆地来找陈训了。

现在她好不容易有了一个正当理由来这里，如果就这样白白浪费的话，岂不是太不划算了？

正当黄涩涩犹豫着要不要再等一会儿时，忽然眼角余光扫见了在走廊上的一道熟悉身影。那人被冷色调的灯光笼罩，脸上的神情更显凛冽，看上去好像专门在等她。

见状，她的眼睛重新亮了起来，整个人散发的气息都不一样了，瞬间从灰色变成了粉色，迫不及待冲了过去。

可是跑着跑着，她又突然反应过来，发现自己好像没立场兴奋，说到底，她还是因为打麻将才来的公安局，这并不是什么光彩的事。

那她跑这么快干什么，上赶着去找骂不成？

一想到这儿，黄涩涩不得不被迫放慢脚步，尽量表现出一副正在自我反省的模样，磨磨蹭蹭地走了过去，装作不知情，甚至还很生疏，问道："怎么了，找我有什么事？"

陈训没有急着说话，视线也没有落在她的身上，而是抬眸看了一眼刚刚江迟离开的方向，也不知道接下来的话是说给谁听的，语气平淡道："找你有什么事，你不清楚？"

"哦。"

黄涩涩撇了撇嘴，就知道自己一定又会被他说一顿，整个人都没精打采的，为了保险起见，她提前申明道："我给你发过短信了，是你自己没有回我，所以今天这事儿不赖我。"

闻言，陈训终于收回了视线，低头看着说得理直气壮的人，嘴角一扬，道："我怎么记得短信里只说了配眼镜的事，没提打牌？"

他看了短信？那为什么不回一个！

这下黄涩涩说不出话来了，也不想再解释什么，因为这都不是今晚的重点。

她垂着脑袋，用脚尖踢着无辜的墙壁，声音很小，听上去不太高兴，又似乎带了一点撒娇，抱怨道："你就不能先抱抱你可爱的、可怜的女朋友吗？非要教育我一顿心里才舒服？"

可爱的，可怜的？

"谁？"

"我！"虽然黄涩涩知道他肯定又是在故意逗她玩儿，但还是不服气地挺直了腰板，回答得铿锵有力，"你对我的描述有什么意见吗？"

看来她似乎十分适应自己的新身份，并且能够灵活运用了。

听着她这样毫不吝啬地夸赞自己，陈训的表情缓和了些，轻轻一笑，手掌扣着她的后脑勺，把她往自己的怀里一压，胸腔微微震动地轻叹了一声。

"好事没做一件，还好意思觉得委屈？"

哎呀，不管不管不管。

耍赖得逞的人选择性耳聋，假装没听见他的这番话，伸出双手，紧紧地圈着他的腰，还在他的胸口上蹭了蹭脸，打算把这段时间没抱的份儿全都补回来。

可是蹭着蹭着，她忽然感觉脸颊的触感有点不对劲。因为除去面上的那件衣服，还隐约多了一种厚厚的粗糙感，就像是里面裹了层什么东西。

她愣了愣，立即松开了手，也无暇顾及这里是什么地方，直接掀起陈训的衣服。

赤裸的上半身就这样暴露在空气中，在夜色里带了点不一样的色彩。

这是黄涩涩第一次这么近距离地接触他的身体，却无心欣赏，因为她一眼就看见了他身上果然裹了好几层纱布，甚至还有好几处已经被渗出的血水微微浸湿。

她收起脸上的笑，后退了半步，和陈训拉开距离，生怕再碰到伤口，眼睛里多了点心疼："你怎么都不告诉我啊，早知道就不抱你了。"

还蹭来蹭去的。

顿了顿，她又问道："你这又是什么时候受的伤？刚才？还有别的地方吗？"

其实这些伤都是前几天造成的，伤口裂开也和她抱的那一下没有关系，而是因为刚才追人的时候，动作幅度大了些，现在已经重新包扎过了。

他没什么大碍，反倒是黄涩涩，情况可能比他的伤更严重，她现在的表情和那一次在医院的样子如出一辙，整张脸皱成一团，还有一些自责，看上去很痛苦，仿佛受伤的人是她似的。

"疼不疼？"她一边问着，一边小心翼翼地伸出一只手，却停在半空中犹豫不定，想碰又不敢碰，于是直接造成的结果就是，好好的担心硬生生变成了挑逗，手指若有似无地在他的身上抚来抚去。

有点痒。

这让陈训眉眼一敛，没有回答她的问题，而是捉住了她那只不安分的手，把她重新拉进怀里，顺便放下了被她掀起的衣服。

"怎么，你今天一定要在这里做一件非礼勿视的事才甘心？"

他的语气比她轻松许多，估计又是没怎么把受伤当成一回事儿，还故意拿她掀衣服的事逗她。

要是换作平时，黄涩涩肯定被唬弄过去了，顺便骂他一句思想不干净，然而今天她一反常态，一句反驳的话都没有说。

听着头顶传来的声音，她忽然有些难过，依然沉默不语地低着头，脑子却乱得很。

其实她从来都没有想过要干涉陈训的工作，因为她从小就知道，这种事担心也没有用。

这份工作的性质本来就是这样，随时都需要面对各种层出不穷的危险，没有人能够做到真正的毫发无损，只要每次出任务回来命还在，就应该怀有一颗感恩的心了。

但是，隔三岔五就看见他的身上多出一些新伤口，不管再怎么理解明白，她也不可能习以为常吧。

见她情绪这样低落，陈训皱了皱眉头，知道小姑娘这次可能有些不容易哄了，正想着应该如何让她开心起来，却又听她忽然开口说了话。

一字一顿，说得清清楚楚，甚至还带了一点威胁的感觉。

“以后你再受伤的话，不管严不严重，都要和我说，知不知道？”黄涩涩抬头，表情严肃认真，眼里闪着执拗的光，末了，还特意警告道，“不准敷衍我。”

又被教育的男人轻笑了声，顺着她的话，应道：“嗯。”

虽然这样的保证并不能让她彻底放心，可是至少以后不会再被蒙在鼓里，这让她暂时没刚才那么难过了。于是她又仰着脑袋，闭着眼睛，嘴巴噘成了金鱼嘴，一副求安慰的样子。

见状，陈训眼角眉梢都漾着笑意，却没有再无条件满足她的要求，反而抬起手，轻轻捏住了她的嘴唇，让她瞬间变成了可达鸭的嘴巴。

“……”还有这种操作？

她被杀了个措手不及，反应过来后，睁开眼睛，不满地瞪了陈训一眼，顺便重重打了一下他的手，“唔唔唔”地抗议着，示意他赶紧放开。

说实话，有时候她真的怀疑他是不是由于禁欲太久，导致有点性冷淡了，要不然为什么放着好好的女朋友不亲，反而做出这种事来？

然而当接收到她愤怒的信号以后，陈训眼底的笑意似乎更明显了，没有再虐待她的嘴唇，两指却转而捏着她的下巴，把她的脑袋微微往左边一转，让她好好抬头看看天花板。

于是黄涩涩这才发现，原来他们的斜后方刚好有一个摄像头，此刻正闪着红色的光，仿佛在无声地说着，监控 is watching you。

一时间她的心情变得有些复杂，不再随便胡来了。

见她比刚才安分了一些，陈训知道她应该懂了，松开手，顺便捏了捏她的脸颊肉，换了个话题，有点兴师问罪的意味，道：“听说你今天赢了很多钱。”

闻言，黄涩涩鼓了鼓腮帮，又把话题绕了回来，故意说得酸溜溜的：“哼，赢再多有什么用，还不是亲不到自己的男朋友。”

其实她也不是非亲陈训不可，毕竟她还没有饥渴到这种程度，就是觉得遗憾。想了又想，实在气不过，她幽怨地看了摄像头一眼，被迫接受了这个残酷的事实，决定退而求其次。

“不能亲就不能亲，那再抱一下总可以吧，就一会儿，我马上也要回去了。”

她懒得换一个隐蔽的地方了，张开双手，不过这一次她只抱了他的手臂，嘴里还在说着对策：“要是被人看见，就说警察叔叔正在安慰失足少女好了。”

理由倒是找得好，不过——

“耍完赖，又开始抹黑警察形象了？”

“……”

其实监控都是其次的，最主要还是因为陈训怕自己情不自禁，可被她这样一而再再而三地撩拨，这会儿实在是忍不了了，他将她往前一拉，扣着她柔软的后颈，低头亲了她一下，就一下。

总体上来说，依然是克制的。

结束的时候，彼此的嘴唇还贴得很近。他揉了揉黄涩涩的头发，又安抚道：“再等几天，到时候你就能对我做非礼勿视的事了。”

嗯？

终于如愿以偿的人怔住了，似乎没有想到临到最后还能得到一个这样的甜头，回过神来后，小声嘟囔着：“不要脸，谁想和你做那种事啊。”

说着说着，嘴角渐渐有了笑，出卖了她的好心情。她不再理陈训，心满意足地离开了。

虽然当时黄涩涩被忽悠了过去，但事后她还是有点担心他的伤。

周三上班的时候，她和余音约在车站见面。碰面后，黄涩涩从包里神神秘秘地拿出一个东西，交代道：“你帮我带给陈训。”

那是一个保温桶。

余音一向淡定，接了过来，也没有多问什么，只是盯着她看。看得黄涩涩有点莫名其妙，下意识摸了摸自己的脸，以为上面有什么脏东西。

“你这么深情地看着我干什么？”

“没什么，就是觉得你活得越来越像个正常人了。”这话余音不敢说，要不然耳朵肯定会遭到黄涩涩的轰炸，明智地换了个话题。

“下周教师节，班上的人组织了一个同学会，顺便回学校看李天王，他好像要退休了，你去不去？”

“去啊，当然要去。”黄涩涩毫不犹豫地同意了。

余音点了点头，表示知道了，又见公交车快来了，于是最后告诉了她一个好消息。

“听说陈队他们的案子好像已经结了，你应该很快就能结束独守空闺的日子了。”

“真的？”黄涩涩突然兴奋。

事实证明，确实是真的，因为当天下午，她就接到了陈训打来的电话。

当然了，高兴归高兴，她没有被冲昏头脑，还是秉持着一贯的原则，做个称职的贴心小棉袄，没有急着安排这安排那的，让他先好好休息一下，说是晚上再去找他。

至于用什么理由，当然还是只有把万能的余岳搬出来当挡箭牌用了。

下班回家吃过晚饭后，黄涩涩扔下一句“妈，我去找余岳了”就溜走了。

可惜这次不像以往那样容易，厨房的人听见后赶紧走了出来，喊道：

“等等，你回来。”

“怎么了？”

本来黄涩涩都已经走到门口了，听见这话，心里“咯噔”了一下，不得不退了回来，不解地望着她妈。

俞珍一边擦着手上的水，一边紧盯着她，问道：“你和余岳最近是不是又在谋划什么坏事，怎么三天两头就凑在一块儿？”

虽然知道两人的关系从小就好，可她对这件事也不是完全没留心眼。最近见黄涩涩时不时往他家跑,就算关系再好,她也难免产生了一点怀疑。

面对这番质疑，黄涩涩有些不满：“什么谋划坏事啊，你以为我们还像以前那样不懂事吗。”

“那你老是找余岳干什么？”

黄涩涩丝毫没有做贼心虚，镇定道：“那天下雨的时候，我不是看见一只大猫嘛，后来我让余岳捡回去养着了，我当然也有义务去照顾照顾啊。”

这个理由听上去还算合理，于是俞珍暂且相信了她，放下心来，没有再说什么，只是提醒道：“那你记得早点回来，别再像上次那样，玩一个通宵了。”

“知道知道……”

得到她妈的信任后，黄涩涩迫不及待地冲了出去，最后的尾音消失在关上的防盗门后。

虽然这已经是她第三次去陈训家了，可是好像一次比一次紧张。

一口气爬上五楼后，她站在门口平复了一下心情，才从兜里掏出之前特意找陈训要的钥匙，小心翼翼地插进去，拧开房门。

没有开灯的屋子里一片漆黑，唯一的光线来源于窗外的路灯，而且还被茂密的枝叶遮挡得零零散散的，微弱得不足以照亮任何东西，只能说聊胜于无。

门一关，空气中的安静被无限放大，吞噬了喧嚣，所有的声响仿佛都被隔绝在门外。见状，黄涩涩知道他可能在睡觉，便放轻了动作，按下廊灯，轻手轻脚地往他的卧室走去。

橙色灯光驱走了少许黑暗，透过微微敞开的房门，从地板上流淌进来。房间里终于有了一点亮度，这让她看得见床所在的位置了。

她朝着目标一步一步走过去，心心念念的人还躺在床上睡觉，呼吸匀长，模样安静诱人，害得她差点一下子扑上去。

幸好理智还没有完全离家出走。

黄涩涩知道自己不能和他躺在一张床上，所以只能先在一旁蹲着，开始思考应该怎样站位，才可以保证既不打扰他，又能满足一己私欲，好好看看他。

然而正当她还在为了这个问题苦恼之际，忽然间手腕上一热。她回过神来，“咦”了一声，心想陈训这么快就醒了吗？

她立马收起了刚才的思绪，站起来看了看。结果还什么都没看清楚，整个人就被往下拉了拉，伴随着一声“妈呀”，跌倒在床上。

除去空调呼呼送出的冷气，环绕在她周围的空气里，似乎多了一点男人独有的味道，隐约还有一丝危险的气息，让她瞬间警惕起来。

她集中注意力，单脚跪在床上，同时用暂时自由的那只手撑起身子，低头看被自己压在身下的人，想要一探究竟。

可惜陈训那双本就深不可测的眼睛此刻隐藏在黑夜里，她根本探知不到什么。

显然，他并没有完全清醒，甚至或许压根儿没醒，因为黄涩涩问的问题他一个都没有回答，仍半闭着眼，在她说话的时候，他一动不动，连呼吸的节奏都没有改变过。

可是等她说完话以后，搭在她腰间的手，以及扣着她手腕的手，一同收紧了些。这动作直接将她放倒在床上，之后他用膝盖顶着她的大腿，把她完全禁锢在身下。

下一秒，熟悉的、带了点侵略性的吻就落了下来，而且是她最不适应的那一种，好似整个人的呼吸都能被夺走的那种吻。

"陈……唔唔唔——"

她想张嘴说话，却正好给了陈训钻进来的机会。

这下嘴巴完全被封住了。

因为不安而乱动着的舌头被他勾着、缠着、咬着，力度一点都不温柔，害得她的舌根都有些疼了，想说的完整的一句话也变成了支离破碎的单字。

好在这样的不体贴只是暂时的，片刻后，他不再无止尽地掠夺，开始照顾她的感受，循序渐进，舔舐着刚才被他粗暴对待的唇瓣，就像是在弥补。

渐渐的，不长记性的人适应了这样的节奏，推他的手缓缓垂下。

当终于可以呼吸新鲜空气的时候，已经不知道过去多久。可惜她还没来得及松一口气，颈侧又忽然传来了一阵刺痛感。

和在沙发上那次不同的是，这一回，陈训十分清醒，不再只是不小心亲一亲罢了，而是带有明确的目的性，意味着什么不言而喻。

第一次经历这种事的人不禁耳朵发烫，心跳如擂鼓，脚趾忍不住蜷缩，放在身侧的双手不自觉地紧攥着身下的床单。

细碎的吻还在不断往下游走，垫在她身下的手也将她微微托起，毫不费力地拉下裙子的拉链。

金属齿链被拉开的声音在寂静的环境下显得格外清晰，清晰得让人不禁面红耳赤。而不经意间的肌肤相亲，更是随随便便就能激起一层鸡皮疙瘩。

弥漫在卧室里的暧昧空气仿佛变得更加缱绻了。

这是真的要兑现之前的诺言，让她尽情做非礼勿视的事了吗？

黄涩涩大脑一片空白，唯一的念头是佩服他的说话算话。也不知道是因为紧张还是害怕，她的声音微微颤抖，深呼吸了好几次都不管用，却情不自禁地叫了他的名字。

“陈……陈训？”

“嗯？”

他没有停下动作，貌似漫不经心地应了一声，上扬的语调示意她接着往下说。神经紧绷的人却说不出话来了，因为他的手不知什么时候已经从裙子下面探了进去。

一寸一寸，往更敏感的地方探去。

一点一点，瓦解着人的防线。

由于经年累月的训练，他的掌心生了一层薄茧。他在她柔嫩的肌肤上肆意游走，尽管放轻了动作，但还是带来了了强烈的刺激，有点硌人，除此之外，更多的还是止不住的痒。

心跳声好像更大了一些。

然而就在这个时候，陈训的动作戛然而止，他低声问道：“害怕？”

“嗯……有一点点……”黄涩涩的手还紧紧揪着床单，声音轻颤道。

她还在忐忑地等待接下来的动作，可是迟迟不见有动静。过了会儿，她听见陈训笑了一声，而后额头上传来一阵柔软温热的触觉，好像被他亲了一下，随即身上一轻。

原本还在上面的人翻了个身，眨眼的工夫，人就已经站在了地上，在夜色中只有一个模糊的轮廓，他的人和他的行为一样，让人捉摸不透。

怎么回事，这……这就结束了？其实她也不是很害怕啊！

不明所以的人胡乱瞎猜着，见他要走，下意识扑了过去。她伸手去抓他的手臂，却不小心抓到了裤腰，差点把他的裤子扯掉。她赶紧收回了手，问道：“你去哪儿？”

“洗澡。”

他脸上的表情依然看不太清，不过声音喑哑，完全不像是得到满足的样子，所以……洗澡干什么，她不是在这儿嘛，还犯得着用洗澡冷静？

黄涩涩有点不理解他的行为，但又不可能明目张胆地鼓励他说“人生就应该尽情释放天性”吧？正想着她应该如何委婉表达自己的想法，又听他说道：“冰箱里有吃的。”

“哦。”

然而向来敏锐的陈训好像没察觉她的失落，说完后他转身往外面的浴室走，又想起刚才摸到的些微湿润的感觉，于是拿着什么东西返了回来，放在床头柜上，补充了一句：“记得把头发吹干。”

“哦。”

每个回答听上去都像是自动回复，事实上，黄涩涩确实也没有多余的精力去思考他说的话，只剩下条件反射地应了一声。

唉，也对，这才是她认识的陈训啊，冲动行事不是他的作风。

可是，就算这样，那也不应该半路急刹车啊，差点把人甩了出去好不好。

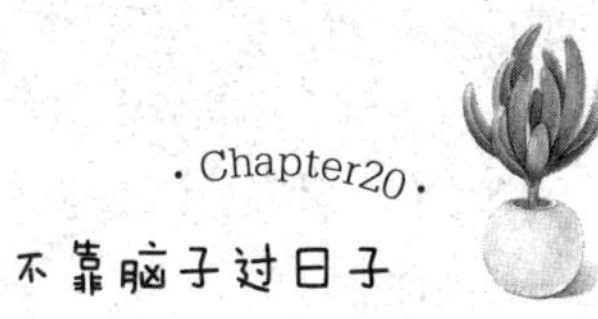

·Chapter20·
不靠脑子过日子

当陈训从浴室出来的时候，房间里依然一片黑，还是没有开灯。黄涩涩看来并没有去冰箱里翻箱倒柜地找吃的，而是躺在床上，不知道在想什么。

他随手按亮了一盏不是太明亮的灯，走了过去，把发呆的人从床上拉了起来，圈在自己怀里，才拿起一旁的吹风机，开始帮她吹头发。不是太熟练，但胜在动作轻柔。

轰隆隆的响声让黄涩涩回过神来，没有“自己动手，丰衣足食”的觉悟，稳坐着不动，决定当一个称职的懒人。

她不想表现出一副欲求不满的样子，免得被他嘲笑。

为了转移注意力，她开始打量这个第一次踏足的空间。

满满的旧时光的气息弥漫在这间卧室里。

首先映入眼帘的自然是正前方的木质书柜，最普通的样式，就连颜色都是怀旧的木头本色，上面整整齐齐地摆放着各种书籍，其中大部分是高中的教材。

这一瞬间，她觉得自己就像是坐上了时光机，一下子回到了陈训的学生时代。

其实之前来这里，黄涩涩就有所察觉，因为客厅里的家具摆设看上去都有些年岁了，卧室中央的那张床也是以前的单人床，应该从搬进来后就没怎么改变过，一直保持着以往的风格。

老人家喜欢的风格。

或许是他的外婆，她也不太确定，毕竟这已经是很多年前的事了。

那时候，陈训在学校里的名号正响亮，黄涩涩听说过不少关于他的事，或真或假。她知道他不是桐市本地人，来这里只是为了上学，当时就是和外婆住在这里。

后来在他读大学期间，他的外婆好像因病去世了。那之后，现在这套房子就只剩他一个人住了。算一算，也快有十年了。

十年。

本来黄涩涩并不觉得时间过得有多快，只是现在回想起来，这才惊觉，原来“时间”确实是一种可怕又神秘的存在。不知不觉间，“十年”竟然都已经成为他们丈量回忆最基本的单位了。

幸好时间也并不总是残酷无情的，至少黄涩涩用十年的时间，把陈训从回忆里变到了现实中。

一想到这个，她的心情又变得喜滋滋的。等头发吹干后，她转过身子，想和他说点别的事，谁知道一转头就看见他身上那些伤疤，或大或小，或新或旧。

在她看不见的地方可能还有更多。

于是黄涩涩脸上的笑容一下子僵住，又想叹气了，连刚才要说的话都忘记了。她挪开了视线，强迫自己转移一下注意力。

陈训还在有条不紊地整理着吹风机的线，见她状态不对，下一秒似乎察觉到了什么，一笑，随便套了一件衣服，而后走了过去。他重新把她抱在腿上，半开着玩笑。

“看来以后有些事只能在黑灯瞎火的地方做了。”

听见他的感叹后，还在调节心情的人回过神来，暂时忘掉了几秒钟前的忧愁，还被成功带偏了，秒懂他说的“有些事”是什么事，立马问道：“为什么？”

为什么？

陈训眉头一皱，认真想了想，而后回答道：“应该没有哪个男人愿意在脱了衣服后，看见自己的女人露出同情的表情。”

“你现在说话怎么和图图一个样了。”

“嗯？”

“屎里有糖。”

自己的女人？哼，不要脸。

黄涩涩知道他这么说是为了安慰她，被这么一打岔，心情确实好了一些，但是有点不好意思，于是用手肘撞了撞他。

从他的怀里逃了出来，她又发现了一些好玩的东西。顿时，她手脚并用，从床上爬了过去，之后坐在书桌前，兴致勃勃地翻看着桌上的相框，问道：“这些都是你的兄弟？”

陈训看了看她手上的东西，应道：“嗯。”

所有的照片看上去都像是同一时期拍的，应该是读大学的时候，几个大男孩穿着作训服，似乎刚训练完，流着汗，勾肩搭背站在一块儿，朝气蓬勃，比身后的阳光还要耀眼。当然了，对她来说，其中最耀眼的肯定还是陈训。

照片里的他似乎还保留着高中时期的气息，不像现在这样成熟稳重，棱角也尚未被磨平。

然而，即使是在照相，他脸上的表情也没有太过热烈，还是那副不冷不热的老样子。

幸好，至少他看上去是快乐的，因为眼底隐含着的真实笑意骗不了人。可惜的是，如今这副模样反倒是不怎么常见了。

看着看着，黄涩涩好像又想起了什么，问了一个一直以来都很好奇的问题："对了，你说你以前成绩那么好，为什么还要和小混混在一起呢？"

"上学太无聊。"

"……"

本来黄涩涩还以为故事的背后会有什么引人深思的隐情，没想到原因竟然这么简单，一时之间以为他随便找了一个理由敷衍她，但她好好想了想他说的话后，发现他好像是对的。

虽然这么说有点不符合当今社会价值观，但是在当时看来，和小混混在一起，确实比和那些成天只知道读书，然后相互攀比成绩的好学生在一起有趣得多。

"那你当警察，该不会也是因为普通大学太无聊了吧？"

"嗯。"

见自己又猜对了，黄涩涩学会了举一反三，问到了问题的关键："难道和我在一起也是这个原因？别人太无聊了？"

闻言，陈训没再说话了，眉梢微挑，似乎没料到她能举一反三到这种程度。而对于黄涩涩来说，他的这个反应在某种程度上来说，相当于同意了她说的话。

大概是因为没料到这个问题也能误打误撞猜对，黄涩涩一时间被堵得哑口无言，心想他居然默认了？居然敢默认？

她轻哼了一声，决定不再客气，打算以牙还牙，故意冷嘲热讽道："没想到你这么一个无趣的人，还挺追求有趣的生活啊。"

每次和她在一起确实很有趣。

准确地说，其实早在十年前，从第一次遇见她的时候开始，陈训就已经发现了这一点，可当时他仅仅觉得有趣而已。

现在不一样了。

她的身上多了很多比“有趣”更重要的东西，不过这种事情需要和她解释吗？答案当然是不需要，因为以她奇特的关注点，一定听不懂，还会顺便把话题带偏。

于是陈训干脆不说话了。

幸好黄涩涩的气来得快，消得也快，还没被哄就自愈了。过了一会儿，她放下手中的笔，站了起来，一边往外走，一边说道：“你饿了吧，下面给你吃。”

陈训应了一声，却没有跟着走出去，而是走到书桌旁，拿起她忙乎了半天的作品看了看。没想到那是一幅简笔画，上面画着一只猫和一条狗，形象生动。

原来是为了没有他俩的合照这件事较劲儿啊。

意识到这一点后，他笑了笑，又找了一个空相框，把他们的这张唯一的合照放了进去。

“抽象派画家”还不知道这件事，正在厨房里烧水，又打开冰箱，想看看有什么可以利用的食材，结果发现里面确实有很多吃的，可都是一些她喜欢的零食，没什么新鲜的蔬菜。

见状，本打算大显身手的人失望地摇了摇头，关上冰箱门，只能煎一个蛋，作为唯一的配菜了。

水烧开后，她放了一把面下去，听见身后传来的脚步声后，忽然想起一件有点久远的事，问道：“对了，上次那个暴露狂大叔，是不是因为被卖了器官才导致神志不清？”

“余音和你说的？”陈训没回答，反问道。

“没有啊，我猜的，他身上不是有一道很奇怪的疤嘛，应该就是被偷了肾吧？”

黄涩涩用筷子搅了搅锅里，接着往下说。

“其实我还是稍微知道一点这种事的，毕竟我爸当年就是为了追查一个贩卖器官的团伙，结果却再也没有回来。等警方找到他时，他都已经……嗯……用现在的话来说，可能真的是身体被掏空吧。”

现场触目惊心的画面还历历在目，好在这么多年过去了，她也不再像最开始那样抗拒回忆这件事了，心态平和了一些，也能够若无其事地讲出来。

可惜的是，虽然那时候已经将凶手绳之以法，可是罪犯永远不会完全消失。消灭了一个，总会有第二个、第三个接连不断地冒出来，也不知道以后还会有多少人遭遇同样的不幸。

听完她的叙述，陈训大概知道她想起了什么，神色微变，视线从咕噜咕噜冒泡的锅里移开，落在了她的身上。

有关黄万康的事，他在警校的时候就已经听说过了。因为当时这个贩卖器官的案子本来就闹得挺大的，更何况还死了一个警察，自然引起了社会各界的注意。

当时参加追悼会的时候，陈训还见过她一面。

那会儿她才多大？好像刚刚初中毕业，应该只有十五岁吧？站在一群人高马大的男人中间,看上去又瘦又小,还是他高中记忆里的那个样子。

虽然少了份古灵精怪，却多了些坚强，她搀扶着伤心欲绝的俞珍，硬是没掉一滴泪。

黄涩涩开始盛面，没有注意到他的分神，继续自顾自地说道：“那你觉得这次这个案子，和当年我爸的那个案子有关吗？”

闻言，陈训回过神来，眼底闪过一丝意外，没想到她会有这种想法。

不过既然都已经这样问了，肯定有她的理由，于是他没有急着回答，思忖了片刻，反问道：“你觉得两起案子有相似的地方？”

为了不打草惊蛇，他们目前还在搜集证据和情报，以便到时候能够一网打尽，因而现在还暂时没有正式开展抓捕行动，也就无法确定两个案子有没有关联。

只是当年的主犯还在牢里关着，可能性应该不大。

黄涩涩当年没有参与破案，所以并不知道具体案情到底是什么样的，现在纯粹就是凭着自己的感觉，发表一些不专业的看法。

“倒也不是有相似的地方，但是不知道怎么回事，可能是直觉吧，我总觉得那个团伙的人没有全部被抓完，又或者说，现在这个团伙的人认识那群人。”

“直觉？”

“对啊，直觉。”听见他的疑问，黄涩涩反应过来，有点不好意思地坦承，“在这种事上用第六感作为依据，是不是显得特不严谨，特没脑子？”

一般情况下，陈训说话都不太喜欢拐弯抹角，所以这次也没给她留什么面子，非常直接地“嗯”了一声。见她好像受了打击，他又摸了摸她的脑袋，安慰了一句：“反正你也不靠脑子过日子。”

“……”陈氏安慰法，谁听谁想打。

俗话说得好，短暂的相聚是为了长久的别离。

接下来的一段时间，陈训又要忙工作，黄涩涩也就不用再频繁地往隔壁栋跑了。时间一久，俞珍便没有再起什么疑心，这个月也平安无事地度过了。

日子一晃，很快来到了之前约好的同学会。

由于教师节当天正好是工作日，大部分人不太方便请假，于是回学校看老师的时间便提前了一些，选在了八月底，一个学生们返校的星期六下午。这样一来，大家都有空。

下午三点左右，提前到的两人决定先进去转一转，等人到齐了再统一去看李天王。没想到，不小心经过一个热闹非凡的办公室时，她们发现里面塞满了人。

这样熟悉的场景让人莫名怀念，黄涩涩忍不住多看了几眼，顺便感叹了一句：“哇，哪个老师这么凶残，居然抓了这么多没做暑假作业的。”

说来也是巧，随着她的话音刚落，里面的人开始一一往外走，似乎已经接受完了凶残的批评。

一开始，黄涩涩还以为是自己说坏话被听见了，于是赶紧拉着余音往旁边一站，把路给他们让出来。没想到不经意间的一瞥，她透过交错的人群，竟然看见了江迟。

本来她的手都已经举到半空中，只可惜还没来得及打招呼，就听见旁边传来的一阵激动讨论声。

“喂喂喂，你看，那个是不是今天过来调查（3）班失踪案的警察？”

“哪个？”另一个女生踮脚看了看，“哦……好像是。唉，看来长得帅的果然都上交国家了，听说他以前也是我们学校的？”

“对对，据说当时还让很多老师又爱又恨。”

黄涩涩被这番对话夺去注意力，听着听着，她觉得有点不对劲，因为她发现她们描述的这些特征和自己脑海里的人基本上完全吻合，她顺从心里的想法，不由自主地望了过去。

接下来就是见证奇迹的时刻，因为她居然真的看见了心心念念的人。

和大多数时候偶遇的状况相同，他又在抽烟。他看起来应该不是单纯为了看老师而来，因为他身边还跟了几个中队的人。不知道他们是不是又在讨论案情，反正周围的气氛看上去不怎么轻松。

惊喜之余，黄涩涩更多的是惊讶，完全没想过会在这儿碰到他，激动地一直掐余音的手臂都还不够，又伸长了脖子张望，恨不得能瞬移到他面前。

老天爷或许听见了她内心的祈求，下一秒便让两人的目光在半空中交会。尽管他们什么话都没有说，单是这样看一眼，就已经足够让人沦陷了。

鬼迷心窍的人像是受了什么蛊惑，脚步下意识往前动了动，想要朝陈训走过去。谁知道这时候视野突然一黑，似乎被什么人挡住了，紧接着她听见一道熟悉的声音。

“涩涩，你怎么在这儿？也来看张老？”在她移开目光的同时，江迟一眼就看见了她，从人群里挤了出来，站在她的面前，“要是你提前和我说一声就好了，我还能和你一起来。”

黄涩涩的注意力还停留在陈训身上，听见他的问题后，这才收回视线，抬头看着他，反应了一会儿，回答道：“对……对啊，真巧，没想到你们今天也会来。”

更巧的是，等她说完话后，又有一人突然打招呼道：“陈训，你刚才不是说有事要忙吗，怎么又过来了？”

闻言，她的注意力再一次被转移回去。她连忙歪着身子，绕过面前的江迟，看了看走廊的另一头，发现陈训真的往这边走来了。

面对同学的疑问，他没有急着回答，而是长臂一伸，一把握住还在看热闹的人的手腕，稍一用力，便将她从江迟的身边拉了过去，语气里带了点刚才没有的温和，意有所指道：“收拾烂摊子。”

“……”

黄涩涩目前还没打算高调谈恋爱，现在听他这么一说，脸上的表情瞬间垮掉，没想到他居然就这样把他俩的关系公诸于众。

周围的人听见这个意味深长的回答后，也是一愣，随即明白过来，受到了不小的冲击，还挂着惊讶的表情，全都不约而同地望着陈训。

那一道道眼神仿佛在说——真看不出来，原来你还好这一口。

这时候，一个胖胖憨憨的男人站了出来，率先出声打破了僵局。他走到陈训面前，笑着给了他肩膀一拳，说道：“你说你小子怎么还和原来一个样，做事总是这么出其不意。”

打趣完后，他又开始帮忙清场子：“行了行了，都散了吧，别打扰咱陈队长谈恋爱了。”

在场的都是一些很识趣的人，一听这话，十分自觉地你推我我推你，往楼梯走去。

除了江迟。

他看了黄涩涩一眼，似乎还想和她说些什么，可惜她的注意力全都放在了陈训那儿，没有注意这一点。见状，他也不再强求，跟着其他人一起离开了。

没一会儿，原本还闹哄哄的走廊上就只剩下他们三人了。

余音当然不是有意留下来当电灯泡的，只不过一直被黄涩涩拽着手，想走也走不了。

虽然黄涩涩的心早就已经飘到了陈训的身上，但是还没有到见色忘友这种过分的程度，走之前尚且知道先对身边的人说道：“余音，我……”

看她那副没出息的样儿，余音就大概猜到了她要说什么，没等她说完便一脸嫌弃地推了她一把，回答道：“知道了知道了，去吧，我就在这儿等你。”

得到她的同意后，黄涩涩收起了心里的内疚，高高兴兴地跟着陈训走了，准备和他谈恋……哦不，谈事情，嗯，谈事情。

确实是谈正事，因为她开口说的第一句话就和刚才那几个小女生讨论的话题有关：“这次的案子是不是和这里的学生有关？是什么失踪案？”

“暂时不清楚到底是离家出走还是失踪绑架。”

“唉，你说夏天都过去了，怎么还这么不太平呢。”

想起这段时间发生的各种事，黄涩涩就忍不住叹了叹气，心有戚戚焉，觉得还真是一波未平，一波又起啊。

“你说现在到处都这么危险，你可要好好看着我啊，免得哪一天你的女朋友也被人拐跑了。别人一看，哇，她怎么这么可爱，然后可能就不想还给你了，到时候你找谁哭去？”

自从确定关系以后，每次见面，她都会变着花样夸自己。陈训听着听着，倒也习惯了，甚至还想看看她以后能夸出什么新花样来。

然而现实总是残酷打脸的，因为并没有人来拐黄涩涩，反而有人要拐走她的男朋友。

她刚说完这话，周围就突然冒出来一群很会掐时机的人，其中以李夺为首。李夺快步走到他的身边，叫了声“老大”，看上去好像又出了什么事。

黄涩涩很懂他们的规矩，自觉地走远一些，但还是忍不住时不时朝他们那边看一看，就发现陈训脸上的表情越发凝重，其间他还抬头看了她一眼。

这让她隐约觉得这件事或许和自己有关，毕竟他们说的都是工作上的事，没事看她干什么。她有些好奇，等李夺说完以后，赶紧走过去，问道：“怎么了？发生什么事了？”

万万没想到，黄涩涩这一次居然真的又猜对了，这件事确实和她有一点关系，下一秒便听见陈训语气严肃道：“图图失踪了。”

“失踪？”她的音量因为吃惊提高了不少，察觉自己反应过度后，她冷静了一下，“怎么会失踪？什么时候的事？会不会只是跑到哪里玩去了？”

她的表情跟着变得严肃起来，忍不住问了一连串问题，又想起现在不是解答她的疑惑的时候，于是立马闭上了嘴巴，不敢再耽误他们什么，让他们赶紧回局里调查。

送走他们后，黄涩涩有点魂不守舍，站在原地发了会儿呆才往回走。

原本余音以为自己会等上好一会儿，没想到这么快就看见她走了过来，只是看上去兴致好像不怎么高，和刚才高兴的样子完全是一个天上一个地下。

“怎么了，和陈队闹矛盾了？”

黄涩涩摇了摇头，趴在窗台上，心情还是很低落，声音听上去也没什么精神：“图图失踪了。”

“图图？”

余音第一次听见这个名字，不知道她说的是谁。还陷在情绪里的人想起她没有见过图图，于是简明扼要地说了说之前发生的那些事。

自从那次在小巷子里见过图图后，黄涩涩就对他挺好奇的，同时也觉得难以想象，像陈训那种“生人勿近，熟人勿扰”的气场，怎么会跟一个四岁的陌生小孩关系这么好。

所以之前和陈训聊天的时候，她随口问了两句，谁知道他俩认识的经过倒是很简单。

之前因为刚刚搬过来，图图对周围的环境不太熟悉，有次一不小心迷了路，他想要借个手机给奶奶打电话，正好借到了陈训的手机。

后来，图图知道他是警察，开始崇拜他，一副自来熟的模样，每次见着他都会主动热情地打招呼。时间一长，图图完全把他当成了自家人，和他一点也不见外。

令人心疼的是，由于父母感情一直不和，再加上他们平时忙于工作，根本没有时间照顾他，他基本上和爷爷奶奶在一起生活，也正因如此，和同龄人比起来，他才会显得格外懂事。

现在，这么一个聪明灵性的小娃娃居然失踪了。

反正他肯定不会是因为贪玩忘了回家，他也不会随随便便被一根棒棒糖骗走，而且家属也没有接到勒索电话，排除了绑架，剩下的可能性也就不多了。

至于究竟是什么原因，黄涩涩不敢想。

弄清楚事情的始末，余音也能够理解她的心情了，拍了拍她的肩膀，想说两句话安慰她，但是这种事又不知从何安慰，谁都不知道最后的结果会是什么。

万一结局不好呢，怎么办？

感受到肩膀上的力量后，黄涩涩回过神来，看了她一眼，明白她的意思，知道自己在这儿干着急没有用，既帮不上什么忙，还影响别人的心情，接下来该做什么事还是得继续做。

于是她深呼吸了一口气，收拾了一下低落的心情，努力暂时忘记这件事，直起身子，问道："那群磨洋工的还没来？"

"没……"

话还没说完，便被老同学熟悉的声音打断了。

"原来你们在这儿啊，找你们半天了。张老呢，是不是一直等着咱们？赶紧进去吧。"

·Chapter21·

消失的相亲对象

看望老师的活动结束后，已经六点多了，正好可以一起吃顿晚饭。而定的餐厅就在学校前面的十字路口附近，非常方便，走路过去就行了。

在教学楼前面集完合，一大群人浩浩荡荡地往餐厅走去。在路上都已经聊“嗨”了，进了餐厅以后更是停不下来，什么陈谷子烂芝麻的事都拿出来说。

余音向来只听不参与，而黄涩涩也只是时不时附和两句，不再像以前那样，承担着话题制造机的身份，于是很快就被身边的同学察觉到了异样。

“涩涩，你是不是还有别的事啊，怎么老是看手机？”

“嗯？没有啊。”

听见这话的时候，黄涩涩还在低头看手机，发现没有来自陈训的未接来电和短信，又将手机揣进兜里，正想解释两句，饭桌上却突然热闹起来。

“来来来，这么久没见，大家先干一杯！为了今天这场十年的同学会！”

以前班里有好几个制造气氛的小能手，这会儿全都躁了起来，端起酒杯，开始活跃场子，调动大家的积极性。

于是在座的人全都跟着举起酒杯，一个碰一个，喝得很痛快。

毕业的时间越长，能够聚在一起的机会就越少，这次难得一次性聚了这么多人，而且又是这么多年没有见过面了，今晚当然必须玩尽兴。

不过所谓的玩尽兴，其实无非就是八卦一下以前的事，再聊一聊彼此的近况。直到窗外夜幕降临，桌上的菜都凉了，大家才聊到高一下学期的糗事。

八点的时候，餐厅四周渐渐暗了下来。

突如其来的变化让不明所以的人暂时闭上了嘴巴，过了一会儿又发出一阵惊呼声,还以为是谁在刻意制造惊喜,纷纷伸长了脖子等着看热闹。殊不知，这正是这家餐厅的特别之处。

白天是一家正常的餐厅，一旦到了晚上八点，全场灯光暗下来，便摇身一变，成了一个小酒馆。轻柔的音乐营造出舒适的氛围，让置身其中的人身心放松。

黄涩涩倒是喜欢这种感觉，唯一不好的一点是，在这种朦朦胧胧的环境里，她就特别想睡觉，尤其是在吃饱喝足还小酌了几杯以后。

她打算让余音狠狠掐自己一把，谁知道这时候周围又出现一阵小骚动。在一片混乱中，她的耳朵非常灵敏地捕捉到“陈训”两个字。

这下黄涩涩什么瞌睡都没有了，“咻”的一下，扭头到处张望。

周遭昏暗的光线没有妨碍人的视线，她一眼就看见了那个高大挺拔的身影,心脏莫名剧烈跳动起来,一时也忘了起身迎接,呆呆坐在椅子上。

和以往一样，这些过于炽热的视线对陈训来说，并不足以造成他的困扰，因为他的眼睛里只有一个人。他毫不受阻地走到她的面前，而后停下，道：“出来一下。”

桌上的大多数人第一时间认出了他，剩下的少数人也在旁人的提醒下反应过来，于是八卦好奇的目光纷纷投到黄涩涩的身上。

此刻无声胜有声。

不过她没办法像陈训一样，对周围的人视若无睹。回过神来后，她就像是上学的时候被老师点了名字，慌慌张张地站了起来，没时间应付同学们的八卦目光，赶紧拉着他走了出去。

漫长炎热的三伏天刚刚进入尾声，不甘示弱的秋老虎又乘胜追击，导致每天的温度都居高不下，九月一点都不秋高气爽。

闷热的空气带走身上残留的空调温度，在此起彼伏的蝉鸣里，见到他的惊愕渐渐退去。

黄涩涩恢复了正常，还以为他是为了图图的事而来，没等他说话便急忙问道："怎么样了，有图图的消息了？"

夜晚街上的霓虹灯流光溢彩，落在他的眉宇间，明明灭灭，让人看不清他真实的情绪。

虽然陈训脸上的表情不比下午凝重，但也算不上轻松，也没有给她带来好消息，听见她的问题后，他回答道："这个案子已经移交给其他小组了，暂时还没有新的消息。"

黄涩涩听了后，"哦"了一声，脸上的失望担心尽显，过了一会儿才问道："那你找我是有什么别的事？"

"等一下我们队得去一趟外地，可能要过一阵子才回来。"

最近这个社会确实不怎么太平，大事小事一大堆，失踪案也突然多了好几起，不光只有小孩失踪，就连成年人也有一些失踪的，尤其是大学生。

为了尽快破案，局里特意成立了一个专案组，专门负责最近的这几起失踪案，调查看看会不会是同一个团伙作案。而刑侦队的人，现在则急着去处理另外一个之前就在调查的杀人案。由于嫌疑人逃到了其他城市，他们必须跨省抓捕。

马上就要走了，陈训本想和她说一声，结果刚才打她的电话一直没人接，只好挤点时间出来，找到这里来，专程和她道别。

这对于黄涩涩来说，无疑是雪上加霜，一听就知道估计又有十天半个月见不到陈训人了。

她的内心当然是非常舍不得陈训的，但是面上没怎么表现出来，只是点了点头，表示知道了，然后不厌其烦地叮嘱道：“你一定要多注意安全啊。”

说完后，她又从兜里摸出一个东西，是一个平安符，递了过去。

这种小女生的举动，黄涩涩以前基本上没做过，所以有点不好意思，说话的时候又装作很酷的样子，随意道：“那天看见摆地摊的在批发卖这个，我就随便买了一个，你拿着吧。”

虽然现在是个科学的社会，但是不得不承认的是，有时候这些东西确实能带给人一些心理安慰。

陈训低头看了看那个一点都不像地摊货质量的平安符，唇角有了一点笑，接了过去，而后顺势将她抱在怀里，下颌抵着她的头顶。

想想她最近一段时间经历的事情，好像都是一些不好的，他有点心疼，想要和她说很多话，可是最后只是收拢了手，轻轻摸了摸她的头发，低声道：“等我回来。”

鼻息间又全是属于他的烟草味。

黄涩涩没有说话，伸出双手，圈着他的腰。听着他沉稳的心跳声，这一刻她只觉得无比安心，就算下一秒地球毁灭，她好像也不害怕。

陈训待了没一会儿便离开了，她也重新回到餐厅。刚坐下，她意外发现了几张熟面孔。没想到旁边桌竟然坐着今天下午遇见的那群人，也不知道他们什么时候来的。

怪不得陈训出现的时候周围动静那么大，敢情他们也贡献了几分力啊。

黄涩涩喝了口水压惊，眼睛还在找江迟，他们聊天的声音就传了过来。

“对了，江迟，当初你不是还说为了妹妹想当医生嘛，怎么最后又没学医了？”

没等江迟回答，另外一个男人便嘘了一下说话的人，好像对他提的这个问题不太满意：“连陈训这么好成绩的人都去当警察了，还有什么是不可能的。”

陈训？

黄涩涩一听见这两个字，好奇心就被严重勾起，立马竖起耳朵，努力从一片嘈杂声中听取更多有用的信息。

“就是说啊，想当年你的成绩就比陈训差那么一点点，本来以为怎么着咱们班以后都能出一个金融大亨，结果一个去了警校，一个选了建筑系，我想成为金融大亨同学的梦想也就此正式破灭。”

“去你的，做人怎么能这么世俗，多和我学学，要当就必须得当金融大亨的合作伙伴。”

这番自信又不要脸的话引来了更大的嘘声，接着他们爆发出一阵欢乐的笑声。

见他们没有再提有关于陈训的话，黄涩涩竖起的耳朵耷拉下来，不打算继续听下去了。这次偷听唯一的收获是，没想到以前江迟的成绩居然也这么好，果然是闷声干大事的人。

谁知道这个时候，讨论得正热闹的人停了下来。他说了半天，终于发现当事人没有回应，于是这才想起要考虑他的感受，问道：“江迟呢，怎么一直没说话，该不会是生气了吧？”

被这么一提醒，其他人好像也注意到了这点，扭头到处看了看，结果只看见一个后脑勺，纷纷感叹着怀念道：“没想到这么多年过去了，江迟的酒量还是这么差。”

既然当事人已经倒下，他们也不好继续说下去了，转而安排待会儿谁送他回家。可惜大家都心有余而力不足，因为没一个人知道他住哪儿，不禁开始发愁应该怎么办。

见状，黄涩涩没办法再置身事外了。她和桌上的同学们解释了一下，而后拉着余音赶紧走过去看了看，发现江迟果然又倒下了，便主动揽下了这个任务，说道："我送他回去吧。"

这道声音对他们来说宛若天籁，还在伤脑筋的人立马循声望去，见是下午那个把陈训收了的小姑娘，知道他俩关系不错，也就没有说什么，把人交给了她。

虽然这次没有陈训，但是幸好还有余音帮忙，所以也没那么辛苦。她们很快就来到江迟的住处，合力将他放在床上。

完成了搬运工作，接下来的收尾就交给黄涩涩了，余音站在一旁没事干，扫视房间的时候，她发现了一个感兴趣的东西，想起刚才那群人的对话，问道："这是他妹妹？"

还在忙着帮江迟盖被子的人没顾得上回答她，把空调调到合适的温度后，这才顺着她手指的方向望过去，一眼看见了床头柜上摆着的相框。

黄涩涩一眼就认出了照片里的男生是少年时的江迟，可是小姑娘就没办法确认身份了，因为她之前没有看过照片，有关江迟妹妹的事也只在相亲的时候听他简单提起过。

现在想想看，黄涩涩才发现他好像很少提到他的家庭，一边琢磨着以后一定要多关心关心他，一边不太确定道："应该是吧，怎么了？"

"没什么，就是觉得有点眼熟。"

"眼熟？怎么可能。"黄涩涩一听，觉得有些奇怪，又重新仔细看了看照片，发现自己对这个小姑娘真的完全没有印象，"你该不会在哪里见过他妹妹吧？"

余音耸了耸肩，收回了视线，没再说什么。见她已经把床上的人安置妥当，余音开始迈步朝外面走去："走吧。"

黄涩涩应了一声，最后看了眼睡得正沉的江迟，这才关好卧室的门和灯，轻手轻脚地走了出去。

客厅里的防盗门被关上，偌大的空间里终于又彻底回归沉寂，一点多余的声响都听不见，仿佛刚才没有人来过。

几分钟后，床上躺着的人缓缓睁开了眼睛，眼底一片清明，没有半点醉意。

借着窗外皎洁的月光，他转头望向刚才被她们讨论的相框。

照片里似乎还是春天，阳光清新明媚，其中的小姑娘长得乖巧可爱，五官和背着她的男生有几分相似，她手里拿着一个小燕子的风筝，虽然脸色有点苍白，但是笑得天真灿烂。

可惜这个笑容永远定格在了十年前。

从江迟家回去的时候，俞珍也正好从茶馆回来，难得有时间和黄涩涩好好聊聊，于是拉着她坐在沙发上，一副要促膝长谈的架势。

"你和你们单位大姐介绍的公务员相处得怎么样了？"

这一次黄涩涩回答得非常顺口："还不错啊。"

由于非常罕见地听她说了一个正面的肯定评价，俞珍一下子好奇起来，不再放任自流，而是恢复了以往的作风。

"真人我见不着，照片总能给我看看吧，或者给我说说他的生活家庭，至少让我心里有个底啊。"

一听这话，黄涩涩犹豫了一下，觉得现在还不是说实话的最佳时机，于是决定继续隐瞒下去，说了句"没照片"。

不过这倒不是谎话，她确实没照片。

虽然之前说好的要照一张，结果迟迟没有找到合适的机会，现在他俩之间唯一的一张合照还是她之前画的一只猫和一只狗呢。

可是俞珍一听，不禁想起了她和江迟上次一起合伙骗她的事，习惯性地起了疑心，质疑道：“没照片？该不会连这个人都没有吧？你是不是又随便胡说了一个，故意唬我？”

“……”

这确实像是黄涩涩做得出来的事，但是这一次她真的冤枉，不满地抗议着。

“我骗你干什么？关系还没到那一步，我总不可能偷拍吧。反正长得人模人样的，到时候你看了肯定会喜欢的。”

除了职业。

俞珍没有注意她的文字游戏，见她急了，当她是害羞了，没再逼问，反正以后有的是机会，最后又教育了她两句：“瞧你这孩子怎么说话的，什么叫长得人模人样。”

“唉，好困啊，我要去洗澡睡觉了，你也早点睡吧。”

黄涩涩知道她妈想问的都问完了，忍不住打了个哈欠，伸着懒腰往卧室走去，逃离这个可怕的客厅。

当她躺在床上的时候，今天发生的各种事又一起涌入了她的脑海。

同样的二十四个小时在今天显得格外漫长，可是第二天的太阳照样升起，地球也在正常转动，那些不好的事好像并没有对这个世界产生什么影响。

却对少数人的世界产生了巨大的影响。

接下来的一周里，黄涩涩每天上班下班，都能看见图图的爷爷奶奶在小区附近发找孩子的传单，看得她心里特别不是滋味，有空就帮着他们发一发。

虽然余音答应了帮她随时跟进失踪案，说是有消息会第一时间通知她，可惜这么多天过去了，一点消息都没有。

至于陈训那边，情况好像同样不太好。不过反正微信她每天都在发，内容没什么营养，就是说说一天发生的事，更像是给他汇报工作，没想过会得到回复。当然，陈训也真的没有回复就是了。

还好昨天终于和他通了一个电话，说是犯人已经抓到了，估计这两天就回来了。

这下，百无聊赖的生活突然又有了盼头。

一想到这儿，黄涩涩工作的时候又有了动力，正打算继续做表格，谁知道这时忽然听见有人喊了一句“涩涩,外面有人找”,她连忙应了一声，起身走了出去。

结果等她来到走廊，却没有看见一个熟面孔，心里正奇怪，刚准备往回走，身后就传来一道声音：“请问你是黄涩涩小姐吗？”

闻言，她又重新转过身子，没想到出现在视野里的居然是一个陌生男人，于是心中的疑惑不减反增。

黄涩涩点了点头：“我是，你是？”

“你好你好，我是江迟的同事，上次和你们单位一起吃饭的时候，我就坐你对面，之前爬山的时候也在……”

虽然自我介绍得非常详细，不过黄涩涩怎么可能还记得那次饭局对面坐的人是谁，忍不住打断了他的话，直奔主题道：“请问你找我有什么事吗？”

“哦，是这样的，上次我看你俩关系不错，想着江迟有什么事应该都会和你说，所以今天路过你们单位，顺便进来问问你，知不知道他去哪里了？”

“江迟？他怎么了？”

“他已经好几天没来上班了，手机打不通，也没请假。以前从来没有出现过这种情况，大家都有点担心他会不会出了什么事。”

虽然黄涩涩和江迟关系确实不错，但他并不是什么事都会和她说，以至于她这会儿听见这话，脑子差点没转过弯来。

隔了差不多快半分钟，她才从这个不太好的消息中反应过来，眉头紧皱，问道：“他什么时候开始没去上班的？”

“上周一就没来了，到现在也快两周了吧。”

上周一？不就是回学校看了老师以后的事吗？难道同学会上发生了什么不愉快的事？可是她和余音送他回家的时候，没发现他有什么不对劲的地方啊。

一想到这段时间发生的各种事，黄涩涩就没办法往好的方面想，生怕他也遇见了坏人，思绪乱作一团。

她让自己冷静下来，先问问其他最常见的可能性。

“会不会是因为最近工作不太顺利，然后去什么地方散心了？他的其他朋友呢，都问过了吗？”

“工作上的事，江迟一向完成得很好，不太可能因为这一点。至于其他朋友，我认识他这么久，只见他有你一个朋友，要不然我也不会来找你了，就连我和他都顶多算是关系稍微好一点的同事。”

“没有其他的朋友？不可能啊，上次我还和他的朋友一起打麻将了。”这回轮到黄涩涩吃惊了，心想是不是他弄错了，赶紧和他描述了一下之前在麻将馆见过的那两人。

对方一听，似乎知道她说的是谁了，脸上却露出了鄙夷的表情，连连摆手摇头道：“那算什么朋友，他们纯粹就是为了坑他的钱，也就江迟那傻小子才会每次都上他们的当。”

坑他的钱？

这个回答显然又在黄涩涩的意料之外，她愣了愣，听得既羞愧又内疚。

亏她还一直自嘲自己是江迟的老妈子，他的什么事都要管，就怕他被别人欺负了，结果上次打牌的时候居然什么问题都没有看出来。

她还真是只知道空喊口号啊，像江迟这么傻的人，真被人骗了去，也不是没有可能。

黄涩涩抚着额头，暗自叹了叹气，觉得他俩在这儿瞎猜也不是办法，互留了电话号码后，说道："我待会儿再给他打个电话试试，要是有什么消息，咱俩再随时交流。"

"行。"

送走对方后，她立马给江迟打了电话。通倒是通了，可就是没有人接。没有办法，她只能又去找余音帮忙，问问看她那里有没有什么新的报案，可惜得到的答案是否定的。

两人在电话里讨论了半天同样无果，最后以余音向专案组反映一下这个情况告终。

发生了这么大的事，黄涩涩哪里还有心情工作啊，一整个下午都在给江迟打电话中度过，就连晚上和同事一起吃饭都心不在焉的，也不打算和他们玩通宵了。

十点多的时候，她随便找了个借口就先走了。回到家以后，客厅里看电视的俞珍看她闷闷不乐的，问道："怎么了，出去玩还玩得不开心？"

她没有说话，一头倒在沙发上，躺了一会儿才开始和她妈说图图和江迟的事。

俞珍一听，吃惊又担心，赶紧问她有没有新的消息。

"现在还不知道到底是不是单纯的失踪。"黄涩涩想了想，又叮嘱道，"你最近晚上还是不要开茶馆了，出门的时候也要小心一点。"

俞珍明白她的意思，脸上的担忧又多了几分，不过没有追问下去，只是同样叮嘱道："你才应该小心一点，每天下了班早点回家，别再在外面瞎晃悠了。"

"知道了。"

躺着躺着，瞌睡虫找上门来。黄涩涩揉了揉眼睛，从沙发上坐起来，准备回屋睡觉，又看她妈在屋子里走来走去，问道："你在找什么？"

"手机。"

"你要给谁打电话，用我的吧。"

"你又没有你舅舅的电话。今晚他给我打了个电话，说你外婆好像哪儿不舒服，我给忙忘了，这会儿才想起，不知道是不是放在茶馆里了。"

"那我去找找吧。"

正在往卧室走的人停下脚步，转而往门口走去，又被阻止道："算了，这么晚了，明天再打好了，反正这么晚，你舅舅可能也睡了。"

"万一有什么急事呢，几分钟的事，马上就回来。"

"那我和你一起去。"

"不用了，你的速度会拖我的后腿。"

说这话的时候，黄涩涩已经在玄关换鞋了，说完后便像一阵风似的跑了出去。

正如她所说，就是几分钟的事。她在抽屉里一找到手机就立马往家跑，谁知道回来的时候，居然在单元楼下看见一道思念已久的身影。

脚步一顿，黄涩涩慢慢停了下来。

明明现在还是初秋，空气里却仿佛已经有了深秋的气息，四周好似罩了一层霜做的纱。陈训就站在朦朦胧胧的夜色里，带着归来时的风尘仆仆，静静地望着她。

他眼睛里像是有一团旖旎的雾，迷得人晕头转向的。

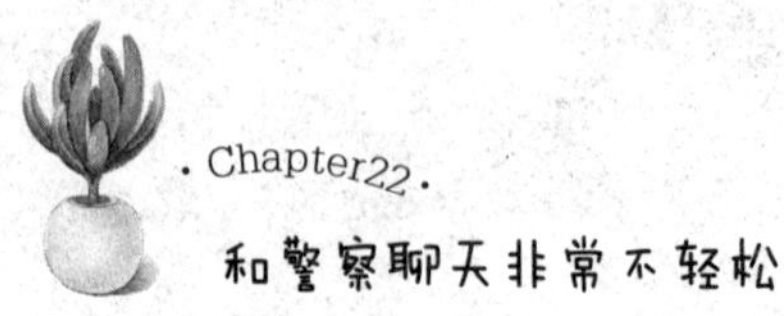

Chapter22 和警察聊天非常不轻松

还在发呆的人心脏跳动率先加快起来，接着双腿才迈向他，走着走着兴奋地跑了起来，毫不费力地跳到了他的身上，一点都不吝啬地给了他一个热情的拥抱。

平时做什么都偷偷摸摸的人突然光明正大起来，没料到她会做出这番举动，陈训有点不适应。他的指间还夹着烟，害怕不小心烫着她，于是他把烟头拿开了一些。

他单手托着黄涩涩的臀部，在墙上捻灭烟头后，这才腾出手来抱她，感觉怀里的重量轻得像是羽毛。

“这么晚了才回来？”

黄涩涩晃了晃手上拿着的东西：“帮我妈拿手机。”

现在这个时间点，小区里应该没有什么熟人走动，她也不害怕被发现，捧着陈训的脸，低头就是一个吻。

可是亲完以后，黄涩涩就翻脸不认人了。她用手戳了戳他的肩膀，开始义正词严地教育他。

“你看看你，才出去这么几天就学坏了，怎么回来都不提前和我说一声，谁教你制造这种惊喜的？”

闻言，一簇笑意自陈训的眼底蔓延开来。

虽然这个想法很浪漫美好，但是今晚这事儿还真不是他故意制造的惊喜。

其实晚上七八点时，他们队里的所有人就回到了桐市。只是刚一落地就又忙着处理一堆事，直到这会儿才忙完。

陈训也刚从局里回来，路过这栋单元楼，见她房间的灯没有亮，还以为她已经睡了，本打算明天再来找她，谁知道一转身就看见了她那跑跑跳跳的身影，所以才会在这里等她。

不过既然她都已经误会了，那就没必要解释了，他松开一只手，说道："我身上全是汗，好几天没洗澡了，你先下来。"

都说连续加班工作最伤身体，黄涩涩知道他这两周几乎没有合过眼。此刻，他眼角眉梢写满了疲倦，脸上还有一些胡楂，但是看上去一点都不邋遢。

反正在她眼里，什么样的陈训都好看，于是她非常大气道："没关系，我不嫌弃！"

说完，又亲了他一下。

这一回，陈训没有再任她随心所欲了，而是夺回主导权，交换了一下彼此的位置，让她的后背抵着墙，扣着她的后脑勺，加深了这个吻。

这几天的思念全融在了彼此的双唇间，极尽缠绵温柔，唇齿间的声音在悄寂的夜晚显得格外清晰，持续了好几分钟，以黄涩涩快要出不了气告终。

这下她好像终于满足了，软着双腿，从他身上跳了下来，才一边拉着他好好看了看，一边问道："这次没有受伤吧？"

陈训"嗯"了一声，任由她围着自己转了一圈又一圈，知道如果这会儿条件允许的话，她很可能还会扒光他的衣服检查。

仔仔细细地检查了一遍后，并没有看见什么伤口，黄涩涩这才放下心来，情绪大起大落后，又开始担心另外一个问题。

"对了，今天下午，江迟的同事突然来找我，说他上周就没去上班了，问我知不知道他去了哪里，可是江迟什么都没有告诉我，你说他会不会也出了什么事？我怎么总觉得这些事都是冲着我来的呢？”

如果说暴露狂大叔还可以算是巧合的话，那么从图图开始，感觉一切都是有针对性的，所有消失的都是她身边的人，不得不让她怀疑会不会是当年那个团伙的人来报仇了。

可是报仇为什么不直接冲着她来，为什么要大费周章地对这些无辜的人下手？

黄涩涩想不出答案来，只好求助于陈训。

其实今天回局里的时候，陈训已经听其他人提起过这件事。假如单是从最近两起案件的被害人这一点来看，确实和她有一些关系。

然而在关键线索出来之前，谁都不敢妄下判断，免得不小心进了误区走不出来。

于是陈训没有回答，只是单手扣着她的脑袋，把她按在自己的胸口，安抚道：“专案组的人已经在着手调查了，应该很快就有结果了，这几天出门小心一点，遇事不要冲动，记得动脑不动手。”

都什么时候了，说话还不忘戳一下她的痛处。

黄涩涩不满地用脑袋撞了撞他的胸口，离开了他的怀抱，闷闷道：“嗯。”

谁知道话音刚落，楼梯上突然出现一道黑影。陈训神色一凛，将她往身前拉了拉，护在怀里，紧接着头顶传来一声“涩涩”，熟悉到她在十几分钟前还听过。

这一瞬间，黄涩涩还以为自己耳朵出了毛病，立马浑身变得僵硬无比，连回头的勇气都没有，她怎么都没想到俞珍会突然下楼。

以前上学作弊被逮到，她都没有这么紧张过，不知道陈训和她妈说了什么，也不知道自己是怎么跟着她妈上楼的，等回过神来的时候，她已经站在了客厅里。

明明十几分钟前还好好的，不过出了趟门而已，家里整个气氛就发生了翻天覆地的变化，和那次救了门卫大爷的场景十分相似。

本来俞珍是担心她一个人不安全，想下去接她，结果好死不死撞见了那一幕，此刻她明显压着怒气，但还是给她解释的机会："说吧，刚才怎么回事。"

站在一旁的黄涩涩沉默不语。

虽然刚才她和陈训没有做什么太过亲密的动作，但是在她妈看来，只要是与和警察这份职业有关的人站在一起，可能就已经是死罪一条了吧。

好在情况还没有糟糕到无法挽救的地步，如果她坚持说自己刚才只是在和陈训商量江迟的事，兴许还能逃过这一劫。

可是，这一次黄涩涩不想再用谎话应付过去了，反正躲得过初一，躲不了十五。

谁都没办法保证下一次还会不会被俞珍逮个正着，既然如此，还不如早说早超生，于是她索性老实交代道："我之前和你说的相亲对象就是他，叫陈训，目前在刑侦中队工作……"

可惜话还没说完，重重的一巴掌便落在了她的背上，"啪"的一声，打断了她的话。

"黄涩涩，你今天是不是非要把我气死才甘心？你的眼里还有没有我这个妈？以前我和你说的那些话全当成了耳旁风是不是，你以为我在和你开玩笑？"

俞珍难得用这么大的音量说话，脸上的表情比任何时候都要严厉，上一次她发这么大的火还是初中的时候，现在跟那时比，就差拿鸡毛掸子打她了。

每次被叫大名，都意味着做错了事。黄涩涩垂着脑袋，没有说话，刚才结结实实地挨了一巴掌，现在后背还火辣辣地疼。

她紧抿着唇，攥紧双手给自己力量。幸好她早就已经料到了会是这个结果，所以此刻还能够应对。思考了一会儿，她抬起头来，第一次和俞珍认真谈这件事。

“妈，和他谈恋爱的是我，以后和他结婚的也是我，不管未来会发生什么事，都是我应该承受的。当年你嫁给我爸，不就是觉得当警察的小伙责任心强，生活作风好吗？可是为什么我爸去世后，这些优点反倒成了缺点呢？”

黄涩涩望着生她养她的母亲，眼睛里闪着执着坚持的光，垂放在两侧的双手越握越紧，直到圆润的指甲刺进掌心，传来阵阵痛楚提醒着她，她的情绪才不至于溃堤。

“我知道，你是为了我好，可那些都是你自以为的‘好’，对我来说一点都不好啊。妈，我已经长大了，能够自己判断什么是好的，什么是不好的，你为什么就不能放手，让我试试一个人面对这些呢？我已经听你的话，连警校也不考了，现在连自由恋爱的权利都不能有吗？你能不能不要再用你经历过的那些事，来作为评判我的感情生活幸不幸福的标准？”

她的语气不算激动，她是真的想要好好解开这个长达十年的心结。

然而现在并不是说这些真心话的好时候。

俞珍仍在气头上，好像压根儿没把她的话听进去，依然坚持着自己的原则，不留余地道：“你自己好好想清楚，如果你铁了心要和他在一起，以后就别认我这个妈！”

说完这句话，她便进了卧室。巨大的关门声彰显着毫不掩饰的怒气，徒留黄涩涩一个人无助地蹲在客厅的地上。

这是她第一次和俞珍发生这么激烈的争吵，在客厅里待了不知道多久，起来的时候腿都麻了，她委屈又难过。回到房间后，安安静静地哭了好一会儿，手机铃声突然响了起来。

一看，是陈训。

黄涩涩赶紧把眼泪擦了擦，又去检查了一下房门有没有锁好，做好了所有预防工作后，这才接起电话，清了清嗓子，“喂”了一声，心里已经想好了要怎么骗他说俞珍没有说什么。

谁知道计划还没来得及实施，伪装就一下子被识破了，简简单单的一个字也足以让陈训听出她的异样，他开口说的第一句话就是问她：“哭了？”

冷柔的嗓音和着初秋的晚风，好似一剂催泪剂，瞬间便将人隐藏在心底的东西引诱了出来。

原本黄涩涩的情绪已经稳定下来，现在听他这么一说，眼眶一热，好不容易才止住的眼泪似乎又有了要喷涌而出的趋势。

她深呼吸了一口气，抽了抽鼻子，不想让他担心，说着蹩脚的谎话，半开玩笑道：“没哭啊，身体里的水分太多了，排一些出来。”

陈训当然没有信她的话，话语间是惯有的强硬和坚持，思忖了几秒，他道：“明天你什么时候有空，我和阿姨谈谈。”

之前和她聊天的时候，他就已经大概知道了俞珍对这件事的态度以及反对的程度，现在怎么能够让她独自面对。

可是黄涩涩一听，赶紧阻止道：“别别别，我妈发起火来，可能连你都打。”

闻言，电话那头的人却沉默了。听筒里只剩下空气流动的声音，簌簌的。过了半晌，他才又问道：“打你哪里了？”

“……”

和警察聊天还真不轻松啊，随随便便就能被他抓到漏洞。

黄涩涩发觉自己说漏了嘴，暗自懊恼了一下，连忙打着哈哈，弥补道：“放心吧，我皮糙肉厚，早就被打习惯了。我妈这人就是刀子嘴豆腐心，等她气消了，我再和她好好说说，你别担心。”

话音刚落，她就听见电话那头有人叫了一声“陈队”，奇怪道：“你又回警局了？”

“嗯，过来看看江迟的事。”

“哎，那你怎么不早说，快去忙吧。”

黄涩涩不再耽误他，想要抢先挂断电话，免得待会儿舍不得，结果刚把手机拿开，还没按下结束通话的红色按钮，就听到电话那头又忽地传来一声“涩涩”。

情侣间起爱称的事在他们之间不存在，不过这一声“涩涩”也足够让她感到惊喜了。还是第一次被陈训这么叫，她生怕听错了，立马把手机重新放回耳边，果然听见他还在说话。

“这是我们两个人的事，别什么都自己扛。”

还在为了“涩涩”开心的人回过神来，听到这话又是一阵意外，发自内心觉得他是自己的能量补充站，和他在一起，永远不缺的就是安全感，好像天大的事都有他顶着。

这样好的人，她怎么舍得放手呢。

刚才那些坏情绪消散了不少，这一回，黄涩涩的语气是真的轻松了一些，尾音终于有了一点上扬的影子，回答道：“嗯，我知道。”

那晚听了黄涩涩心中的疑虑，陈训又回到局里，和专案组的人讨论了一下整个案子，顺便把十年前的贩卖器官案也找出来看了看。

之前经过走访调查，专案组的人很快就确定了图图最后出现的位置，就在小区附近，而江迟同样是消失在这里，因而不排除是同一个人作案的可能性。

虽然找到了共同点，可惜线索也就此戛然而止，两人之后的去向还不清楚，调查陷入了瓶颈期。

好在第二天，忙完上一个案子的刑侦中队也加入了调查。讨论之后，终于发现一些新的思路，一部分出去继续搜寻线索；一部分人留在局里，研究当年的案子，就这样分头忙活了两个通宵加一个上午。

中午的时候，一些扛不住的人抓紧时间抢椅子，躺着休息一会儿。精力充沛的李夺还在和林东讨论案情，说着说着，忽然看见一个不该在这个时候出现在这里的人。

“哟，稀客啊，你没事跑我们办公室来干什么？”

余音没搭理他，直奔办公室的另一边，也不废话，直接问道：“陈队，当年的贩卖器官案，被当场击毙的人里，其中一个是不是有个得了尿毒症的女儿？”

陈训一般也不午休，此刻正坐在窗边抽烟，听见她说的话后，转身看了她一眼，见她的注意力放在桌上的文件上，便没有急着说话。

那些文件都是当年器官贩卖案的资料，意识到这一点后，余音这才反应过来，原来他们已经开始从这个方向入手调查了。

不过她还是没找到问题的答案，直到发现其中的一张照片。照片上面那张稚嫩的面孔和她那晚在江迟家看见的小姑娘重叠在一起，她拿起来问道：“她真的是江迟的妹妹？”

朝他们走来的李夺正好听见这句话，心想他们刚刚推测出这条线，怎么还没说她就知道了呢：“你怎么知道？”

遗憾的是，余音还是没有搭理他，而是解释给陈训听。

“之前我和涩涩送江迟回家，在他的卧室里看见了他和妹妹的合照。当时我觉得眼熟，但是不记得在哪里看过，等回了家我才想起来，当年结案后，我爸带我去医院看过她。”

“在卧室看见了合照？”陈训掐了烟头，走了过来，提取出有用的信息点，反问道。

“对啊，就在床头柜上，我听涩涩说，上次江迟喝醉，是你俩送他回去的，当时你应该也见过那张照片吧。”

“没见过。”

虽然陈训那个时候对江迟的家不感兴趣，但是看过的东西就不会忘。他清楚地记得，床头柜上并没有什么相框。

现在距离那时候不过两三个月的时间，江迟没理由无缘无故突然摆一张照片在那么显眼的地方，如果不是从别的地方移过来的，那就是刻意让她们看见。

本来余音刚才也就是随口那么一说，没想到会得到一个否定的答案，疑惑道：“没有看见？怎么会……”

话没说完，她似乎又想到了一种可能性，没有继续往下说了，看了看两人，提出了新的问题：“你们该不会在怀疑江迟吧？”

闻言，李夺打了一个响指，终于可以插句话了，作为发言人，给她理了理事情的脉络。

原来江迟的父母在他几岁的时候就离婚了，他跟着母亲，去了另一座城市，不仅和母亲姓，还改了名字。而他妹妹跟着父亲，就这样分开生活了七八年。

不过他和妹妹经常打电话写信，感情一直很好。

后来，妹妹被查出了尿毒症，透析花光了家里的钱，而且不见好转，必须尽快进行肾移植，他和母亲才重新回到桐市。因为现在肾源稀缺，如果亲人间能配型成功，最好亲体移植。

可惜最后的配型结果并不好，三个人都不符合。

为了能够照顾妹妹，江迟选择独自留在桐城生活。可惜由于父亲记恨母亲当年的离开，连带着也不允许兄妹俩来往，所以他只能偷偷摸摸去医院。

靠着每周的透析，妹妹的病情一直不好不坏。直到他父亲误打误撞加入了一个器官贩卖组织，事情才好像终于出现转机。

大概是因为老天爷看他可怜，很快让他找到了合适的肾脏，于是他赶紧让医院安排手术。然而与此同时，老天爷又和他开了一个玩笑，因为手术当天，正好是警方正好展开抓捕行动的那一天。

逃跑的时候，有些人身上带了武器，他也是其中一个，那时候他们这些人都被当场击毙了。最后，肾源没能及时送到医院去，甚至还被污染了。至于医院里的江迟的妹妹，没过多久也去世了。

由于他并不是整个案子的主犯，所以当时刑警队没有花太多时间调查他，也就自然而然地忽略了江迟这一个点。现在重新调查才发现，他和当年的那些人还有联系。

了解了整件事的来龙去脉后，余音的面色有点沉重，想了想，说道："那我还是给涩涩打个电话，给她说说这件事吧。"

谁知道话音刚落，手机还没摸出来，手机铃声倒是提前响了起来，而且还是余岳打来的。见状，她连忙接了起来，几秒后，惊道："什么，涩涩住院了？"

此话一出，办公室里醒着的人全望着她，七嘴八舌地问怎么了。她只好简单解释了两句，没时间再废话，赶紧去医院。

中队的人也蠢蠢欲动，但又不可能全去探病，最后只能把这个珍贵的机会让给了最有资格的陈训。

余音和余岳在医院门口碰了头，一进病房，就看见病床上的人两眼泪汪汪，冲他们张开了双臂，一副求抱抱求安慰的样子。

兄妹俩不仅给了她安慰和拥抱，还顺便附赠了顿臭骂："你有没有脑子，谁让你真绝食的，不知道偷吃点东西？"

说话的是出主意的余岳。

其实和俞珍吵架那晚，黄涩涩就找了他俩求助。余岳一听，二话不说，直接让她用苦肉计，毕竟当妈的都会心疼女儿。

谁知道俞珍这次好像铁了心，直接把她当透明人。直到今天上午回家，看见她倒在客厅，两人之间的冷战才停止。俞珍赶紧把她送到医院，又好好教育了她一顿。

没想到，现在就连余岳都不站在她这一边了，黄涩涩觉得自己有点冤，辩解道："我就是趁着我妈出门，去厨房找吃的，结果不小心就晕倒了！"

"……"那还真是无言以对了。

之后的半个小时里，陆陆续续来了不少人探病，病房里一下子热闹起来，可是黄涩涩左盼右盼，就是没有等到想见的人。

见状，余音知道她在想什么，等人都走得差不多了才说道："陈队在外面和俞姨谈话。"

"什么？"黄涩涩一听，赶紧收回还在朝门外张望的视线，满脸的担心和焦急，"你们怎么能让他们两个单独相处呢，万一我妈动起手来怎么办，陈训肯定不会躲的！"

说完，她掀开被子，一副现在就要下床出去看看的架势，又被余音按回到病床上。

"你就让俞姨和陈队好好聊聊吧，反正是迟早的事，说不定陈队现在心里更不好受呢。"

陈训心里确实不怎么好受。

如果那天晚上他没有尊重黄涩涩的选择，让她独自面对，而是早一点站出来，或许现在就不会发生这种事了。

幸好俞珍不像自家女儿说的那样凶，知道他找到自己是想说什么，于是没等他开口，便抢先开了口。

"小陈，阿姨知道你很优秀，我不是故意针对你。不过你也是当警察的，涩涩她爸的事肯定听说过，我是真的不希望她以后再像我这样。你们的命都是国家的，以后连回家的时间都很少，你觉得这一点光是靠所谓的爱就能弥补的吗？

这件事并不是谁的错，她的语气也还算和善，同样是拿出真心实意在和陈训聊。

“你说我自私也好，铁石心肠也罢，反正我是不会同意你们的事。你们啊，还不如趁着现在感情不深，早点分开。这样对两个人都好，你们还年轻，以后总会遇见合适的。”

陈训本来站得笔直，可是为了配合她的高度，他稍稍低着头，神情专注，听得很认真。在她说完后，他并没有替自己的职业做出什么辩解。

他眉目微敛，决定当那个做选择的人，一句话就解开了这个死结，说道：“其实这件事没那么复杂，只要我换一份工作就能解决了，您觉得呢？”

俞珍微微诧异，从来没想过他会说出这番话来，因此一开始就没打算劝他改行，谁知道他竟然自己提了出来，赶紧劝他别冲动。

“小陈啊，你真的没必要为了涩涩放弃喜欢的工作，要是你俩以后没成，到时候你说不定还会怨她呢。”

闻言，陈训轻皱的眉头反倒舒展开来，似乎觉得她的担心还称不上担心，又换了个角度解释这个问题。

“阿姨，我没有为了涩涩放弃喜欢的工作，而是为了她寻找更多喜欢的工作，这对我来说是好事。”

这话说得让人找不出漏洞，最大的阻碍已经被扫清，俞珍也没有理由再反对了。毕竟他都愿意换工作了，她还能说什么。

问题是，她又不可能真的让他换份工作。

正犹豫着，俞珍就听他问道：“现在您还介意我进去看涩涩吗？”

俞珍还陷在刚才那番话所带来的震惊中，最后什么都没有说，叹了叹气：“去吧。”

陈训走后没多久，探完病的余仲培夫妇俩走了过来，大概猜到了他们聊天的内容，安慰似的拍了拍她的肩膀。

“小珍啊，虽然我是站在你这一边的，但是没想到涩涩居然闹了这么一出，她这倔脾气啊肯定是遗传了老黄。你说老黄要是知道因为自己的事，反倒让女儿谈恋爱受限，他恐怕也会很难受吧。”

同为母亲的岳音也开口劝解。

“都说儿女自有儿女福，年轻人的事就让他们年轻人自己处理吧。如果涩涩这辈子都因此过得不开心，这就是你想要的结果吗？我们这些当家长的，在他们背后做他们的避风港就好了，而不是成为阻碍他们的风浪。”

等她说完后，余仲培又补充了几句。

“刚才陈训和我说可能会辞职不干的时候，我还吓了一跳。不过这样也好，你就不用老担心涩涩了。虽然可惜了一个人才，好在以他的能力，在其他领域也可以一样做得很出色。你啊，就别再反对了。”

其实俞珍不是真的铁石心肠，她想起自己当年嫁给黄万康的时候，家里也曾经极力阻拦过，所以这几天她同样在反思，不知道自己是不是真的应该放手。

现在听他们这么一说，原本坚持的原则彻底崩盘，她思绪有点乱，回道：“你们再让我好好想想。”

·Chapter23·
爱的教育

看见陈训后，还在陪聊的兄妹俩识趣地走了出去，给他俩留出单独相处的空间。

盼星星盼月亮，黄涩涩好不容易盼到了想见的人，立马坐直身子，但是高兴了没几秒钟，又想到了什么，于是收起笑容，开口第一句话就是一个郑重的申明。

“这次我真的用了脑子的！”

陈训走到病床边，听见的就是这么一句话。

不过他没有说话，而是将她揽进怀里，过了好一会儿才放开，决定收回很早之前对她的建议，语气里带着些责备和无奈，叮嘱道：“下次脑子和手都不要动了。”

“……”她想的办法有这么差劲？

被全方位否定的人鼓了鼓脸颊，有点不满意，但最终还是决定不和他计较，因为她现在比较关心另外一个问题：“你和我妈都说什么了？她没有为难你吧？”

“有什么好为难的。”陈训摸了摸她的头发，避重就轻地回答，说得特别云淡风轻，好像真的什么事都没有发生。

黄涩涩对这话倒也没有怀疑什么，因为如果谈得不愉快，她妈应该也不会同意他进来，于是放下心来，正想追问具体聊天内容，却又听他说道：“有件事你可能得知道一下。”

闻言，黄涩涩愣了一下，察觉到气氛好像不太对劲，有一种不好的预感：“什么？”

最后，不详的预感似乎成真了。

因为忙着回去处理那一大堆案件，交代完她需要注意的事，陈训没在医院久留。很快，病房里又只剩下黄涩涩一人了。

她没了一开始的喜悦，脸上的表情有些凝重。直到窗外的天色渐渐暗下来，她才晃了晃晕乎乎的脑袋，似乎想问题想得有点累了，准备躺下来歇会儿。

刚把枕头放下，就听见门口传来了动静，黄涩涩循声望去，见是她妈，赶紧重新集中注意力，不知道这次迎接自己的又是怎样的一顿“爱的教育”。

然而出乎意料的是，俞珍这一回没有一上来就声色俱厉地呵斥她，坚决的态度终于缓和了一些。坐下来后，她心平气和地问道：“你是不是认定了就是他？保证以后不会后悔？”

黄涩涩以为她妈又来劝她放弃了，所以即使坐在床上，她也必须的拿出气势来，回答道：“就算以后后悔，我也不想现在就错过他。”

得到答案，俞珍又问道：“你们才认识多久，热恋期还没过，做什么决定都是盲目的，你真的想清楚了？”

“想清楚了，从来没有这么清楚过。”

又是一个不假思索的回答。

二十多岁的年龄，说年轻不年轻，说老也不老，可能确实还没有定下心来，想要的东西也一直在变，但是她的情况不一样。

如果说她用了整整十年来记恨学生时代那些微不足道的恶作剧，那么重新相遇后这些时间，就让她好好思考了之前坚持记恨了陈训十年的意义。

要是她现在还没想清楚的话，这十年她大概也白活了。

见她说得这么果断又肯定，这回俞珍没有说话了。她叹了口气，终于退让一步，说道："既然你已经想清楚了，那我说什么都没用了，你想做什么就去做吧。"

嗯？竟然就这样松口了？

黄涩涩刚刚深呼吸了一口气，铆足了劲儿，准备一次性把想说的话说完，这下全吐了出来，攒了一肚子的话也没用了。

尽管事情出现了戏剧性的转变，她却很难高兴起来。

对好不容易实现的梦，她持怀疑态度，只有惊讶没有喜悦，她谨慎地问道："妈，你该不会又在试探我吧？还是说你已经打算和我断绝母女关系了？你不能这样啊，我……"

看她又开始脑洞大开，胡思乱想，俞珍直接打断她的话，道："那你要我收回刚才的话？"

"……"

这下黄涩涩相信她说的那些都是真的了，眼睛瞪得大大的，赶紧用双手紧紧捂着嘴，生怕自己叫出声来。要不是因为这里是医院，她恐怕得直接从床上跳起来。

"呸呸呸，是我以小人之心度君子之腹！俞珍女士是这个世界上最为女儿好的母亲！"

消化完这个好消息，她没了心理包袱，整个人轻松不少，又有力气耍嘴皮子了，她打了打自己的嘴巴，卖力讨好着。

看她高兴得手舞足蹈的样子，好像遇到了天大的喜事似的，俞珍无奈地摇了摇头，如今也算是想明白了。

她确实不应该因为自己所遭遇的事就否定其他所有的可能性，这对他们来说不公平。

就像岳音说的那样，当父母的，要做的应该是支持子女，而不是擅自替他们挡去碰壁的机会，大不了在他们受伤难过的时候好好安慰就是了。

而黄涩涩也忘了追问让她妈做出改变的原因，光顾着开心去了。庆幸自己历经千辛万苦后没有被老天爷抛弃，得到了一个最好的结果。

她赶紧拿起手机，急着把这个好消息告诉陈训，可是大脑却兴奋得一片空白了，都不知道应该怎么组织语言了。

这时，俞珍提醒了一句："对了，还有，回头你记得告诉小陈，让他不用辞职。反正不管什么职业，如果不是真的对你好，就算能陪你活到一百岁都没用。只要你们过得好，比什么都重要。"

"辞职？"一听这话，黄涩涩立马停下了敲手机的动作，刚才和陈训聊天，并没有听他提过这茬，"你是说他为了让你同意我们的事，连警察都打算不做了？"

欣喜的情绪渐渐退去，黄涩涩冷静了下来，心想怪不得她妈没有拦着他进来，原来是以他换工作为前提。

听她这吃惊的语气，俞珍就知道她可能还被蒙在鼓里。

虽然她已经猜到了陈训不会和她说这些，但是这种事还是由他自己说比较好，所以没有代答，直接回道："有什么你去问小陈吧，我得回去给你煮晚饭了，都快六点了。"

收拾好桌上的保温桶后，她没有理会一脸茫然的黄涩涩，就这样离开了。

病床上的人还在独自发呆，不知过了多久，终于从刚才的消息中回过神来，眨了眨眼睛，一时间心情复杂。高兴当然高兴，可是更多的还有心疼和抱歉。

她埋着脑袋，盯着手机屏幕，心里有很长一段想说的话，却没有办法敲下一个字。

陈训现在还在忙着查案子，应该没那么多时间和她说这些，还是等他结案后再好好聊聊好了。

这么一想后，黄涩涩又放下了手机，打算抓紧时间补补觉。

谁知道刚躺下没一会儿，手机又突然响了起来。迷迷糊糊间，她看见上面显示着“江迟”两个字，霎时间什么瞌睡都没有了，揉了揉眼睛，连忙接了起来。

不过她没有急着说话，而是屏住呼吸，等待电话那头的反应，可不知道对方是不是和她抱有一样的想法，也一直没有开口，唯一能够听见的只有彼此的呼吸声。

黄涩涩不明白这是什么意思，就在她以为是不是就要这样挂断电话的时候，听筒里终于传来了说话的声音，和平时的他没什么不同，但是语气中多了一份从容。

“涩涩，你是不是已经猜到我在哪儿了。”

明明是在问她，可是语气听上去十分笃定，似乎随时在观察她的动向。

原本黄涩涩还抱有一丝侥幸心理，此刻被这句话轻易击碎，就像是找到了最后一块拼图，真相仿佛已经水落石出了。

想起陈训刚才说的那些话，她的喉咙有点发紧，发不出声音来，过了半晌，她才听见自己的声音问道：“江迟，这些事真的都是你做的吗？”

然而江迟没有回答她的问题，似乎沉浸在自己的世界里，没有听见她说的话，继续说道：“你过来找我吧，我等你。”

事实上，并不是黄涩涩猜到了他在哪里，而是陈训他们推断出来的，他们推断出江迟有可能在以前那个团伙的根据地，也就是她所在的小区后面。

那里有一栋废弃的小楼，这么多年来一直没有拆除，就那样孤零零又残破地立在那里，周围长满了杂草。这里被附近的小孩子称为鬼屋，也是他们的探险地。

不过今天下午局里派人去那里看过，没有发现什么异样，怎么现在江迟又出现在那里了？难道是因为他知道自己被发现了，所以下午特意出去避了避，等他们走了以后再回来的？

短短的几秒内，这些问题在黄涩涩的脑子里一一闪过，可是她已经来不及思考了，直接拔下手上的针头，往医院外面冲去。

当年黄万康也是在那栋楼里被发现的，所以黄涩涩对那里再熟悉不过了，因而到了地方后，在上楼和去地下室之间，她毫不犹豫地选择了后者。

此时，外面的天已经变成了静谧的深蓝色，周围没有路灯之类的照明设备，要不是还有这点微弱的天光，黄涩涩怕是连路都不太看得清楚。

原本她还以为看见的画面会和十年前差不多，那时空气里弥漫着浓重的血腥味，湿漉漉的地上流淌着各种液体，分不清是血水还是什么别的东西，结果实际上和她想象的画面相差甚远。

楼里遍布灰尘和蜘蛛网，看上去像是已经很久没有人来过的样子。乍一看如同一个与世隔绝的地方，几乎听不见任何属于这个世界的声音，安静得可怕。

不算猛烈的风从只剩框架的门窗里灌了进来，好似一只手，推着黄涩涩一步一步往前走。此刻她只听得见自己的脚步声，或许还有胸腔里那颗心脏跳动的声音。

渐渐的，迎面扑来的空气变得潮湿阴冷。

虽然是地下室，但好在墙上还有几扇小小的铁窗，外面的光顺势透进来一些，让里面不至于黑得伸手不见五指。

等她的眼睛适应了昏暗的光线后，可以依稀看见铁窗下站了一个人，背影有些熟悉，对方似乎已经在这里等她很久了。

“江迟？”

不知道为什么，黄涩涩莫名有些紧张，既希望他不是江迟，又希望他是。她走近了几步，想要看得更清楚一些，而后试探性地叫了一声。

铁窗下的人转过身来。

真的是江迟。

他好像瘦了一大圈，整个人看上去憔悴又疲惫，就像是好几天没有合过眼似的，除此之外，还有点陌生，明明是同一张脸，偏偏不同于以往。

黄涩涩仔细一看，才发现原来是因为他今天没有戴眼镜，一直隐藏在镜片后的眼睛露了出来，连带着他身上的气质好像发生了翻天覆地的变化。

不再怯怯弱弱，而是给人一种温和自信的感觉，唯一没有变的是嘴角挂着的浅浅的笑。

这样陌生的感觉让黄涩涩的脚步不自觉地一滞，停了下来。她和他隔着不远不近的距离，不知道应该说些什么，最后只好讷讷道："你没事吧？"

江迟站在原地，没有回答，看见她身上的病号服后，同样担心道："你呢，身体好点了吗？"

此话一出，黄涩涩有点意外，没想到他居然还像原来一样关心她，但是她现在已经不知道他是真的关心自己，还是只是做做样子罢了。

既然弄不清楚他的意图，那她就索性不去弄清楚了，也不绕弯子，开门见山问道："那些失踪的案子真的是你做的？"

"你觉得是我做的吗？"江迟神色未变，反问道。

被问的人张了张嘴，原本应该毫不犹豫地给出否定的回答才对，却被一些有关于他的消息束缚住了思维，她没有办法再像以前一样，无条件地相信他了。

可是，她又真的没有办法接受这个事实，不敢也不想相信他会做出这样的事，所以最后选择了不回答，但是她问出口的问题已经表明了她的看法。

"图图呢，他在哪里？"

“放心吧，他没事，很快就会被救出去了。”

很快就会被救出去？被谁救出去？黄涩涩不明白这句话的意思，继续问道：“那你把我叫到这里来，是想告诉我什么事情？”

不过江迟没有解答她的疑惑，而且好像有点答非所问，跳到了另一个话题上：“你是不是早就已经忘了，其实在你高一那年，我们见过？”

黄涩涩还在想上一个问题，听见这话后一愣，不知道他为什么突然提这件事。

“那个时候，我被几个外校的混混当成了高中生，想要勒索我，后来你突然出现，把那些混混赶走了。你说这算不算是命运弄人，救我的竟然是害死我妹妹的人的女儿。”

听江迟这么一说，黄涩涩试着回想了一下，发现自己真的对这件事完全没有印象，因为这对她来说，可能只是漫长的路见不平生涯中发生的最普通的一件事。

“其实和你相亲也是我特意找人安排的，我不是想要报复你，我恨的是所有的警察，接近你只是想看看警察的女儿是什么样的。”

看看警察的女儿是什么样？黄涩涩觉得这话听上去有点奇怪，忍不住问道：“所以是我让你走上这条路的？”

江迟摇了摇头，望着她，认真地回答道：“是你救了我，如果不是你，我今天可能不会有勇气站在这里。”

救了他？

黄涩涩越听越糊涂了，不知道他站在这里究竟要做什么事，才会说出需要勇气这种话：“那你现在到底想要什么？”

想要什么？以前想要救妹妹，但是妹妹早就已经死了，他也就什么都不想要了。

一时间，江迟的神情变得有些落寞。这时候，一阵铃声突兀地响起。他接了电话，没有说话，但是脸上慢慢露出了一点带着真心的笑容，是快乐的。

“警察已经找到他们了，图图也没事了，你可以放心了。”

这句话解答了黄涩涩刚才的疑问，她这才反应过来，刚才他说的图图很快就会被救是什么意思，可是，是他主动提供线索给警察的吗？

她现在已经分不清楚他到底是站在哪一边的了，又或者说，他哪一边都没有站，这么做只是为了自己？

“是你举报的？”见江迟点了点头，她更加不解，“为什么？”

“因为我想要结束这一切。”

“结束什么？”

“你应该知道吧，当年那个团伙的人都被判了刑，之后的几年，一些判得比较轻的人被陆陆续续放了出来，他们想要重新开始，又怕被警察发现，所以打算组建新的团伙，寻找新的主力进来。”

听到这里，黄涩涩终于渐渐意识到，他在和她坦白所有的事，于是没有打断他，安安静静地听他说下去。

“后来，他们找到我，告诉我说：‘你爸和妹妹都是被警察害死的，你怎么可以忘记这一点，你应该恨那些害死他们的警察，为他们报仇才对。’

“当时我觉得他们说得对，于是加入了他们，帮他们找符合条件的人，以为这样就是帮妹妹报仇了，直到遇见了你。

“你一直把我当成弱者保护，和我说那些抓犯人的故事，慢慢的，我意识到现在的生活好像是畸形的，也开始犹豫，是不是应该做出一些改变才对。”

专门挑她身边的人下手，确实是那伙人的本意，算是向她示威。虽然江迟极力阻止过，可惜没用，不过他也没有就这样坐以待毙。

之前的暴露狂大叔是他放出去的，绑架图图也是他迫不得已才为之的，因为那些人一直盯着他，如果不照做恐怕就要引起他们的怀疑了。

现在，终于快结束了。

尽管黄涩涩并不知道这些背后的事，可是乱作一团的思绪终于理得出一点头绪了，心想原来他根本没有想过要逃，设了这么大一个局，就是想让警察把这些人一网打尽。

这让她感到庆幸，庆幸江迟至少本质上还是一个善良的人，所以才会被那些没有良知的坏人利用，所以才会因为她的一些小小举动而受到触动。

真正冷血的人或许只会觉得她多管闲事吧。

见他有想要改过自新的念头，黄涩涩重新看见了希望，急切地问道："既然这样，那你为什么不直接去公安局自首呢？为什么还要把我叫到这里来？"

"因为我想最后见你一面。"

好不容易有所好转的心情一瞬间就跌至谷底，她隐隐觉得有点不对劲，控制住有些飘忽不定的声音道："为……为什么是最后一面？"

"我以为放下这些事，应该能过得轻松一些，可是现在我才发现，原来没有了恨，我的生活好像也没有意义了。"

这话给了黄涩涩当头一棒，让她明了了一直以来她觉得不对劲的地方在哪里——她在江迟身上，似乎看不到一丁点对生命的渴望，就像是一潭掀不起波澜的死水。

这让她感到难过和自责，生怕江迟做出什么傻事来。如果自己早一点发现他的这些沉重经历，或许还能拉他一把吧？

现在，她唯一能做的只有努力想挽救办法，希望可以打消他的轻生念头。

"为什么没有意义？你不用再替妹妹报仇，终于可以过你自己的人生了啊，这样不是很好吗？只要你现在去自首，肯定可以减刑的，你不要就这样放弃自己好不好？”

“可是我早就已经没有自己的人生了，我找不到活下去的意义了。”

真的完全没有活下去的欲望。

黄涩涩感到一阵心惊，有点乱了阵脚，语无伦次道：“江迟，你别这样，是我对不起你，我应该相信你，不应该怀疑你……”

见她不停自责，江迟反过来安慰她：“涩涩，你不用向我道歉，更不应该相信我，虽然我厌倦了现在的生活，但是我曾经做过的事都是真真实实存在的，我的确不是一个好人。”

说完，他盯着自己的双手看，明明干净得没有一点脏东西，但是在他看来，上面却沾满了许多人的鲜血。

这几天他一直在想，是不是应该为自己所做的事付出代价？想了很久，他才发现自己现在只剩一条命可以还了。

黄涩涩没有放弃，依然努力地劝道：“可是你已经知道自己做错了啊，不是吗？你为什么不再给自己一次机会？”

然而这一回，江迟没有再回答她的问题，反倒把话题转移到了另一件事上，突然问道：“陈训知道你来这里吗？他现在应该带着人，在外面保护你吧？”

黄涩涩一愣，没想到他连这一点都猜到了。

其实陈训今天下午并没有明确表示江迟就是这次案子的幕后凶手，只是预料到了江迟可能会给她打电话，并且再三向她强调，如果接到电话，一定要通知他，不要擅自行动。

不过她现在只做到了前者。

她的沉默不语给了江迟答案，于是他又笑了笑：“涩涩，遇见你真的很高兴，和你在一起，我觉得自己好像终于能够活得像一个人了，但是，我不能一直这样依赖你，对吧。”

这话听上去就像是在告别，黄涩涩心中的不安逐渐扩大。

“其实我把你叫到这里来，没有别的意思，就是想要和你说说这些事，希望你知道以后，能够不那么讨厌我。”

江迟一边说着，一边不知道从哪儿拿出了一把枪，上膛，举起，对准她的额头。

“你放心，我从来没想过要伤害你，这把枪里没有子弹。”

说完，他又自嘲了一下：“你看我真是胆小，连自杀都不敢，到最后了还要利用你一下。”

自杀？利用？

像是预知到了什么，黄涩涩心脏忽地剧烈跳动起来，直到现在才摸清楚他今晚真正的意图。

如果他待会儿按下扳机，做出开枪的动作，那么外面的狙击手一定会开枪，这样一来，他就可以解脱了。

一想到这里，她的眼泪就一个劲儿地不争气地往外冒。泪水模糊了视线，她不知道他为什么这么傻，连怎么死都想好了，好像不希望有人知道他的好，只要记住他做的那些坏事就好了。

她攥紧了拳头，控制住发抖的身体，缓缓挪动脚步，想要朝他靠近一些。

“你不是说你不会伤害我吗？如果你就这样在我面前死去的话，难道不是对我的一种更大的伤害？你希望我以后都活在你的阴影里？”

“涩涩，你别哭，对不起，真的对不起……”

见他扣在扳机上的手指正在渐渐收紧，黄涩涩的心一点点往下沉。

耳畔突然响起一道枪声，仿佛打在了她的心上。

她的瞳孔猛地一缩，喉咙似乎被谁攫住，再也发不出声音来，只能眼睁睁地看着鲜血从江迟的胸口渗出。那鲜血在昏暗的夜色下显得格外刺眼，占满了她的整个视野。

渐渐的，身后响起一阵杂乱的脚步声，应该是外面的人冲了进来，不过她已经没有力气再回头看了，意识逐渐变得模糊，最后跌进一个熟悉的怀抱。

· Chapter24 ·

都结束了

本来黄涩涩的身体就没有完全恢复，又长时间高度紧张，最后还受到了那么大的冲击，一下子超过了身体的承受范围，终于不堪重负地晕倒了。

醒来的时候，鼻息间全是消毒水的味道，一睁眼又是熟悉的一片白，她知道自己回到了医院。

意识到这一点后，她试着动了动身子，可是浑身都疼得厉害，只能老老实实在床上躺着。

好在守在病床边的人发现她醒了过来，纷纷上前，围在她的身边，脸上挂着同一种担心关切的表情。

陈训没有出现在这些人里。

黄涩涩知道他肯定是忙着处理案子的后续了，倒也没有失望，就是不知道是不是因为没有休息够，光是这么随便看一圈，她都觉得累得慌，闭上眼睛缓了缓，而后才问道：“江迟呢？”

由于长时间没有喝水，她的嗓子有些干哑发痛，以至于这句话问得十分艰难。

见状，余岳一边给她倒水，一边忍不住说了她两句：“都这样了，还有心思关心别人？”

向来没什么同情心的余音难得善心大发，有点心疼黄涩涩经历了这么多，她拍了拍自家哥哥的后背，让他稍微有点对待病号应该有的态度，顺便回答了黄涩涩的问题。

“江迟还在重症病房里，暂时没什么生命危险了，就是不知道什么时候能醒过来。”

虽然那一枪确实打在他的胸口上，不过还好没有伤到心脏，被及时送到医院进行抢救。

说完了，她还附赠了一个陈训的消息：“陈队在局里处理后续，忙完了就会过来。”

只要得知江迟没事，黄涩涩就满足了。她终于可以放下心来，这时眼角余光扫见了在一旁的俞珍。

她知道她妈一直在医院守着自己，而且看上去好像又被她折腾得老了一些，于是感到自责，为自己的冲动和不懂事，向她道歉道：“妈，对不起。”

虽然按照以往的情况，俞珍一定又会揪着她的耳朵把她臭骂一顿，不过因为这次情况不同，所以俞珍并没有说什么，只是让她别担心这些。

“行了，这次不怪你，先好好休息，有什么事等身体好了再说。”

黄涩涩点了点头，觉得眼皮重得很，于是又睡了一觉，再次醒来的时候已经是下午了。

房间里很安静，其他人好像都已经离开了，剩下的只有满室的尘埃混着阳光，在空气里肆意飞舞。

她躺着回了回神，发现自己的四肢不再软绵绵的，终于有了一点力气，于是想要坐起来，这时她才看见原来病床边坐了一个人，动作也跟着停了下来。

和上次去外地出差回来一样，此刻的他看上去格外疲惫，不同的是，这一回他的嘴角没有上扬的弧度，平得像是一条破折号，眉宇间被久违的严肃神情占据。

黄涩涩当然知道他这是在担心她，而且她看见他好像也不吃惊，就是有一种和他阔别已久的感觉，突然间有点想他了，虽然他现在就在自己面前。

“你来了啊，忙完了？”她一手撑着床沿，语气稀松平常地问道，说话的样子还是和平时一样，仿佛什么事都没发生。

陈训伸手扶了扶，把枕头垫在她身后，让她舒服些，又问道：“饿不饿？”

听她说了句“想喝水”后，他给她倒了一杯水。

然而面对他这样罕见的有求必应，黄涩涩丝毫没有高兴，反而莫名感到一阵心虚。

她知道自己这次可能又要被骂冲动行事了，而且一定会被劈头盖脸地骂，毕竟她自作主张，一个人就去了那种地方。当时的情况，危险的程度不言而喻，甚至可以说是不要命了。

一想到这儿，黄涩涩决定先下嘴为强，润了润喉咙后，半开玩笑道：“你最近走颓废路线吗？怎么把自己弄成这个样子，是故意想让我心疼你？”

陈训薄唇紧抿着，还是没有说话。他把水杯放回到桌上，接着毫无预兆地抱住了她，动作很轻，就像是为了确认她的存在一样。

熟悉的力度，熟悉的气息，轻易击垮人的防线，黄涩涩只不过是轻轻眨了一下眼睛，结果不听话的眼泪就自己跑了出来。

明明在俞珍的面前，她都没有掉一滴泪，怎么一看见他，眼泪就控制不住了呢？

一定是他把她变得越来越软弱了。

黄涩涩没有预料到他的这个举动，身子被抱住时蓦地一僵，反应过来后，她才伸手回抱住他，埋在他的腰间，一边把责任推到他的身上，一边眼泪流得越来越厉害，却愣是没有发出一丁点声响，她只是安安静静地哭着。其实她也不知道自己为什么要哭，就是觉得心里难受，憋得慌，要是再不发泄出来，她可能就会得抑郁症了。

感受到她的情绪变化后，陈训低头看了一眼，见趴在自己身上的姑娘肩膀微微抽动着，知道她这几天承受了太多压力，摸着她的头发，一下又一下，嘴里轻声安抚道："好了，结束了，都结束了。"

他的声音从头顶传来，嗓音里有着不常见的温柔，带给人力量，于是黄涩涩哭着哭着，抽泣的幅度渐渐地小了一些。

是啊，所有的事情都结束了，江迟活了下来，图图也没事，她不应该再这样哭哭啼啼的才对。

慢慢的，他的安抚起了作用，黄涩涩的情绪得到了控制，眼泪终于不再止不住地往外流。她擦了擦脸颊，抬起头来，眼睛和鼻头都红红的，还抽噎道："等我出院了，我们去看看江迟好不好？"

陈训替她拭去眼角残留的泪水，应道："嗯。"

这样的温柔对黄涩涩来说很受用，她的状态好像又恢复了一些，于是她重新张开双臂："再抱一下。"

闻言，陈训眉梢微挑，却没有说什么，而是再一次将她拥入怀中，听她一点一点说着在地下室里和江迟发生的那些事，心就像被泡在蜂蜜柠檬里。

又酸又甜。

不过有一件事，黄涩涩大概还不知道。

把她送进医院的那晚，余岳曾经质问过陈训，为什么就这样让她一个人去那里，难道你就不怕她最后出什么事吗？

怎么可能不怕。

陈训这辈子所有的害怕恐怕都用在了黄涩涩身上，就像他从来不怕天塌下来，却怕天塌下来会压着她。

好在一切最终有惊无险，一切都已尘埃落定。

· Extra ·

番外

结婚一年后，陈训和黄涩涩迎来了家里的第一位小二狗，从此拉开了鸡飞狗跳的新人生篇章。

本来有小孩是一件好事，初为人母的人最开始也是这样想的，结果后来发现是自己想太多了，如今唯一的感想是，听话的孩子永远在隔壁邻居家，她家没有！

虽然很不想承认这一点，但是黄涩涩打从心底觉得，或许从出生那一刻起，她就注定了要被小二狗欺负折磨。

当时从进产房到出产房，她一共经历了十三个小时零二十八分钟，好不容易才把这个八斤八两的胖娃娃生下来。

接生的护士们直夸小姑娘长得漂亮，打包后就将她抱到她的身边。可是黄涩涩一看，黑黑红红的，两只胖胖的小手还攥得紧紧的，心想哪里漂亮了，于是摸着女儿稀稀拉拉的头发，慈爱地说了句“真丑”。

然后，她的下巴被揍了一拳。

到了晚上，黄涩涩终于恢复了一点力气，护士把孩子抱来房间，让她喂母乳时，俞珍无意间提起起名字的事，问她有没有什么想法。

之前她和陈训也讨论过这个问题，然而并没有讨论出个所以然来。

不过，现在她突然来了一点感觉，掂了掂怀里的女儿，想了一个非常贴切的名字——

“就叫陈甸甸吧。”

然后，她的下巴又被揍了一拳。

都说女儿是妈妈的小棉袄，结果她花了这么大力气才生下来的一坨肉，得到的却是相爱相杀，黄涩涩怎么可能不气。而随着年龄的增长，陈甸甸完全没有变身妈妈的小棉袄的趋势，反而变本加厉地跟她作对。

现在，陈甸甸小朋友也快四岁了，她继承了妈妈的衣钵，成了家里当之无愧的小霸王。

平时陈训在家的时候还好，一直黏着他，黄涩涩还能稍微清净一会儿。可是一旦陈训出去工作，她就别想过好日子了，每天生活在水深火热中。

这周也不例外。

周末的早晨，好不容易能睡个懒觉，她的美梦又在窗帘拉开的瞬间结束了。

熬过夏天的十月已经渐渐变得凉爽起来，早上没什么太阳，但是光线充足，黄涩涩刚好在面向窗户的一方侧躺着，被这么一刺激，皱了皱眉，正准备用被子捂着脑袋继续睡，身上却突然一沉。

熟悉的重量。

她闷哼了一声，还没来得及有所动作，耳畔便响起一道童音。

“妈妈，你这个大懒猪，都几点了还不起床，和太阳公公一样懒！”

对，这就是她的亲女儿，时不时朝她发起人肉炸弹的攻击，跳到她的身上，把她压个半死。

大概她是太想尝尝“没妈的孩子像根草”是什么滋味吧。

昨晚两点才睡的人现在连眼睛都睁不开，一看闹钟，才八点。黄涩涩痛苦地哀号了一声，将自家女儿一把拖进被子里，用腿夹住她的小身子，尽情蹂躏着她的脸，嘴里还不忘控诉她的罪行。

“你这个没良心的小胖狗，就知道在你爸面前卖萌，也不想想当初是谁生的你！”

揉着揉着，黄涩涩隐隐觉得有点不对劲，放开了她，转而捏了捏她的小胖手小胖腿，问道：“你是不是又长胖了？”

不知道是不是“长胖”两个字戳到了陈甸甸幼小的心灵，她难得没有顶嘴，而是撩起衣服，用短短的手指戳了戳自己的小肚子。

软软的，肥肥的，好像确实和前段时间的手感不一样。

戳完以后，她又把衣服放了下来，盖好小肚子，凑到黄涩涩的耳边，超级大声地“哼”了一下，反驳道：“明明是妈妈生我的时候吃太多，我才这么胖！”

黄涩涩掏了掏快被震聋的耳朵，也不知道她从哪儿听说的这一点，但她没有要承认的意思：“谁和你说我吃太多的？”

“外婆。”

“……”

好吧，当年怀孕的时候，她确实食欲大增，看见什么都想吃，体重创了历史之最，可是——

“妈，你没事和她说这些干什么？你让我颜面何存！”黄涩涩没想到会被最亲的人出卖，忍不住冲卧室外喊了一声。

俞珍正在打扫卫生，听见这话的时候，刚好从卧室门口路过，想也不想，直接回道：“你都是当妈的人了，怎么还和自己的孩子较劲儿，羞不羞人。”

“你居然不帮你的女儿说话！”

这回俞珍没有再搭理床上的人了，而是对着空气感叹了一句：“唉，真是辛苦小陈了，养了两个孩子。”

“……”

这一回合，因为寡不敌众，以黄涩涩的失败告终。她叹了叹气，把身上的人肉炸弹抱起来，认命地起了床。

吃过早饭，俞珍和以前小区的阿姨们约出去玩了，黄涩涩也开始换衣服。至于小霸王，难得乖巧，她正坐在电视机前，沉迷于《飞天小女警》无法自拔。

三两下收拾完毕后，黄涩涩从卧室走了出来。这时候却听见开门的声音，她还以为她妈有什么东西忘了拿，看了一眼，没想到映入眼帘的却是一道久违的身影。

连续加了两周班的人就这样出现，稀薄的日光将他的轮廓勾勒出一圈光晕，突然得有些不真实。

不知道是不是太过惊讶，黄涩涩直接定住了原地，挪不开脚。沙发上的小人儿倒是第一时间反应过来，立马噔噔噔地跑了过去，开心地大叫道："爸爸！爸爸！"

陈训笑了笑，弯腰将她一把抱起，而后朝着一动不动的人走了过去，先低头亲了亲大的，再亲了亲小的，见她俩穿戴整齐，扬了扬眉，问道："要出门？"

托这个吻的福，还在发呆的人终于回过神来，点了点头，把陈甸甸接过来放地上，一边把他往里推，一边回答道："去医院做儿童保健，很快就回来了，你快去睡会儿觉吧。"

谁知道陈训并没有往里走，而是拿上车钥匙，似乎打算和她们一起去。

见状，她赶紧说道："哎，不用……"

工作了这么久，难得休息一下，黄涩涩想让他好好睡上一觉，陈甸甸却高兴地"耶"了一声，打断了她的话，同时抱住了陈训的大腿，仰着小脑袋，期待道："爸爸和我们一起去！"

此话一出，黄涩涩也就不忍心再说什么了，心想父女俩好不容易见一次面，就让他们多相处一会儿吧。

谁知道好景不长，刚走到地下停车场，战争又爆发了。

陈训要开车，可小朋友抱着他不撒手，非要坐他旁边，和她说这样不安全也不听，于是黄涩涩直接上手了，强制性地把她转移到后座上。

抱她的时候，她还一个劲儿地哭喊着，小手一直伸向陈训，就跟上演《情深深雨濛濛》似的。

没有办法，黄涩涩只能又把撒泼的女儿放回到副驾驶座，改变了策略，说道："好，如果你坚持要坐这儿的话，那就好好和你爸说说，你上周在幼儿园里又做了什么好事。"

姜还是老的辣。

一听这话，陈甸甸不说话了，自觉地坐到后座，但是全程一声不吭，肉肉的小脸上写满了和年龄不符的忧伤，只给前面的人留下一个倔强的后脑勺。

黄涩涩看得既生气又好笑，本想让陈训去后面坐着，她来开车，可惜她没带驾照，所以这次还真没办法顺着她了。

不过不用说，陈训也能猜到陈甸甸做了什么"好事"，一边启动车子，一边云淡风轻地问道："又和别的小朋友打架了？"

几乎可以说是猜得分毫不差了。

原本听见这话陈甸甸应该更生气才对，没想到出乎黄涩涩的预料，先前生闷气的人转过头来，一脸崇拜地看着他，好像做了坏事被发现的人不是她似的，乖乖认着错："对不起，爸爸，以后我不会再随便打人了。"

当时那个坚持说自己没错的人哪儿去了，怎么现在认错认得比谁都快？

黄涩涩在心底叹了口气，继续系安全带，觉得自己真是白养了一个女儿。

然而陈训没有要教育陈甸甸的意思，因为知道她不会随便乱打人，所以没有太在意，还反过来安慰她："嗯，其实你妈妈小时候也经常和别的小朋友打架。"

"……"

躺枪的人动作一顿，扭头瞪了他一眼，一脸遭到背叛的表情，心想这人怎么又不和她商量就随便揭她的短，最后没忍不住数落了两句。

"你看你，把她惯成什么样了，每次好人都是你来当，再这样下去，以后她更不听我的话怎么办？"

结婚这么多年，他们好像只在教育问题上出现过分歧，但实际上也算不上什么分歧，因为每次陈训都会主动承认错误，然后再屡错屡犯。

黄涩涩当然能够理解他的这种溺爱，毕竟他平时不怎么回家，好不容易见一次面，肯定想把最好的东西都给女儿，但是也应该有个度吧。

这时候，导致分歧出现的罪魁祸首，陈甸甸小朋友，勇敢地站了出来，非常有担当道："妈妈，你不要说爸爸，都是我不好，以后我会听话的！"

可惜这话听上去不像是认识到了自己的错误，反而更像是在威胁她，黄涩涩一时语塞。

每当母女俩对话，陈训都是一个称职的听众，这一回也不例外，见她又被堵得说不出话来，轻笑了一声，安慰道："青出于蓝，你应该高兴。"

父女俩居然联合起来欺负她？还有没有家法了？

这回生闷气的人变成了黄涩涩，话说得咬牙切齿："以后你不要再随便安慰我，我可能会更高兴一点！"

说完后，她就扭头看窗外的风景，等他俩慢慢交流感情，反正她就是一个外人。

看着她的后脑勺，陈训觉得有些好笑。

他可能真的养了两个女儿吧。

幸好接下来的一路上没有再发生什么波澜，顺顺利利地来到医院，又顺顺利利地做完了身体检查。而后他们来到医生的办公室里，听听看具体的情况。

“孩子发育得不错，身高还有其他方面都达标了，就是体重超了两公斤，但是问题不大，以后注意一下营养均衡就行。”

说完这话，女医生又捏了捏陈甸甸胖嘟嘟的小肉脸，开着玩笑道：“是爸爸妈妈每天都给你吃太多好吃的了吧？”

和妈妈一样，陈甸甸也是个爱面子的小姑娘，平时在家里，被黄涩涩说倒没什么，可是如果去了外面的世界，还要被说长得胖的话，她的自尊心是会受伤的。

更重要的是，这一次有具体数据支撑，没有办法再反驳了。

从办公室出来以后，陈甸甸闷闷不乐地坐在椅子上，垂着小脑袋。晚出来一步的两个大人看见这一幕，就知道她应该又有什么大动作了。

结果还真不出他们所料，下一秒，她就闷声闷气地问道：“妈妈，你的手机呢？”

黄涩涩没有说话，直接把手机拿了出来，递到她面前，又听她说道：“你要把我说的话全部记下来啊。”

闻言，黄涩涩看了陈训一眼，一头雾水，不明白自家姑娘又想出了什么鬼点子，不过还是按照她的要求，打开了备忘录，接着听她一字一顿、清清楚楚地说。

“我长得太胖了，超重了两公斤，所以以后每天只能吃半碗饭，如果没有遵守，就罚我一天不能吃饭。”

“……”

一个四岁的小娃娃说出这种话，黄涩涩这个当妈的听得都快哭了，还记什么记，全删了。

她全然忘记自己才是那个每天说她胖的人，想要把陈甸甸抱起来，却发现陈甸甸确实沉得有点抱不动，于是只能蹲在她的面前，靠语言安慰她。

“两公斤而已，胖什么胖，拉次粑粑就没有了，以后想吃什么就吃，不准减肥，听见没有？”

“真的吗？”

“当然是真的，说谎的话会被爸爸抓走。”

被她这么一安慰，陈甸甸心里好像好受了一些，暂时打消了减肥的念头，又问道：“那我现在可以吃一袋小熊饼干吗？”

“……”

绕了半天圈子，原来就是想吃个饼干而已？套路居然这么深？

黄涩涩不知道她从哪儿学的这些，隐隐觉得自己可能被骗了，有点拿她没办法，只能望向身边的男人，眼睛里流动着无奈，仿佛在说，你看看你的女儿。

或许她还不清楚，这些“优秀”的基因全是从她身上遗传来的。

陈训没有提醒她这个会让她感觉打脸的事实，想起她刚才在车里的警告，于是揉了揉她的头发，算是安慰了，接着他把女儿抱了起来，带她去买她爱的小熊饼干。

而黄涩涩呢，则是顶着一头乱糟糟的短发，站在原地，望着他们的背影，不知道应该怎样形容自己此刻的心情。

甜蜜的烦恼？

“妈妈，你还愣在那里干什么，快过来。”

听见这道声音后，心情复杂的人循声望去，发现父女俩正在前面等她，于是又赶紧走了过去，和他们并肩走着，听着他俩稀松平常的对话。

“爸爸，我们现在回家了吗？”

语气里的遗憾和一点小试探让人一下就能听出来，陈训唇角微微勾起，顺着她的意思问道：“你还想去哪儿？”

“游乐园！”

她从上周起就吵着要去游乐园了。

本来黄涩涩打算上周末的时候带她去，结果周五就发生了打小朋友的事，为了惩罚她，黄涩涩取消了去游乐园的计划，让她在家好好反省。

现在，她有了新的靠山，又可以为所欲为了。而陈训果然没有辜负陈甸甸的期望，有求必应道："嗯，那我们就去游乐园。"

"真的吗？耶！"愿望终于实现的人高兴地举起双手，而后又搂着陈训的脖子，狠狠亲了亲他的脸。

见状，黄涩涩真是哭笑不得，知道陈甸甸对他的崇拜肯定更上一层楼了，也知道在她最爱的人排名里，自己这辈子可能都没有办法赢过陈训了。

看着看着，她的视线又从陈甸甸的身上移到了抱着她的人脸上，父女俩有着相似的轮廓。

有些人总是能够得到岁月的厚待，比如陈训。

时光没有在他身上留下什么痕迹，隐于眉眼间的锋利依然依稀可见，却不再像年轻时候那样令人望而生畏，大部分的锋利似乎已经被生活里大大小小的幸福磨平，整个人多了几分柔和。

这时候，陈训似乎察觉到了她的目光，侧头看了她一眼，问道："怎么了？"

闻言，黄涩涩回过神来，收回视线，望着明亮的走廊，语气故作老练，一如初见："没什么，羡慕你和你女儿感情这么好。"

当然了，她没有闹别扭，就是觉得自己好像太幸运了。

大千世界，芸芸众生，得我所爱，爱我所得。

老天爷可能真的给她开了后门吧。